拜托了,龙子!

① 龙契少女

惊歌 著

Jing Ge Works

北方妇女儿童出版社

·长春·

图书在版编目（CIP）数据

拜托了，龙子！.1,龙契少女 / 惊歌著. -- 长春：
北方妇女儿童出版社, 2017.12

（意林·轻文库.美少年系列）

ISBN 978-7-5585-1565-1

Ⅰ.①拜… Ⅱ.①惊… Ⅲ.①长篇小说－中国－当代

Ⅳ.①I247.5

中国版本图书馆CIP数据核字(2017)第234803号

拜托了，龙子！①龙契少女
BAITUOLE，LONGZI！① LONGQI SHAONÜ

出 版 人	刘　刚	
总 策 划	阿朱	
特约策划	师晓晖	
执行策划	张　星	
责任编辑	吴　强　周　丹	
图书统筹	非　非	
特约编辑	张　星	
绘　　图	Carol可	
书籍装帧	胡静梅	
美术编辑	袁　萌	
开　　本	700mm×1000mm　1/16	
字　　数	420千字	
印　　张	14.5	
版　　次	2017年12月第1版	
印　　次	2017年12月第1次印刷	
印　　刷	北京市兆成印刷有限责任公司	

出　　版	北方妇女儿童出版社
发　　行	北方妇女儿童出版社
地　　址	长春市人民大街4646号
	邮编：130021
电　　话	0431-85678573

定　　价	32.00元

目录
contents

目录
contents

龙九子档案

老大 囚牛 贺南归

年过花甲，"家族"的大家长，主持有关龙九子的重要决议，其他未知。

老二 貔貅 钱毋庸

坐拥数亿资产的总裁，"家族"代言人。为人冰冷，只谈钱不谈感情，其他未知。

老六 鸱吻 夏凡

当红偶像明星，其他未知。

老三 睚眦 曾默

三十多岁，行踪神秘，其他未知。

老七 饕餮 姓名未知

贪利，贪色，贪食，绝非善物，其他未知。

老四 狴犴 萧甯

年刚而立，天生似狴犴好讼，却是邪道律师，不问公正，只问利益。

老八 椒图 钟纤霖

椒图乃守门神兽，性格孤僻。胆小，恐女，缺乏安全感。

老五 狻猊 赖远辰

二十六岁，剑桥高才生，F大学外聘教授。生性温柔，天资聪慧，喜好水烟。

老九 霸下 卓景然

连城中学的学霸男神，自恋，是嘴硬心软的傲娇男。

第一章

你的龙子，骰子决定

正值仲春四月，连绵半月的梅雨终于停歇，F城从倒春寒中回暖，却无法温暖林陌桑沮丧而沉重的心情。她拖着两个行李箱，亦步亦趋地跟在母亲夏淑芳身后。母女二人绕了三条街才找到夏淑芳养母的家。

确认了门牌，进了院子，发现所有楼长得都一样，夏淑芳分不清哪个是电话里说的二单元。于是开口大喊着"陈芬"的名字，叫了几声有人开了窗。

"大早晨叫个鬼啊！"

夏淑芳不高兴了，回嘴道："我找人！关你什么事！"

"妈，别叫了，好丢人……"

林陌桑去拉夏淑芳，夏淑芳却不理会她，反而跟那人对骂起来。

林陌桑顿觉无力，默默退到了院中央的槐树阴影下，只当自己与眼前的人并无瓜葛。

正是槐花盛开的季节，林陌桑站在树下闻不到什么味道，只觉得那团簇在枝丫间的白花像是落在树上的雪。似乎风一吹，就能回到半年前的冬天。那时候父亲林雨声还在世，带着她出门放鞭炮，承诺明年学校放假全家人一起出国过年。

可是再也没有那样一天了。

不一会儿，传说中的"外婆"陈芬从楼上下来，一边抱怨一边将林陌桑和夏淑芳领进了楼。自林陌桑出生以来，还是第一次见到外婆。

"我这是没办法了才来寄住一阵子，过几天我是要搬的。"

夏淑芳一进门就仰着头反复强调，仿佛她还是早些年那个家境优渥的大小姐。

夏淑芳的亲生父母原本是做矿产生意的，家产丰裕。只是后来经营不善，导致家道中落，再加上夏父生病，夏母发生意外，双双离世，十二岁的夏淑芳成了孤儿，最后由过去在夏家做过活儿的保姆收养。

陈芬就是当年那个保姆，也就是夏淑芳后来的养母。虽然夏淑芳后来离开了养母家，两人却依旧生活在同一座城市。如今家中突生变故，只好投靠同城的陈芬，暂且有个落脚的地方。

"过几天搬哪里？你老公死了才几天，就准备找下一个靠山了？"陈芬冷嘲热讽，"现在谁不知道那个姓林的品行不端，活该遭天谴……"

陈芬还没说完，就被摔箱子的声音打断了。横倒的箱子在林陌桑脚边，像是迈不过的心事。

"这是大的看不起人，小的也要造反啦？"陈芬瞅着林陌桑，"我看你们这不是来求我，是给我面子才来住几天啊。"

林陌桑扶起箱子，装作失手意外，扯出一个笑脸："我是见到外婆太紧张了。我和妈妈无家可归，靠您才有了地方落脚，谢您还来不及。我怕做错事不招外婆喜欢，所以不小心……"

好学生的完美答卷，陈芬受用也不再多说，将两人带进了屋子。

三室一厅，因为是二楼，所以采光不好，显得矮小逼仄。陈芬也没多介绍，直接把两人领到了所谓的客卧。这是一个杂物间，临时摆了一张一米五的双人床，除了床就是各种收纳箱以及盖了布的旧家具。夏淑芳看了一眼对面没人住的次卧，宽敞明亮，干干净净，这对比不言而喻。

"次卧我儿子有时候会回来住，家里没空房间了。"

夏淑芳刚要开口，就被林陌桑拉了一下，林陌桑向陈芬颔首道谢。她等会儿还要去上课，不想多生事端。

林陌桑将行李简单收拾了一下，就去了学校。

作为F大学的子弟学校，连城中学一直是升学率最高的重点中学。高一下半学期刚刚开学不过一个月，她就因为父亲去世的事连续落了几天的课。不过平时成绩好，最近家里又生变故，班主任也没说什么。

上学期她考了年级第一，本是人人艳羡的学霸，老师眼中的天之骄子。只是父亲林雨声因为学术抄袭被F大革职的事情不胫而走，让林陌桑的学霸含金量也饱受争议。祸不单行，林父在Y省考察的时候遭遇地震去世，也就无从争辩抄袭的真伪。

得知父亲死讯的那一天，林陌桑正在学校参加数学奥林匹克的复试，刚写了不到一半，忽然被老师叫去办公室，与警方确认与林雨声有关的事情。

大概十分钟之后，林陌桑就带着林雨声的遗物再次回到了考场。她没流一滴泪，在明晃晃的白炽灯下做完了整张考卷。

得知父亲死讯后仍然能淡定地回到考场考试——这成了全校师生提起林陌桑时，能够想起的唯一印象。冷漠、无情，冷静到令人发指。

林陌桑无从解释，只是那一刻她真的不知道自己还能做什么。

大哭吗？大哭有什么用啊？

林陌桑有时候不禁想，为什么世界上有"坑爹"有"熊孩子"，却没有一个词可以形容不靠谱的父母。

这些年母亲夏淑芳做着快乐的无业游民，几乎完全不管家务事。自林陌桑有记忆

以来，母亲做饭的次数屈指可数。而父亲林雨声又醉心于各种古建筑的龙饰研究，沉迷于不切实际的神话传说。有时只身前往偏远的遗迹，几个月都见不到人影。

如今林雨声在Y省境内遇难，夏淑芳才回到家与林陌桑一同处理后事，算起来母女也有小半年未见。只是两人一清算财产才知道，林雨声竟然为了继续研究工作，将房产抵押给银行，以此作为担保贷款，原本想借科研基金补上本金利息，却没想到被爆出学术抄袭的丑闻。科研基金落了空，房产由银行收缴。

一夜之间，林陌桑的人生就成了没了父亲、无家可归、身无分文、寄人篱下的苦情剧，命运戏剧到让她哭笑不得。

晚上回到外婆家，夏淑芳和陈芬就为鸡毛蒜皮的小事不曾安宁，林陌桑懒得管，躲进了房间，捂着耳朵背课文。可是背了几次却进不了脑，她被门外的吵嚷搅得心烦意乱。

白天在学校的时候，林陌桑接到了奥数比赛组委会的通知。有人举报她考试中途离场作弊，所以取消了她评比最终奖项的资格。

当林陌桑走出年级办公室的时候，只觉得一块石头卡在喉咙。她看向周围的同学，所有人如见恶鬼一般躲躲闪闪。

作为F大的子弟学校之一，连城中学有很多学生都是F大教职工的孩子。好事不出门，坏事传千里。林父学术造假的事情如同板上钉钉，连同林陌桑也被划入了品行不端的行列。所以她在奥数竞赛中作弊也是无从辩驳的铁证如山，根本没人会听她的解释。

林陌桑翻出那本如字典厚的奥数真题练习册，一页一页翻过去，忽然想不明白自己这么刻苦的意义。她在得知父亲去世后还泰然自若地坐在考场，争这个第一是为了什么？已经没人再会为她的成绩欣慰地微笑，也没人再会对她的未来翘首期盼……

门外声嘶力竭的争吵声，让林陌桑只觉得整个脑子都要炸了，她将手中的练习册狠狠地向门砸去，刚好砸在推门而入的夏淑芳身上。

"你发什么疯？"

"好吵。"林陌桑捂着耳朵说道。

夏淑芳本来就火气未消，如今一听更是脾气上涌，索性拽着林陌桑的两手将她拖了起来。

"嫌我吵，嫌我丢人，你是不是根本嫌我是你妈？"

每天给她做饭的是爸爸，洗衣服的是爸爸，这个妈做过什么，林陌桑还真不知道。

"我不是我爸养大的吗？"

林陌桑说完就被夏淑芳一掌打在后背上，沉闷的痛，林陌桑一声不响。林陌桑越长大越不知道如何与母亲交流。也许是这几年她一心学习，夏淑芳一心玩乐，两个人逐渐疏远。其实都心知肚明自己有错，却难开口认输。

她们一脉相承，唯有沉默。

"我爸的东西我好像忘拿了，我回家一趟。"

不等夏淑芳阻止，林陌桑已经趿着鞋夺门而出。

四月的雨总是让人措手不及。

雨水模糊了往日上下学必经的街区。一道惊雷落下，停靠在路边的车发出刺耳的警报声。闪烁的黄色车灯照出林陌桑狼狈的身影，她冒雨跑回了昨天才被查封的家。走廊中的钨丝灯忽明忽暗，林陌桑看着门上交叉贴着的白底封条，恍若隔世。

明明不久之前，她敲敲门，就会看到父亲系着围裙，手拿锅铲，手忙脚乱的模样。而如今，她伏在门上，却再也听不到屋内锅碗瓢盆碰撞的声音。

为什么天灾人祸偏偏会落在她的头上？

林陌桑一把撕掉白底封条，如同撕掉心上刚刚结疤的伤口，疼得她红了双眼。

其实离家时，她有意将父亲的东西留在这里。

林陌桑不是薄情，只是斯人已去，就不要徒增生者悲伤，既是为她自己，也是为突然遭遇变故的夏淑芳。林陌桑知道，夏淑芳几次躲着她抱着父亲的遗物大哭，她不戳穿却也并非无动于衷。

家里断了电，林陌桑借着窗外微弱的光线翻出父亲的粗布包。那天警察来学校，就是拿着这件遗物来与林陌桑确认死者身份。

虽然林雨声是F大的教授，却过得异常简朴，这个包已经随了他十多年。包里除了证件、钱包，就是一块刻有龙纹的"雀替"。这种托木一般安置在中国古建筑的梁与柱交接的角落。如此零碎的组件，往往是周围的农民偷偷从古建筑上撬下来的，父亲出钱将它们买下，等待着物归原主的一天。

林雨声在F大有个外号叫"叶公"，他一生都在与中国古建筑上的龙打交道。林陌桑从小听林雨声讲龙的传说，他是个龙痴，痴迷到最后连性命都赔在了上面。

林陌桑看着手中的龙刻，一阵难以言说的委屈涌上心头——"都是因为你！"

林陌桑举起沉重的雀替狠狠砸向地面，一声沉闷的巨响之后，雀替没有碎裂，却因窗外闪电而炸裂出一阵金光。

该不会要爆炸吧？

林陌桑一阵心慌。

按道理就是块木头，怎么可能爆炸？不科学啊！

林陌桑正犹豫着要不要逃跑时，脑海中传来一个陌生的声音。

"奉天之诏。"

像是静谧夜空中璀璨的星河，雀替散发出细碎的光，渐渐在漆黑的夜色中勾勒出一条龙的模样。林陌桑半跪在冰冷的地板上，呆愣地看着眼前不可言说的奇妙幻象。

"吾乃真龙之神。"

诸多声线混杂着在林陌桑耳畔萦绕，浑厚如老者，清脆如孩童，好似七彩丝线错综复杂，最终汇于一股，让她勉强可以辨别出其中的含义。

"曾受恩于令尊。今其罹难，你丧父无荫蔽，吾收你为龙女，代其庇护。"

说罢，光芒汇聚成一枚琥珀色的十面骰子，悬浮在林陌桑的眼前。

"此物可召龙之九子，汝兄囚牛、貔貅、睚眦、狴犴、狻猊、螭吻、饕餮、椒图、霸下……"

龙神每说出一个名字，十面骰子就投射出金光描绘的神兽图案。林陌桑还来不及辨认，金光就回旋着迅速钻回骰子中。

"除人死不可复生外，任你差遣。"

骰子的光辉渐渐散去，最终落在林陌桑相合的两手中。

"危急之时，落地即诏，三契缘尽。"

林陌桑愣神间，就看到龙神的身影渐渐散去。

"等一下，你……"

雷雨交加，一道闪电划过，林陌桑眼前只剩下一片漆黑的夜色，唯有手心中坚硬的触感让她的心脏怦然难寂。

林陌桑在夜色中勉强辨认着手心中的锥形骰子。原本是半透明的琥珀色，如今变成了不透光的棕红木头。骰子的每一面都阴刻着繁复的龙子图案，其中九面都是单龙，唯有一面是两条首尾互相吞噬的朱龙与墨龙。

开什么玩笑？

林陌桑觉得这恶作剧也未免排场太大了一些。她试图在雀替上找到凹槽或缺陷，暗示自己这骰子不过是雀替上掉下来的组件。而刚刚的一切不过是雷鸣电闪给她的荒诞幻象。

毕竟，龙怎么可能真的存在？

那些关于龙的传说不过都是人类对大自然的崇拜与想象。当然更不可能存在龙九子。民间关于龙九子的传说尚不止一个版本，显然不过是道听途说、以讹传讹的幻想故事罢了。

林陌桑看着手中的骰子，所以，这到底是什么？

直到第二天，林陌桑依旧想不清楚自己的遭遇该如何解释。她没有跟任何人提起这件事，感觉即便说了，八成也会被当作神经病。

林陌桑听着课不禁有些走神，临近下课时看到站在教室后门的秦连臻，才想起之前的未接电话。

"林陌桑你怎么回事？打电话也不接。林叔叔出事，我爸妈都担心你的情况，特意让我过来看一看。"

秦连臻同样是教师子弟，父亲秦峰与林雨声是故交。秦峰与林雨声同年入职F大，虽然教的是不同专业，但两家在教职工大院内是邻居，因此交情颇深。秦连臻算是林陌桑的发小，以前也是连城中学的学生，比林陌桑高两届，如今是F大生物系的学生。

"你父亲的事情你打算怎么办？"秦连臻开门见山，"我爸过几天回国，给林叔叔主持追悼会。但是因为那个造假丑闻，F大的礼堂都谈不下来。"

林陌桑自然相信父亲的品性，只是她和夏淑芳从不插手林雨声的研究，学校办公室也不是外人能够随意出入的地方。如今学校已经对学术造假的事情做出了公布，所有材料都已经交由研究院保管，即便有秦叔叔帮忙，也调不出证据来证明林父的清白。

"我听说是有人发表了相似的论文在国际刊物上。"秦连臻也打听不到太多细节，"我们系的老师说，林叔是唯一把古建筑和古生物进行跨学科研究的学者，这么偏的题一般是不会撞的。"

秦连臻的话不言而喻，林雨声才是那个被抄袭的人。

"所以你要怎么办啊？"秦连臻焦急地追问道。

"你说呢？"林陌桑勉强笑了笑，"我能怎么办啊？"

秦连臻一时语塞。如今林陌桑母女都自身难保，更没有余力去为逝者挽回尊严。她们没有钱去请律师，也拿不出证据上诉，似乎除了求神拜佛，只有忍气吞声。

"你说……"林陌桑忽然问道，"这个世界上真的有龙吗？"

"你该不会也被你爸传染了吧？"秦连臻一脸担忧，"有恐龙我信，中国龙纯粹是瞎扯啊，根本没有科学证据。"

"哈，也是。"

而那枚至今没有消失的十面骰子，始终提醒着她，那一晚的奇遇绝非幻觉。

可是那又怎样呢？她一直是一个过分理智的人，也不轻信任何从天而降的福利。就算龙神真的存在，她如此轻易地召唤了龙九子，难道不会付出更惨重的代价吗？

但凡不是个人努力所得，林陌桑都不能坦然接纳。

所以这件事林陌桑也从未与夏淑芳提起。况且夏淑芳每天与养母硝烟弥漫，也无暇顾及林陌桑。

在外婆家的日子，林陌桑大多时候都保持沉默。夏淑芳惹怒陈芬的地方，她就尽量用自己的方式去弥补。

陈芬的丈夫前两年去世，如今独居，儿子儿媳偶尔会来给她做一两顿饭，后来实在受不了母亲的啰唆挑剔，就给她请了个保姆照顾起居。如今养女夏淑芳带着没有血缘关系的外孙女来借住，陈芬就以儿子无力承担额外支出为由辞退了保姆。这层意思，夏淑芳可以心大无视，林陌桑却不能不懂，所以就主动承担起了做饭与打扫的家务。

每天中午放学用半个多小时做好三人的饭菜，吃完饭再用半个小时收拾好家。陈芬家距离学校很远，林陌桑在路上又要花费半个小时。如此一来，她每天中午几乎是马不停蹄地干完活就去上学，没有任何休息的时间。

有时中午老师拖堂，林陌桑回来晚了，陈芬难免抱怨，这时候夏淑芳就会跳出来。于是林陌桑只能在两人的唇枪舌剑中默默做饭。

林陌桑想，她还可以继续忍的。辛苦一点儿没关系，忍一忍就过去了。只是今天两人吵得格外凶，陈年旧怨都翻了出来。

"过去我供你吃，供你穿，结果你最后怎么对我的，你还有脸说！"陈芬指着夏淑芳大骂，"白眼狼！"

"你摸摸自己的良心，如果当初不是你要把我卖去农村，我能逃吗？你养我我承认，你敢说你当初不是贪图夏家那点儿遗产才收养我的？"

"我最后得到什么了？什么也没有！你就是忘恩负义，别净瞎编故事把自己说得多可怜。你和那姓林的都不是好东西，看现在遭天谴了吧，死得该！"

最后一句彻底激怒了夏淑芳，她抓起桌上的碗就向陈芬扔去。

林陌桑却始终沉默着。

她看着水池中的渣子与油污，忽然想起过去，只要林雨声在家从来不让她做饭洗碗。他说："女孩子就应该娇养。我就这么一个女儿，疼还来不及。以后要是有谁让我女儿伺候他，我一定揍死那小子。"

可是如今还有人会这样疼她吗？

林陌桑一把拉住企图反击的外婆："您不该那么说。"

陈芬被林陌桑教训得一愣，试图抽出胳膊却被林陌桑死死拽住："那只是意外，您不该那么说。"她的父母是什么样的人，没有人比她更清楚。别人可以污蔑她，但是不能污蔑她的亲人。

陈芬看着林陌桑拒不放手，怒极反慌："你要干什么？"

"您应该向我妈妈道歉。"

"道歉？"陈芬抬手向林陌桑打去，"我看是你妈没教好你怎么跟长辈说话吧？"

林陌桑任凭陈芬打着，依旧按着她的手不放："请道歉。"

夏淑芳上前扯住陈芬的手，将林陌桑护在身后。

"你们这是要一起反了啊！"

陈芬推了林陌桑一把，林陌桑踉跄间松了手，转眼就看到陈芬一掌打在了夏淑芳头上。陈芬手上的戒指划伤了夏淑芳的额角，青紫流血的伤口让陈芬赫然愣了。

林陌桑看向母亲的脸，夏淑芳曾经有多爱护那张美丽的脸，林陌桑如今就有多心疼。

小时候就是这个漂亮的女人总会带她去街上买棉花糖吃。父亲总说那糖不干净，可林陌桑喜欢。夏淑芳就一边低头接受林雨声的批评，一边对着林陌桑眨眼偷笑。

记忆短暂而零散，林陌桑心里的怨恨将这些记忆掩埋在深处，睁开眼就只剩下夏淑芳的坏。

她也知道，搬来的那一晚夏淑芳为何会和陈芬争吵。陈芬带着嘲讽故意质问夏淑芳："没钱，为什么不把你女儿卖掉？"

"我不是你，就算我去要饭，我也不会放弃我女儿！"

那时候林陌桑捂着耳朵不愿听，以为夏淑芳的话不过是为洗白她这个不称职的母亲。

现在想来，面对一个曾经差点儿把自己卖掉的养母，一个她嫁给林雨声才好不容易逃出来的家，夏淑芳是做了怎样的妥协，才会笑着搂着林陌桑的肩膀说去找外婆。

夏淑芳从来不向自己讨厌的人低头，可是为了林陌桑她妥协了。即便嘴上不饶人，却还是耐着性子与林陌桑蜷缩在那不足十平方米的杂物间里。

林陌桑连一张写作业的桌子都没有，只能跪在收纳箱旁，勉强将箱子当作写字的支靠。有时候林陌桑半夜醒来，会发现夏淑芳在悄悄揉她的膝盖。她装作熟睡，不敢作声，也不敢去看夏淑芳的表情，生怕在这个骄傲得不可一世的女人脸上看到前所未有的无助和悲伤。

林陌桑拉住了夏淑芳的手："我们走吧。"

走去哪儿？不知道。接下来要怎么办？不知道。可是离开总比待在这里好。任何苦难施加在林陌桑身上，她都可以忍，可是她不能忍耐有人欺负自己的母亲。即便这个人有时不靠谱，可父亲去世之后，还有人比夏淑芳更爱她吗？没有了。毕竟对于相依为命的她们来说，世上唯有至亲不可欺。

夏淑芳没有说话，只是点了点头。她回房间简单整理了一下行李。她们没有带多少东西，似乎在夏淑芳心里已经默认了这里不可能久留。夏淑芳打开钱包，将仅有的钱拿出一半放在桌子上："砸坏的东西算我赔。"

在陈芬的谩骂声中，夏淑芳带着林陌桑走出了那个矮小逼仄的房间。漫长的走廊像是她们晦暗的人生，母女俩一阵沉默，心下无限凄凉。明明还活在这世上，却遭到比死者更凄凉的对待。

林陌桑拉着夏淑芳的手走出楼道，看到明媚的天光时，两个人不禁都深深吸了一口气，好像许久都没有这样畅快地呼吸。林陌桑看着夏淑芳额头上的伤，拉了拉她的手："我们先去医院吧。"

夏淑芳用指头轻轻碰了碰伤口，血口倒没什么，就是血口附近跟着肿起来一个包，手指一碰就疼得厉害。看到夏淑芳一瞬间泛红的眼角，林陌桑心底也跟着抽搐了一下。

夏淑芳看林陌桑一直盯着她，收敛了表情笑着说："没事，等会儿消毒冰敷一下就没事的。"

林陌桑没有反驳，而是问道："我们还有多少钱？"

"放心，足够你下学期的宿舍费了。"夏淑芳搂住林陌桑的肩膀，"等会儿我就去学校帮你申请宿舍，争取今晚就住进去。"

"那你呢？"林陌桑问道。

"我以前到处玩的时候，不照样有地方待吗？"夏淑芳轻轻拍了拍林陌桑的脸，"放心，我是个成年人，有的是办法。"

林陌桑按住了夏淑芳放在她脸上的手，像是刚刚的轻拍打碎了她心中的屏障。林陌桑轻轻蹭着母亲的手，皮肤的温度由面颊传递到心底，自父亲去世后就冻结在胸中的坚冰终于融化了。

哭没有用，解决不了任何问题。所以林陌桑从得到父亲死讯的那一刻起就没有哭过。无论流落街头还是被别人诬陷，她都没有哭。

可是不哭的她又有什么用呢？解决不了任何问题，懦弱无能，忍气吞声，只能任凭他人左右。

"都说没事了，你怎么哭了？"林陌桑止不住自己的眼泪，夏淑芳吓得慌了手脚，"没事的，没事的，乖，不哭。"

夏淑芳直把林陌桑当三岁孩子哄，可是她越说，林陌桑哭得越厉害。最后林陌桑推开夏淑芳："你去买药，别管我，我一会儿就好了。"

夏淑芳没了办法，只好听林陌桑的话去买药。

见母亲走远，林陌桑蹲下身子，将脸埋在双臂间阻止眼泪流下。

如果不是为了她，夏淑芳不会委曲求全到这一步。林陌桑曾以为，是父母拖累了自己，事实上到头来她才是那个最没用的人。想起过去她心中那些埋怨，就为自己感到羞愧。

此时此刻，除了依赖夏淑芳的庇护，她还能做些什么呢？

林陌桑摸索着找出被她扔在书包角落的十面骰子。大多数人开始信奉神明，是在感到命运无法反抗的时候。

既然已经走投无路，那就信它一回吧。

林陌桑双手合十，虔心祈祷。

"如果世上真的有神，真的有龙的话……求求你，帮帮我！我愿意付出代价，请你帮帮我！"

林陌桑握紧那小小的木块，将双手贴在额头祈祷。她深吸了一口气，松开了手掌。

"请给我和母亲一处安身之所。"

骰子落地，发出沉闷而微弱的声响。十面体滚动了两圈之后停住。静止的那一刻，林陌桑赫然看到空中一个金色的"契"字转瞬即逝。

林陌桑凑了过去，仔细辨认着最上方的图案。她从小耳濡目染，各种与龙有关的图案都能认出真身。而如今最上面的这一幅，狼身龙首，嘴衔宝剑……林陌桑吞了吞口水，该不会这么巧，偏偏选中了龙九子中最嗜杀好斗的凶兽睚眦吧？

然而直到夏淑芳回来，依旧什么也没有出现。既没有骇人的异兽，亦没有古装打扮的怪异神仙。

林陌桑与夏淑芳坐在便利店里吃着泡面，算是今天的晚餐。林陌桑看了看那暗淡无光的十面骰子，心想这果然是个玩笑吧，她竟然还天真到信以为真。

天色已暗，太阳西沉，街灯还未亮起，正是一天中最晦暗不明的时刻。

母亲去洗手间清洗伤口，林陌桑站在便利店外等待。望着夕阳的余晖，林陌桑只觉一阵冷风吹过，她嗅到了一丝淡淡的血腥味。

就在这时候，那个人出现了。

昏沉沉的天空下，那人穿着一身残破的黑衣，微微驼着背脊向林陌桑走来。林陌桑觉得萦绕鼻尖的血腥味越来越浓，不知道那气息是他自己的还是别人的。他既没有穿着古代的长袍，亦没有异于常人的奇怪特征，除了周身让人不寒而栗的戾气，整个人的打扮甚至比常人更普通，更……邋遢。

"你就是……睚眦？"

"嗯，你可以叫我曾默。"男人阴沉地开口。

"你怎么是个人？"

这一问把曾默也问蒙了："不然呢？"

林陌桑的想象过于丰富，以至于看到如此普通的开场，心中不禁有一些失望。

曾默从上衣口袋中掏出一包烟，将仅剩的一根叼在嘴里。他撕开烟盒，将它压成一张平整的纸。曾默抬头看了林陌桑一眼："有笔吗？"

林陌桑从书包里掏出一支笔递给曾默。曾默在烟盒的背面写下一个名字与一串号码，然后将笔和烟盒压在一起，又从口袋里掏出五百块钱，一起递给了林陌桑："这个钱你先拿去凑合一晚，明天这个人会去学校接你，然后会带你们去他住的地方。如果他没来，你就打上面的电话，懂了？"

林陌桑接过烟盒和钱，不禁笑了一下，并无喜悦，反而带着些许对世事的讽刺。召唤出龙九子又如何，还不是一个推给一个？麻烦这种东西，对人对神都一样。

"你笑什么？"曾默抬眼瞥向林陌桑。

林陌桑摇了摇头，说道："谢谢。"

曾默没再多说就转身走了，不给林陌桑多问一句的机会。林陌桑看了看手中的烟盒，凌乱的字迹勉强可以辨认出"赖远辰"三个字和一个手机号码。看名字似乎是一个男性，除此以外，没有其他信息。

曾默甚至没有说对方什么时候来，林陌桑也没来得及问他怎么知道自己就读哪所学校。也许这个"赖远辰"本就是一个打发她这个麻烦的借口罢了。不过也没关系，至少这五百块钱不是假的。

夏淑芳从洗手间走出来的时候，正看到林陌桑对着五百块钱傻笑。

林陌桑谎称刚刚碰到了父亲门下的学生，对方给了一些应急的钱，于是几乎是半强迫地将母亲送进了附近的社区门诊，给伤口消毒包扎。后来两个人找了一家六十块一晚的招待所，挤在一张床上睡了一夜。

第二天中午，林陌桑在校门口等待了许久，也没有陌生人向她走来。她反复摩挲着手中的烟盒，最终还是没勇气试着拨一拨这个号码。她宁愿相信，是自己不愿打电话所以错过了受助的机会，而不是那人一开始就给了她一个空号。

下午的时候，F省奥林匹克数学竞赛放榜。

全省第一名是一班的卓景然。林陌桑原本没注意过他，只知道他上学期期末考试以三分之差落在自己后面。那时卓景然因为长相出众、运动全能，已然拥有了一批粉丝，将他视作"连城男神"。于是林陌桑这个第一名就显得名不正言不顺，似乎是抢了卓景然的风头。

如今终于众望所归，一切似乎理所当然。没了林陌桑的名字，连榜单都顺眼了许多。

班主任拍了拍林陌桑的肩膀："其实你最后的总分比他高，这个第一名本来应该是你的。遭到匿名举报只能说你运气不好，这种事只能吃哑巴亏。"

"凭什么？"

林陌桑问得班主任一愣。

"凭什么运气不好可以解释一切不公平？"林陌桑紧接着问道，"举报我的人有证据吗？他看到我夹带私藏还是抄了别人的卷子？"

凭什么她和爸爸只能做一个不能吭声的哑巴？

如果她连自己的清白都无法证明，又如何为父亲伸张正义？

林陌桑一下课就去找了F大奥数竞赛组委会，她将那一本写得满满当当的练习册摆在负责人面前。办公室值班的负责人是个四十多岁的女老师。

"我要证据。"林陌桑拍了拍练习册，"我可以证明那些题是我凭实力做的，那

个举报我的人有什么证据说我是投机取巧。我要证据，否则我不服。"

"这本练习册是F大老师出的，里面有很多经典题目与这一次比赛的题目相似。"负责人笑了笑，故作惊讶地说道，"你将它拿到这里，是想说你在考试中途离场去看了这本练习册吗？"

欲加之罪，何患无辞？林陌桑沉默了半晌，似乎找到了问题的症结："举报我的是谁？"

"举报是匿名的，规定要求要保护举报者的隐私。"负责人强调道。

"举报者有隐私权，那我的知情权呢？"林陌桑质问道。

负责人只是微笑着摇了摇头，无论林陌桑说什么都无济于事。

"这一次没拿到成绩，还有下一次机会，何必这么较真呢？"负责人劝慰道，"你如果真有实力，下一次证明不就好了。"

林陌桑怒火中烧，还没来得及反驳，就听到身后有人说道："如果连自己的荣誉与尊严都可以马马虎虎，那和畜生有什么分别？"

"赖、赖老师，您怎么来了？"

见负责人霍然站起了身，林陌桑也回头看去，一个不过二十多岁的青年正倚靠着门框。说是老师略显年轻，说是学生却难掩成熟的气质。青年眉骨高耸眼窝深陷，衬得那双眼极为有神，像是藏着星光。

青年对着林陌桑挑了挑眉，似乎在求得她对刚刚那句话的认同。

那人一身白大褂，里面穿着一件粉蓝色的衬衫，色调干净而温和。大概是因为眉目天生带笑，又顶着一头柔软的自然卷，不禁给人以温柔舒暖的好感。

"所有的数学证明可能通过不同的方法得到结论，但它一定拥有同样的条件。举报者有隐私，参赛者却不能知情，高老师，您的数学逻辑该不会还不如一个高中生吧？"

被称作高老师的负责人哑口无言。

青年倒也没再咄咄逼人，而是走到林陌桑身边，翻了翻她放在办公桌上的练习册。

青年随便问了林陌桑一道题，林陌桑如同看得见答案一般，就将解题过程口述出来。青年惊讶地看着林陌桑，眼中写满赞赏和欣喜，看得林陌桑有些不好意思，不禁移开了眼神。

"当时看到林陌桑走出教室的，应该就是同一考场的人。"

青年准确地叫出林陌桑的名字，林陌桑又抬眼看向他，对方也正将温柔的目光投射在自己身上。那一刻，林陌桑恍然想起刚刚女老师对他的称呼。

赖……老师？他姓赖，赖远辰的赖。

这一瞬间林陌桑竟然觉得眼眶发热，既期待又惧怕这仅仅是一个巧合。

"举报者，只要有心，总有办法查出来。"赖远辰收敛了笑容，对着负责人说道，"但是相比暴露一些说不清楚的东西，不如想方法证明另一个人的清白。毕竟我们作为教书育人的老师，相信学生比怀疑学生更重要，不是吗？"

负责人没再反驳，只是点了点头："具体解决方案我跟组委会的其他老师商讨一下，到时候会通知赖老师您……和林同学的。"

赖远辰举起手，做了个"OK（好）"的手势，然后拿起林陌桑的练习册就朝门外走去。林陌桑见练习册被人拿走，不禁"哎"了一声。

赖远辰闻声回头，微笑道："一起走啊，难不成你还想留在这里等结果？"

林陌桑窘迫地跟上赖远辰的脚步，低头走了几步，一抬头猛地撞在了赖远辰的下巴上。

赖远辰捂着下巴，笑着说道："你这是在报复我来得太晚了吗？你好，我叫赖远辰，林陌桑同学。"

林陌桑抬起头，看着赖远辰向她伸出一只手，她却迟迟不敢去握。

"你为什么不给我打电话呢？"赖远辰自然地收回手，丝毫不显尴尬，"是不是曾默写的东西你看不懂？那家伙的狂草的确有些难认。"

"你为什么会在这里？"

林陌桑很久以后才知道，她的开场白问了多傻的问题。其实赖远辰是F大生物专业超级有名的讲师。他的课几乎堂堂爆满，很多其他专业的女生也会慕名而来。

"我刚刚正好有一堂实验课耽误了。本想下课去找你，没想到你自己就来了。"赖远辰不好意思地解释道，"抱歉，我来晚了。"

林陌桑直视着赖远辰，走廊里光线昏暗，她却像是看到了一束光。林陌桑笑了笑，说："没关系。"

"至少你来了，在我最无助的时候来了。"林陌桑在心中暗暗地说道。

第二章

龙九子竟不是一个爹生的

车子缓缓驶入龙湖区。晴空万里，天地相称，绿荫错落团簇在一栋栋别墅之间。

龙湖区是F市如今地段最好、房价最高的富人住宅区。

看着车窗外闪过的风景，坐在车后座的夏淑芳忽然将林陌桑拉到身前，压低声音问道："你说你爸是不是把咱们骗了？"

同样是F大的大学教授，赖远辰却住在市里有名的富人区。这里林陌桑没来过，却不止一次听过它的大名。毕竟身家没有几亿，都没有脸在龙湖区买房。

"还是说，这人是个富二代？"

林陌桑看着驾驶座上认真开车的赖远辰，张了张口却编不出合理的理由。

林陌桑没有向夏淑芳说明召唤睚眦的事情，只称赖远辰是林雨声关系很好的同校同事。事实上，一个古建筑系一个生物系，别说跨了个学科类别，甚至两个学院的位置都一南一北，互相从来不打照面。还是林陌桑找来同学秦连臻救场，才让夏淑芳相信这个过于年轻的老师确实是生物系的教授。

赖远辰在一栋二层别墅前停下，看到后视镜中林陌桑面露为难，像是听到了她的疑虑，于是解释道："这不是我的房子。我哥爱好投资房地产，当时这片区域还在做规划他就买了房子。买得早，所以价格也不贵，房价只是现在的十几分之一。因为里面房间很多，空着也是空着，有时候也会低价租给学生。"

林陌桑听完不禁松了一口气，说道："我们也会付租金的。"

"嗯。"赖远辰笑了笑，"你可以一年一交。"

一旦建立租借的关系，就避免了施舍的内涵。所以不是同情不是怜悯，只是出于一种善意的帮助。赖远辰细心周到，林陌桑感激在心。

这是一栋英格兰风格的二层别墅，前院是小花园，后院是水池，院子周围种着柚子树。

赖远辰为林陌桑与夏淑芳简单介绍了一下，二层别墅共有六个房间，目前只有赖远辰和弟弟一起住，其他朋友偶尔会来避雨。

这个名义上的弟弟与赖远辰并无血缘，而是他女友的弟弟，名叫钟纤霖，是个闭门不出的宅男，正常作息的人基本见不到他。平时赖远辰会让租房的男学生住一楼，女学生住二楼。林陌桑与夏淑芳被赖远辰安排进了二层一个带独立卫生间的卧室。

林陌桑搬进带着露天阳台的房间时，整个人有些发晕。一切美好来得太突然，突然到让她有些晕眩。

林陌桑站在阳台上，眺望着即将西沉的暮色。她翻出那枚十面骰子，仔细打量着上面精密的花纹。囚牛、睚眦、貔貅、狴犴、狻猊、螭吻、饕餮、椒图、霸下……龙之九子竟然真的存在？

"喂，林陌桑！"

林陌桑闻声看去，赖远辰站在院子里正向她挥手，大声问道："晚上吃火锅怎么样？"

林陌桑笑着，学他比了个"OK"的手势。

赖远辰本想一个人张罗材料，林陌桑执意帮忙，赖远辰只好将洗菜的活儿交给她。林陌桑洗菜只是顺便，探寻真相才是目的。她凑近赖远辰低声问道："曾默也住这里吗？"

赖远辰摇了摇头："他工作比较特殊，居无定所，我们也很少能见到面。"

"那他为什么找你帮忙？"

赖远辰想了想，答道："他算是我三哥。我们兄弟约好，无论谁有困难都会无条件伸出援手。"

"兄弟？所以你……"

林陌桑没说完，赖远辰却知道她要问什么。

"对，我也是龙九子之一。"赖远辰坦然承认，"我听三哥说了你们的事。说实话，之前我们没有遇到过这种必须强制执行某一个人命令的情况。"

林陌桑擦干手上的水，掏出十面骰子给赖远辰看，将那天遇到龙神的事情说了一遍。林陌桑憋得太久了，她不敢跟其他人说。别人没把她当作神经病，她也会认为自己疯了。

"如果真像你说的那样，请你务必把这枚骰子收好。"赖远辰异常严肃地恳请道，"虽然不知道其他人能否靠它命令我们……但是并非所有人都像你一样，你的请求只是一处安身之所，可是大多数人的欲望比你的可怕得多、邪恶得多。"

林陌桑可以想象赖远辰的担忧，点了点头。

吃完火锅之后，天色有些阴沉，是风雨前的征兆。

赖远辰望了望不见星月的夜空，神色有些黯然。他催促林陌桑和夏淑芳早点儿休息，自己也匆匆回了房间。

林陌桑回到房间，夏淑芳就将门反锁了，问道："你认识那位赖老师很久了？"

林陌桑握紧了手中的十面骰子，摇了摇头，又点了点头。夏淑芳了然，也没再追问。

"妈妈虽然没你爸聪明，但是见识过各种各样的人。很多温柔的人，大多时候是维持一种假象，只有心里藏了足够多的东西，才会从外表把自己打磨得平易近人滴水不漏。你明白我在说什么吗？"

林陌桑点了点头，她知道母亲在提醒她提防赖远辰。毕竟刚刚认识不到一天的人，林陌桑就给了对方太多好感和信任。

午夜十二点的时候，一声闷雷让林陌桑赫然惊醒。她看了一眼隔床仍在熟睡的母亲，心下不禁平静了几分。窗外的雨哗然下落，让夜晚显得格外静谧。林陌桑躺在床上，隐隐听到雨声里夹杂着莫名的声响，像是野兽的嘶吼与铁链碰撞的声音。

错觉，一定是错觉。林陌桑紧紧闭上眼，听觉反而更加灵敏，那嘶吼声似乎是从楼下传来的，随着雨声渐渐减小，变得越来越清晰。

林陌桑心中焦躁不安，又看了一眼夏淑芳，终究还是不忍心叫醒她，自己下床向楼下走去。

晚上母亲对她说的话，让她耿耿于怀，难道赖远辰真的隐藏着什么不可告人的秘密？

林陌桑光脚踩着楼梯，越向下走，那嘶吼声与铁链的碰撞声就越大。她很确定，声音来自地下室，只要她再往下走一层就可以勘破真相。此时一道闪电落下，照亮了楼梯正对着的窗。林陌桑看到窗口站着一个人，正倚在水烟壶一侧，在缭绕的烟雾中仰头吞吐。

"你怎么起来了？"

林陌桑确定那是赖远辰的声音，于是快走几步来到窗前，试图缓解因好奇升起的恐惧。然而，林陌桑走了几步忽然愣在了原地。窗外映照进来的光打在赖远辰脸上，可那却不是林陌桑今天白天时见过的模样！

白天年轻英俊的青年，如今却变成了另外一名陌生男子的脸！

下颌生着胡茬儿，法令纹犹如刀刻一般。在幽暗的光线下，眼袋下垂，显得沧桑而颓废。

林陌桑不禁向后退了半步，却再也动弹不得。这其实是一场噩梦，对吧？一定是的，不然哪有人白天和晚上是两张脸！

"吓到你了吗？"赖远辰的声音略显疲惫，"抱歉。"

林陌桑张了张嘴，却问不出一句话。

"雨天的时候我的样貌会变成不同的样子，如果你以后还是住在这里，可能要适应一下。"

赖远辰平淡地解释道，说罢将烟管放回水烟旁的架子上，然后摆手挥散眼前的烟雾。

"回去睡觉吧。"赖远辰指着楼上的方向，"无论听到什么都不要再走出房间，听话。"

林陌桑应了一声，转身向楼梯走去。地板的凉意从林陌桑光裸的脚底蹿了上来，踏上第一级台阶的时候，她还是忍不住朝地下室的方向看了一眼。

"这个家，除了地下室你哪儿都可以去，可以使用。"赖远辰的声音在身后响起，像是说明又像是警告，"有关地下室的一切，你听不到，看不到，不要问，知道了吗？"

林陌桑愣了一下，说道："知道了。"说罢就向楼上跑去，不敢回头再看一眼。

第二天林陌桑起得很早，或者说她根本就没有睡。只要一闭上眼，她眼前就会浮现赖远辰那迥然不同的面孔。

窗外大雨依旧，林陌桑本想早早避开赖远辰去学校，才恍然想起今天是周六，她没有别处可去，只好逃回房间。然而越是忐忑紧张，越是应了墨菲定律前来应验。

路过赖远辰的房间时，恰好房门开启，有人从房内走了出来。林陌桑低着头，不知如何应对，倒是对方先开了口。

"来找小辰辰？"

意外的女声将林陌桑从焦灼中浇醒。林陌桑猛地抬头看去，就看到一个短发美女穿着一件男款衬衫站在赖远辰房间门口。

美女回头向房间看了一眼，对林陌桑解释道："他还在睡，要不你晚点儿来？"

这回答听起来似乎透露着什么不可告人的小秘密。林陌桑直觉内心有一万匹羊驼奔腾而过。什么温柔亲和，果然都是假象啊！

赖远辰昨天在林陌桑心中建立的光辉形象，此刻算是全然崩塌了。

"没事，我没有要找他。"林陌桑连忙否认，"我……只是路过。"

林陌桑说完就低下头移开了目光，毕竟眼前的景象着实有些扎眼。美女见林陌桑如此，先是一愣，然后笑了一阵才自我介绍道："哦，我叫萧甯，是远辰的女朋友。"

萧甯说罢，房间里就丢出来一个枕头，砸在离她不远的地方。

萧甯似乎笑得更开心了，回手拉上了房间的门，搂过林陌桑："吃早饭了吗？"

林陌桑摇了摇头。

"那我去叫个早餐送来。"萧甯说罢就拨通了电话，一边吩咐电话另一端的人一边询问林陌桑，"跟我一起吃意式培根煎蛋和咖啡可以吧？你们小姑娘倒是都不排斥西式早餐，那你母亲呢？"

"她今天要去筹备我爸的追悼会，很早就走了。"

"这样啊。"萧甯想了想，"会场定在哪里？"

"原先想在F大的礼堂办，但是因为之前一些误会，学校不太同意，所以现在还在谈。"

"呵，学术污点吗？"

林陌桑没有回答，算是默认。

奇怪的是，萧甯似乎对她家的事已经有所了解，才会如此流畅地对答。其实夏淑芳原本不想为林雨声办追悼会，毕竟那次研究项目抄袭公示的事，已经让她和林雨声的同事闹得很不愉快。再加上R国学者因为造假而自杀的事情导致舆论沸腾，导致国内媒体一直追着F大不放。林雨声虽然是被诬陷，但是俨然已经被媒体刻画成了另外一位"伪科学家"。

如果不是秦连臻的父亲秦峰力挺林雨声，如今社会舆论怕是一边倒，林雨声再无翻身正名的余地。秦峰是林雨声多年的朋友，听说他去世，百忙之中特意从国外赶了回来。虽然F大企图和林雨声划清关系，但是许多林雨声门下毕业的学生惦念师恩，于是就在秦峰的带头下，将追悼会的事提上了议程。

林陌桑与萧甯一起吃早餐时才知道，这个完全可以靠外表吃饭的大美女，竟然偏偏是一位靠才华工作的高级律师。

萧甯表示林雨声的事情她可能帮得上忙，于是问林陌桑要了夏淑芳的电话。两个人没有多聊，萧甯就在应对接连不断的电话与信息中出了门。

如今只剩下林陌桑和赖远辰抬头不见低头见，林陌桑坐立难安。林陌桑从来不是一个胆小怕事的人。哪怕赖远辰是个吃人的妖怪，林陌桑也能以恶制恶，无所畏惧。可偏偏赖远辰给林陌桑留下了温暖的第一印象，让她既狠不下心，又放不开胆，一时间不知该如何面对。

不知如何面对，干脆不去面对，林陌桑索性将自己关在房间做了一天题。

晚上的时候夏淑芳与萧甯一起回来，赖远辰还是没有走出房门。

"你爸的追悼会定在明天十点，F大礼堂，你准备一下。"

"谈妥了？"林陌桑以为F大不会同意。

"嗯。"夏淑芳对着萧甯点了点头，"多亏了萧小姐帮忙。"

萧甯笑了笑，坦然接受了夏淑芳的道谢。

那天晚上夏淑芳与萧甯在楼下聊了很久才回到房间休息。一进房间，夏淑芳就对林陌桑说道："如果以后遇到什么事情，你可以相信萧律师。"

林陌桑不知道萧甯用了什么方法，仅仅一天就将夏淑芳收服了。不仅如此，夏淑芳还鼓动林陌桑认萧甯做干妈。且不说萧甯看起来过于年轻，要是算上萧甯和赖远辰的关系，她岂不是要连带叫赖远辰干爹？这不好，多尴尬。所以，林陌桑严肃地拒绝了夏淑芳的提议。

前一夜落下的雨，淅淅沥沥下了三天，追悼会在连绵的春雨中开始。

林雨声从教二十多年，桃李满天下，却没想到最后落得只有不到十人站在这空荡荡的礼堂当中。

秦峰念完悼词，林陌桑与夏淑芳并排而站，回谢来宾献花。轮到最后一人，献上的却是一朵白色的兰花。

白兰在其他人送出的白菊中间并不明显，却像是生在了林陌桑的心头，让她忍不住又看了献花的人一眼。唯有品性高洁的君子才可以与兰花相配，林陌桑懂这人未曾开口已经言明的意思。

眼前的人有着一张陌生的面孔，大抵是少年年纪，却又是成年人的身骨。这不和谐的气质在林陌桑看到对方眼神的瞬间有了答案。

"赖……"

林陌桑刚刚发出一个音节，眼前的人就摇头制止了她。赖远辰不想徒增误会，索性当一个全然陌生的人。赖远辰献过花就匆匆转身离去，没有引起任何人的注意。不过从赖远辰进门的那一刻，萧甯就看到了他。

"真意外。"萧甯站在林陌桑身边，双手环胸看着赖远辰的背影说道，"他可从来不在雨天出门的，这次竟然破例了。"

林陌桑看了一眼那朵白色的兰花，心中一动，起身追了出去。

雨中，赖远辰手持一把黑伞，听到身后的脚步声于是转过了身。雨水打湿了林陌

桑的额发和双睫，令她看上去像只狼狈而倔强的兽崽。

"我来是想跟你道个谢。"林陌桑解释道。她想谢谢赖远辰无条件信任父亲的品格。其实回去以后再谢也来得及，可是林陌桑听到萧甯那样说，总觉得就这样让赖远辰一个人离开，有些话再说就晚了。

赖远辰见林陌桑淋到了雨，于是将雨伞递向她，林陌桑却本能地向后退了一步。

"你怕我？"

赖远辰递向林陌桑的伞始终没有收回。林陌桑看着两人间她刻意拉开的距离，不禁有些心虚，却还是故作轻松地摇了摇头："没有。"

赖远辰向前迈了一步，将林陌桑护在伞下，艰难地说道："我原本不想让你知道这个秘密。没有正常人能够接受我这种可怕的变化，即便是我的父母。我能理解你的恐惧。我十二岁时第一次容貌改变，也被自己吓得半死。"

林陌桑摇了摇头，其实……其实她只是还没适应。

"我没有能力让你忘记那晚你看到的一切。我只能做到下雨的时候尽量不要让你看到我，"赖远辰耷拉下肩膀，"或者请你把现在的我当作一个陌生人。"

林陌桑蹙着眉看向赖远辰，不懂他这句话的意思。为什么要因为面貌改变而划清与别人的关系？还是说赖远辰习惯了用这样的方式，应对所有发现他这个秘密的人？

"那你是谁？"林陌桑问道。

见赖远辰语塞，林陌桑却笑了。她捂住自己的眼睛，又问了一遍："你是谁？"

赖远辰顿了一下，却恍然明白了林陌桑的意思，回答道："我是赖远辰。"

"嗯，赖老师。"林陌桑放下手，抬眼看向赖远辰，"这本来也不是你的错。"不是他选择成为龙之子，也不是他故意改变容貌。本来就像是一场始料未及的事故。

"因为你没有恶意，所以我不害怕。"

赖远辰张了张口欲言又止，唯有以微笑回报这包容与理解。

雨渐渐停了，地上的积水倒映着两人的身影，林陌桑不禁向后退了一步："追悼会还有一些事情没完成，我先回去帮我妈了。"

林陌桑刚刚转身，就被礼堂里冲出的人撞了一下。多亏赖远辰扶住她的肩膀才不至于跌倒。紧接着，林陌桑就看到了追出来的夏淑芳。

夏淑芳将手中的灭火器狠狠向那人跑走的方向砸去。"咣当"一声的巨响，地上的泥水溅了林陌桑一身，她刚想开口询问发生了什么，就看到夏淑芳跌坐在地上大哭起来。

明明已经缓解的悲伤像是被刚刚的巨响砸出了缺口。

林陌桑跑过去抱住夏淑芳，轻抚着她的后背。夏淑芳反反复复念着："老林绝对不是自杀，绝对不是！他没有抄袭没有造假，才不会畏罪自杀！"

后来林陌桑才知道，撞到她的人是混进追悼会的记者。她出去找赖远辰的时候，那人当众质问夏淑芳对林雨声学术抄袭的看法。言辞不敬，夏淑芳被激怒了，动了手将人赶了出去。

那天回去以后，夏淑芳将自己关在房间里很久，直到晚上才走出了房门。夏淑芳像是什么都没发生过，给林陌桑做了一顿晚饭，普普通通的一碗鸡蛋面。夏淑芳手艺向来糟糕，这次却用了心，林陌桑倒不觉得难吃。只是林陌桑没有想到，这竟是一顿散伙饭。

第二天一早醒来，天气放晴，夏淑芳却不见了，只留了一张字条。

我坚强可爱的女儿：

因为不知道如何与你辞行，所以选择不告而别。但是又怕你担心我，想来想去还是留封书信比较好。

当初老林救我出走，给我安身的地方，保护我无忧无虑，我却什么都没能报答他。如今我没了机会谢他、爱他，至少要为他生前坚持的理想做点儿什么。我们都相信你爸是清白的，可是人言可畏。我没办法眼睁睁看着老林为了他的研究献身，死后还要背负骂名。

我相信老林走过的路不会假，遇到的人不会假。只要他留下足迹的地方，一定有可以证明他清白的证据。只要有，我就一定可以找到。相信我，我回来的那一天，就是为你爸洗去污名的那一天。

你留在这里好好完成学业，不必担心学费、生活费，我每月会寄钱给你，让你知道我一路平安。有麻烦就去找干妈帮忙，不用跟她客气。

你不靠谱的妈：夏淑芳

林陌桑看完，先是无奈地笑了笑："原来你也知道自己不靠谱啊。"可是说完却埋下脸背过了身，不禁攥紧手心的字条。她吞了一下口水，似乎还能想起昨天那碗面的味道。

早该发现的，早该意识到夏淑芳的反常的。她气愤夏淑芳任性的离开，却也自责自己没有能力给出一个更好的结果。

赖远辰在一旁看着林陌桑，她低着头不知在想什么。夏淑芳的离开对于刚刚丧父的林陌桑来说，无疑是一个新的打击。赖远辰担心她想不开，酝酿着说辞。可走到这一步是他意料之中，似乎说什么都是多余的，最终只安慰似的拍了拍林陌桑的肩膀。

林陌桑感觉到赖远辰的手，扬起一个笑脸，"我没事的。"她将夏淑芳的字条折好放进口袋，对赖远辰说道，"你放心，我不会犯傻去找她的。"

毕竟她还太弱小，帮不到母亲任何忙，只会徒增麻烦。既然夏淑芳已经做了决定，她觉得自己就应该尊重她的想法。

毕竟作为彼此唯一的亲人，应该给予对方的不只是关怀，更是信任。

"这边的房租我不想让我妈出，所以能用打扫、做饭代抵一部分吗？"林陌桑诚恳地请求道，"如果觉得我做得不够，可以随时赶走我，我……"

赖远辰摇了摇头："你可以把我当作你的家人。"

"家人"这个词过于窝心，林陌桑觉得心口酸涩。她抬头看向赖远辰，张了张口却说不出拒绝的话。赖远辰在给她脆弱的空间，在给她可以示弱的理由。

"小辰辰，你是把我这个'干妈'当摆设吗？"

林陌桑回头就看到一身西装的萧甯推门走了进来。

林陌桑看着眼前熟悉的面孔，一瞬间有些发蒙。她的目光划过对方的喉结、平坦的胸膛，脑中回想着刚刚低沉的男性嗓音，艰难地复述道："'干妈'？"

"哎，"萧甯坦然地应道，"乖女儿。"

赖远辰恍然明白了林陌桑的迟疑，笑着解释道："萧甯是我四哥。"

"哥？"

"唔，货真价实的男人。"赖远辰无奈地扶额，"只是有时候会……有一点儿小改变。"

林陌桑神情诡异地打量着萧甯，刚要开口就被萧甯及时阻止。

"我暂时找不到一个科学的说法为你解释。但是只有在下雨的时候我才会变成女性的模样……只有下雨，你明白吗？"

林陌桑没有答，看向另一边已然恢复自己面孔的赖远辰。所以，都是下雨才会改变？

萧甯通过短暂拥有女性的容颜而获得了不少意外经验，因此颇得女性朋友的喜欢。但是他并不太想继续这个话题，于是扯回刚刚的对话："'干妈'觉得你刚才的觉悟特别高，白吃白住的确不是一个新时代的好姑娘应有的人生观。"

"啊？"

"所以周一到周五准备早晚餐，周六日不出门的话准备三餐，有时我会来蹭饭。家里每周清扫三次，垃圾每日清理，不住人的房间可以半个月做一次清洁。"萧甯不等林陌桑答应，就用手背拍了拍赖远辰的胸口，凑近低声说道："这下你可以把那个整天觊觎你的小保姆辞了。"

"其实……"

赖远辰还没说完，萧甯"啊"了一声，补充道："其实这个以后也不一定就对你没想法。"

"你是不是觉得全世界的异性都对我有想法？"赖远辰无奈道，"你简直比花宇还能吃醋。"

"正牌女友不吃醋，当然只能由我来替她吃了。"

萧甯笑着调侃完，瞥了林陌桑一眼。林陌桑像是什么都没听到，接过之前的话头问道："你们有什么忌口吗？"

赖远辰摇了摇头，萧甯点了点头："我列一张单子给你。"

后来林陌桑拿着足有一米长的清单，心想这两兄弟当中一定有一个是捡来的。

其实林陌桑至今也没有搞清楚龙九子之间的关系。如果说都是龙神的儿子，单是她见过的曾默、赖远辰还有萧甯，不仅长相毫无相似之处，连脾性都大相径庭。当然也有古语说"龙生九子，各有不同"，但是从科学角度来说，血缘决定了遗传基因。

能长成这样，林陌桑看了一眼院子中为花卉浇水的赖远辰，浑身都散发着天使的光辉；

却也能长成那样，林陌桑看了一眼坐在客厅里与电话那端的人据理力争的萧甯，仿佛转身就会露出恶魔的尾巴……

一个天使一个恶魔，这基因未免突变得有些过分了吧？

当然更匪夷所思的还是下雨时的改变。

比起赖远辰，萧甯并不太介意自己的变化。下雨的时候赖远辰都会请假在家，甚至不走出房门。也许是考虑到那些在这里租住的学生，赖远辰才养成了这样的习惯。等林陌桑自己吃过晚饭回房休息，赖远辰才会走出房间将他的那份端进卧室。

林陌桑懂得赖远辰的顾虑，可是她不喜欢这种心有忌讳的相处方式。

赖远辰又一次端着餐盘侧身关门的时候被林陌桑拦了下来。林陌桑仔细打量着那

张阴柔的脸孔，问道："这次是变成女生的脸？"

赖远辰尴尬应道："大概吧。"

对于他来说，因为身体没有改变，只有面孔的区别，所以并没有性别的差异。况且每次改变他都尽量不照镜子，自欺欺人反而好过一些。

林陌桑狡黠一笑，拿出手机，不等赖远辰躲闪，就对着他拍了一张照片发到了朋友圈。

"你干什么？"

赖远辰慌张地让林陌桑删掉，林陌桑却将手机藏了起来。

"你怕什么？"林陌桑问道，"怕人认出你？"

"没有。"

"哦，你怕人认不出你。"

赖远辰沉默了一阵忽然莞尔："大概吧。"

"也许我能认出来呢。"林陌桑伸出一只手，像是在邀请，"要不要赌一赌？"

林陌桑请赖远辰每当下雨变换一张面孔，就以陌生人的身份来跟她搭腔。只要她没能第一时间认出来，就算赖远辰赢。

在不能去上课索然无味的雨天里，这的确是个打发时间的好游戏。因为想要骗过林陌桑，必须脱离别墅这个过于熟悉的情境。

赖远辰起初还有些拘束，害怕遇到熟人。无论扮作问路的旅客还是捡到物品寻找失主的好心人，都会轻易被林陌桑识破。毕竟声音和身材无法隐藏，他又没太多的表演天赋。

直到有一次，林陌桑在上课途中被班主任叫了出去，说F大奥赛组委会收回了当初对她作弊的诬告，并让志愿者来学校道歉，邀请林陌桑参加明晚在F大礼堂举行的颁奖礼。

"这是邀请函。"组委会的学生志愿者将一张卡片交到林陌桑手上，"对不起，是我们错了。"

林陌桑接过邀请函，沉默了许久，才抬头红着眼睛说道："你知道吗？我爸也在等这样一句话。"

志愿者抿起嘴角，点了点头："我相信他也会等到的。"

林陌桑与学生志愿者离开办公室，一个向左下楼离开，一个向右回到教室。

露天走廊上，林陌桑走到班门前，看着淅淅沥沥落下的雨忽然停下了脚步。她握紧手中的邀请函，转身贴上走廊的墙围，对着一楼的志愿者大喊道：

"谢谢你，赖老师！"

学生志愿者错愕地抬起头，看到林陌桑笃定的目光时不禁哑然失笑，又被认出来了啊。

赖远辰摆了摆手，示意林陌桑回去上课。林陌桑却迟迟不肯离开，赖远辰比起"OK"的手势，转身离开。

后来林陌桑才知道，"OK"的手势其实除了允诺，还有赞扬的意思。

"你做得很棒，所以不需要感谢我，这是你应得的。"

第二天一放学，林陌桑就前往了F大。

原本想先去找赖远辰，却没想到赖远辰在外校做讲座，正好与颁奖礼的时间冲突。

连城中学在这一次比赛中硕果累累，单是林陌桑所在的年级就有二十人获得优秀甚至三甲。只是当初放榜时没有林陌桑的名字，所以当其他同学见到林陌桑时不禁面露诧异。

林陌桑也不多作解释，在贴有自己名字的位置坐了下来，打量着礼堂的陈设。

这个礼堂是一栋仿古建筑，与对面山脚下的古书院交相辉映。外面重檐歇山顶，红柱白墙琉璃瓦，里面却现代化得多。

林雨声不止一次跟林陌桑说起，他想要把内部改造成古书院一般的长案流水席。当然这也只是个梦想，学校不会同意他不切实际的幻想。

与前些日子追悼会的空旷肃穆不同，如今台下摆满了红皮折叠椅，中间空出一条上台的红毯走道，在舞台灯光的映衬下显得热情而隆重。

林陌桑侧头看到旁边座位的椅背上贴着"卓景然"的名字时，不禁感叹造化弄人，还真是冤家路窄。只是直到颁奖礼开场，卓景然都没有出现。

漫长的领导老师讲话之后，才开始从优秀奖颁起。为了表达组委会的歉意，林陌桑被安排在颁奖礼压轴。在漫长的程序化的过场中，林陌桑也不禁耐心耗尽有些昏昏欲睡。就在这个时候，场内后排传来了一阵躁动。

林陌桑回头，就看到一个一身运动服的男生出现在礼堂后门。少年长手长脚，袖子挽到手肘，对着后排认出他的女孩们竖起食指，露出一个满是邪气的笑容。女生小声地喊着"卓景然"，卓景然怡然自得地享受着这种拥戴，猫着腰向前排走了过来。

卓景然引起了一阵骚动，前排的老师纷纷向少年看去。他一头栗色的头发，细碎

the

the

的额发从中间自然分开，露出清俊的眉目。少年两指在额角轻碰，莞尔一笑，带着些许撒娇的意味，对自己的迟到表示歉意。

"快落座，就快到你领奖了。"

认识卓景然的组委会老师为他圆场，指了指林陌桑身边的位置。

林陌桑总算理解了她成绩超过他，却遭同学白眼的原因。卓景然像是学校的宠儿，就连犯错都可以用一个笑容弥补。

林陌桑侧着身子让卓景然入座，对方却不领情地要和她换位置："我等会儿要上台领奖，里面不方便。"

林陌桑也没什么脾气，从善如流挪了位置。

卓景然看到椅背上"林陌桑"三个字，落座时不禁瞥了林陌桑一眼。这三个字他当然记得，毕竟这个名字居高临下地见证了他在高一上学期期末考的耻辱。

"你来干什么？"卓景然问道，"你不是没得奖吗？"

林陌桑坦然答道："你来干什么，我就来干什么。"

卓景然问得火药味十足，林陌桑也回得不输半分。

相谈两相厌，很好。

直到卓景然上台，两个人都没再说过一句话。虽然表面看起来像是井水不犯河水的模范同座，但是心里早已把对方骂得体无完肤。

卓景然捧着第一名的奖杯下了台，看到林陌桑的时候心想：总算扳回了一城。

当卓景然正为真诚的落井下石以及虚伪的鼓励安慰打着腹稿时，主持人就念了林陌桑的名字："……作为实至名归的第一名，组委会设立了一个特别奖。请林陌桑同学上台领奖。"

卓景然还没能缓过神来，林陌桑就已经与他错身而过，临上台前还回头礼貌地向他笑了一下："麻烦你等会儿坐回原位吧。我领完奖再进里面不方便。"

"你……"

卓景然明明很生气，却还是要为了男神的形象保持微笑，真的好委屈哦。好在他有一群真爱他的粉丝，不等卓景然喊冤，就已经为这来历不明的特别奖打上了"黑幕"标签。

颁奖礼散场，林陌桑却没有离开，而是去嘉宾席找了奥赛组委会的老师。

"所以一等奖的奖学金可以还给我吗？"

"都给你颁了特别奖了……"

"我本来是一等奖。"

林陌桑并不打算退让。她没有作弊，如今还以清白本来就是她应得的，并不会因为组委会给她颁了一个"特别奖"，就会感恩戴德放弃原本属于她的东西。况且，无论学费和生活费，能给母亲减少一分负担她就要努力减少一分。

"因为奖金已经按程序给了一等奖的卓景然，你这边如果要一等奖的钱，那么后面几名就都要变动。"

"本来不就应该这样吗？他本来就不如我。"

老师哑口无言，这话正好被来道谢的卓景然听到。跟在卓景然身后的，还有从他一入场就像打了鸡血一样兴奋的后援团。

卓景然打量着林陌桑，一时不知道怎么回应这得理不饶人的态度。

"一个作弊上来的还有脸要奖金？"

后援团的女孩为卓景然打抱不平，卓景然反而松了一口气，任由对方反驳林陌桑。

"谁不知道你天天跑组委会大哭，才给你颁了个特别奖，根本就是黑幕！"

"就是，不要脸到这种程度我还是第一次见。"

林陌桑看着对方一唱一和，不仅没生气还笑出了声。

组委会老师急忙解释了当初的误会，后援团瞬间哑然。

林陌桑看了一眼卓景然，那眼神不言而喻，有这种智商的粉丝你还真可怜。这笑容看得卓景然不禁窘迫，对那几个还紧咬不放的女生说道："算了。"卓景然拿出手机，对林陌桑说道："你账号多少？我把奖金给你。"

林陌桑报了账号，见钱款到账之后，又跟老师确认了一下二等奖的奖金。

在后援团的心疼与委屈中，卓景然一副"我是男神要照顾一下可怜的小姑娘"的伟岸姿态，说着没事没事，然而还没离开办公室就听到了手机的信息提示。

卓景然拿出手机一看，林陌桑竟然又把一部分钱转了回来。

"你什么意思？"

"哦，那是二等奖的奖金，你应得的。"林陌桑解释道，"剩余奖金我会问相应的人要的。"

林陌桑没别的意思，不过就事论事妥善解决，但卓景然听起来就像是她拉着他做一个"你不如我"的排名。

"你有病吧？"

这次卓景然也不再掩饰情绪，一句话出口，让见惯卓景然温柔男神形象的女生赫

　　然住了声。卓景然看到女孩们的表情，知道自己失态，只能沉默着瞪了一眼林陌桑，

然后匆匆离开了这多事之地。

第二章

来自校园男神的挑衅

拿到全部奖金的那一天，林陌桑和母亲夏淑芳通了电话。这是夏淑芳离开后第一次给林陌桑打电话。她先去了地震发生的地方，但那里正在进行灾后重建。虽然没什么进展，但至少让林陌桑安了心。夏淑芳承诺每个月至少会打一次电话报平安。

"你干妈在旁边吗？"夏淑芳问道。

林陌桑瞥了一眼坐在沙发上用电脑工作的萧甯，然后应了一声。

"让你干妈接电话。"

"干妈，"林陌桑这一声颇有逼良为奸的无奈，"亲妈要你接电话。"

萧甯扶了扶鼻梁上的银边眼镜，没有应声，而是指了指自己的喉咙。林陌桑这才意识到，萧甯现在是个男人，而夏淑芳认识的却是"萧小姐"。林陌桑搪塞了几句，说萧甯在忙，勉强骗过了夏淑芳才挂了电话。想到萧甯的态度，林陌桑不禁问道："为什么只让我知道你们这个秘密？"

不到一个月的接触，林陌桑发现无论萧甯还是赖远辰，似乎都没有向她刻意隐瞒自己下雨天的特殊改变，而除了林陌桑之外的人，无论与两人多么熟识却都不晓得这个秘密。

"因为你掌控着我们更大的秘密。"萧甯说道。

"你是说那个骰子？还是龙九子的身份？"林陌桑紧接着问道，"你们真的是龙神的孩子吗？就像神话里那样龙跟人……"

"傻女儿，你的想象力也太丰富了。"萧甯笑了笑，"按你说的，如果我们是人和兽的后代，我是不是还要长条尾巴？"

"那你们是……"

"我们不是亲兄弟。每一个人都出生自普通人的家庭，有自己的父母，甚至完全没有血缘关系。是相似的龙子命运将我们联系在了一起。"

林陌桑刚想追问，赖远辰就风尘仆仆地进了门。趁着不下雨，他一个讲座巡回了几所学校，每天跟不同的学者打交道，脸都快笑僵了。

林陌桑也许久没见赖远辰，刚想打招呼，就见萧甯一把将赖远辰拽倒在沙发上，暴力地扒开了他的衬衫，露出锁骨下方的文身。

线条钩织的烟雾缠绕着一头狮子模样的异兽。

赖远辰蒙了三秒，才将衣服扯了回来迅速坐起身："你干什么？"赖远辰有些不好意思，想跟林陌桑解释又不知如何开口，只能转脸怒瞪萧甯。

萧甯理直气壮地无赖道："我要给她看那个龙神的标志才能解释清楚嘛。"

"你怎么不给她看你的？"赖远辰恼羞成怒，"非要来看我的……"

"我的在屁股上。"萧甯故作无辜地说道，"当然我是不介意，就是怕……"

"行了行了。"赖远辰无奈地摆手投降，"我知道了。"

"所以那是麒麟？"林陌桑马上又否定了自己，麒麟是鹿角麋身，而这图案明显是一头狮子的模样，"不对，应该是狻猊吧。"

林陌桑因为受父亲熏陶，鲜少有她认不出的龙纹图案。

赖远辰点了点头，萧甯才接着刚才的话说道："我们出生自不同的家庭，一开始也和其他孩子没什么区别，直到十二岁左右身上出现这个印记，然后下雨天开始发生奇怪的变化……"

林陌桑这才明白，赖远辰为什么说他第一次"变脸"时也把自己吓得半死。因为他们也是人生陡然经历了转变，才发现了自己不一样的身份。

"后来大家长贺南归将我们聚在了一起，我们才确认自己的身份是'龙九子'。"萧甯看了一眼赖远辰，"不过我们之中却没有人见过你所说的'龙神'，'龙九子'的猜测也不过是根据身上的图案判断的。"

林陌桑翻出十面骰子，仔细观察着上面的图案，翻到狻猊一侧，发现骰子上的图案与赖远辰身上的那个印记一模一样。

"可明明是龙九子，为什么这枚骰子有十面呢？"林陌桑将刻有双龙的一面呈现给萧甯，"那这一面代表的是什么？"

萧甯看着赤墨双龙不禁眯起了眼，随即撇开了眼笑道："谁知道呢？"赖远辰似乎也有意避而不谈，只是让林陌桑将骰子收好："我们知道的也不是什么确切的信息，能告诉你的四哥已经全都说明了。"

林陌桑点了点头，其实这些与林陌桑并没太大关系，萧甯与赖远辰是出于对她的信任才言无不尽。只是她实在非常想知道，为什么龙神会将这枚骰子送给她，而她使用了这枚骰子又会付出怎样的代价。

"啊，"赖远辰忽然想到了什么，"其实有一件确定的事情没有告诉你。"

"嗯？"

"龙九子除了你见过的曾默和我们，还有两个你也应该知道。"赖远辰笑得别有意味，"其中一个是夏凡。"

赖远辰说完眨了眨眼，似乎在等林陌桑反应。林陌桑把能想起来名字的熟人，甚至包括小学同学都回忆了一遍，确定自己不认识名叫"夏凡"的人。

"看来我女儿不追星。"萧甯在一旁调侃道，"连夏凡都不知道。"

"等等，你是说演了《墨雨传》的那个夏凡？"林陌桑见赖远辰点头，还是难以相信，"那个现在当红的'天神下凡'的夏凡？"

"是啊。"萧甯见林陌桑半天缓不过神，笑着看向赖远辰，"怎么办？你要失宠了，看来我闺女挺喜欢夏凡。"

"不，不是，就是没想到。"林陌桑继而问道，"那另一个呢？该不会也是什么名人吧？"

赖远辰想了想说道："从你们学校来说，他的确还算出名。"

"哎？"

"正好他说了等会儿要过来，你们可以见一下。"

赖远辰说罢，别墅的门铃就响了起来。

"说曹操，曹操到啊。"萧甯撇了撇嘴，一副事不关己的模样，"不下雨还来八成不是什么好事。"

赖远辰起身开门，林陌桑眼睁睁看着一个熟悉的身影走了进来。那人看到林陌桑也是一愣。

"这就是我说的'另一个'。"赖远辰拍着卓景然的肩膀介绍道，"老幺，卓景然。"

呵，这何止是认识啊？林陌桑想着不禁笑出了声。这简直是孽缘啊。

"你果然……"卓景然对于林陌桑的苦笑却有着不同的理解，"你果然是看上了我，想引起我的注意，对吧？"

林陌桑翻了个白眼："可不是吗？"林陌桑都懒得辩解了，就看卓景然自说自话。

"真有能耐，还能摸到我哥家。"卓景然啧啧地摇了摇头，"不过跟你说实话，虽然你是个聪明人，但真不是我喜欢的类型，别做梦了。"

"那真要谢谢你拒绝我了，不然我都不知道怎么答话了。"

萧甯在一旁看了一场戏，大概明白了怎么回事，不禁要给完胜的林陌桑鼓掌了。赖远辰想劝解却插不进话，干脆也双手环胸看着两人说相声。等两人中场休息，赖远辰才开口道："需要我介绍一下吗？"

"不用，这人我认识。"卓景然毅然拒绝，"都是我的错，让她来骚扰辰哥你。"

卓景然说罢就打开了门，请林陌桑出去："过去的恩恩怨怨，我们学校操场上解决。"

"不好意思，我现在住这里。"林陌桑坦然说道。

"我都说了，过去的恩恩……嗯？"卓景然这才反应过来，"你为什么会住这里？"

因为说来话长，于是善解人意的赖远辰就代林陌桑做了解释。卓景然都听傻了眼，直到接受了这惨烈的事实，才犹豫地问道："所以那个骰子如果选中我，让我去裸奔，我就真的要去裸奔？"

虽然不晓得为什么卓景然最怕的不是死而是裸奔，但这一点却也提醒了林陌桑。她手中的骰子虽说是召唤龙九子实现自己的愿望，但反过来其实同等于对他们下达必须无条件执行的命令。

毕竟"我希望你去死"也不是完全不可能成为一个损人不利己的愿望。

"你不是说林陌桑看上你了吗？说不定她选中你，就让你从了她呢。"萧甯在一旁说着风凉话，说得卓景然直打寒战，警告林陌桑："你要有道德，你要有节操。"

"呵呵呵。"

林陌桑以冷笑回应，卓景然差点儿跪了。可是作为连城的男神，不能尿啊！无奈林陌桑龙神护体，法器加身，他实在惹不起，只能暂且服软："你……你好样的。"

卓景然不想再惹林陌桑，于是光明正大地躲到了赖远辰身后，压低声音说道："帮我个忙行不，哥？"那边眼观六路耳听八方的萧甯听罢笑了："我就知道肯定没什么好事。"

赖远辰耸肩表示爱莫能助："那骰子是林陌桑的，我没办法……"

"那个到时候再说，现在有件更要紧的事情迫在眉睫啊。"

卓景然今天来这边的目的，不仅仅是为了探亲，更重要的是下周学校期中考试。对于学霸卓景然来说，考试本来没什么，除了林陌桑的存在让他有一丝压力。可是偏偏天气预报说考试那天……下雨。

"你也知道我一下雨就不行。"卓景然向赖远辰摇尾乞怜，"也只有你的能力可以帮我阅读考卷了啊，哥——"

卓景然的尾音听得林陌桑一抖，他也不在乎在她面前维护什么男神形象，毕竟不变成男神经的形象已经很不容易了。那边卓景然与赖远辰讳莫如深，但是"期中考""帮我"几个关键词林陌桑却听得清清楚楚："所以你在让赖老师帮你作弊？"

"关你什么事！"

卓景然说完一想，好像还真关林陌桑的事，毕竟万一在赖远辰的帮助下他一不小心考过了林陌桑呢？不对，他什么时候已经默认自己位居林陌桑之下了？

"我这是为了我能正常发挥才请求帮助的。"卓景然义正词严道，"而且这才不是作弊，这叫危机应对，懂？"

"不懂。"林陌桑只认她听到的一切，"但是只要你作弊，我一定去举报你。"

"你能不能别总这么轴？"

卓景然有点儿烦她这样。上次奖金的事情也是，非要把二等奖的钱转回给他。后来其他获奖者还私下与卓景然聊过，跟他抱怨林陌桑脑子有病。卓景然知道这不是有病，而是林陌桑过分地讲原则，似乎完全不懂过刚易折的道理。

"如果这个世界上作弊的没人管，没作弊的反被诬陷，那太可怕了。"林陌桑咬定卓景然，"我会盯着你，只要被我发现，绝不姑息。"

赖远辰能懂林陌桑的倔强。毕竟如果她都不能坚持内心的"正义"，那么还有谁会替她的父亲林雨声主持公道呢。

"如果那天真的下雨，你跟老师请假商量一下补考？"赖远辰建议道。

"补考？哥，你难道不知道都是那些因为比赛训练错过考试的特长生，还有不及格的学渣才补考吗？"卓景然抓着自己的头发，"我要是跟他们一起考试，得多丢人，多丢人啊！"

作为连城第一男神，他绝对不能在一次考试上丢了范儿啊。

赖远辰拍了拍卓景然的肩膀："你再考虑一下。"林陌桑向赖远辰点头道谢，不帮这个忙其实就是在肯定林陌桑的坚持。

卓景然哀声连连，见两人和乐融融，自己倒像成了罪大恶极的反派，怒极而怨地瞪了林陌桑一眼："你等着！"

林陌桑一直等着，可惜卓景然也没能在学校里玩出什么花样。除了中午在食堂插她的队，抢她的座位以外，就是走廊里遇见时做个鬼脸表示挑衅。

林陌桑也很无奈，知道的人还能明白卓景然是在针对她，不知道的还以为卓景然脑子抽风了在故意引起她的注意呢。

著名学生心理辅导专家刘宇来学校做讲座，学校本来已经谈好由林陌桑作为主持人去接待，结果半路杀出个自告奋勇的卓景然。

"我真的特别想代表全校同学跟刘老师聊聊。"

卓景然言辞恳切，满目深情，似乎就差眼含热泪了。教导主任见状也不好拒绝，林陌桑也懒得浪费时间，于是成人之美："既然卓同学这么想去，就让他去吧。"

卓景然有点儿不高兴了，毕竟他想要的就是上位的快感啊。卓景然拦住林陌桑："你就没那么丁点遗憾？"

林陌桑叹了口气，只好配合卓景然的演出："我太遗憾了，真羡慕你能当选。"

这下卓景然开心了："哎，没办法，我就是有点儿优秀。"

只是这句话并没有让卓景然舒坦两天，等他真的去接待那位刘专家才知道，对方做的是女学生生理卫生与心理健康辅导。于是卓景然在全校最大的阶梯教室里，当着全年级女生的面跟专家聊了两个小时的女性痛经及早恋心理问题。

"像你们这个年纪的女孩子……"刘专家看着卓景然愣了一下，然后转头对台下说道，"像大家这个年纪的女孩子心思更复杂。同龄的男性比女性晚熟，都是很幼稚的，所以……"

刘专家又转头看了一眼还在微笑的卓景然，补充道："也有不是那么幼稚的，是吧？"

"您说的都对。"

看着卓景然明明很尴尬，还要保持高度热情的脸，林陌桑在台下都要笑哭了。

讲座结束，卓景然还要帮助专家发放只有女生能用的"小礼物"。卓景然一脸生无可恋，将粉红色包装的小包一一递给排队上来的女生。女孩子们既羞涩又开心，临走还不忘夸卓景然两句："卓大神真是又绅士又体贴啊。"

卓景然微笑着点头道谢，心里却在流泪。这下丢人丢大发了。

这场由卓景然单方面发起的斗智斗勇，也以单方面的惨败告终。林陌桑没怎样，卓景然却积了一肚子怨气。放学的时候，林陌桑看到等在校门外的卓景然，忽然感到心累。她拍了拍卓景然，无奈道："要不我请你吃顿饭，就算了吧？"

"不行！"卓景然跳脚，"凭什么就这么算了？"

林陌桑觉得卓景然实在是可怜，怎么一个学霸偏偏生了个傻白甜的性格呢？

"那你说要怎么办吧。"林陌桑松了口，但原则不变，"除了作弊我必举报这件事，其他你说了算。"

"我……我……"卓景然指着林陌桑的鼻子，半天才憋出一句，"你等着！"

"成成成，我等着。"

林陌桑原本以为卓景然要放大招了，没想到第二天卓景然将她叫出教室，竟然送了她一个精美包装的礼物。

"这是？"

人来人往的走廊里，卓景然一改过去看见林陌桑就炸毛的态度，反而含情脉脉柔情似水。

"这个我不能收。"卓景然一脸不忍，"我知道你对我的心意，可我们是祖国未来的花朵，社会主义建设的主力军。在我们的面前不止苟且，还有高考和远方。"

"什么？"

"我知道你难以接受这个事实，可我还是要还给你，表达我的态度。你塞给我的那些小字条、写给我的那些诗，我也会一并阅后即焚。但是你的心意，我会记着一辈子，从此以后不要再缠着我了，让我们好好学习天天向上……"

林陌桑看着围观的同学，算是明白过来了，敢情这是给她造谣炒作拉黑粉啊。林陌桑不得不承认，卓景然这"不入虎穴，焉得虎子"的战略着实感人。林陌桑也不甘示弱，撕开礼物包装，企图拆卓景然的台。没想到盒子里竟然还真放了礼物，不是八音盒一类老套的玩意，而是全套《五年高考三年模拟》。看到那熟悉的封面时，围观的同学默契地发出"啊"的感叹。

林陌桑哑然，连她自己都觉得，这东西八成是她送的。水准、风格以及气质，真的非她莫属。

反驳不是自己送的，反而像是怕被拒绝欲盖弥彰。林陌桑沉默了许久，然后点了点头，算你狠。难得卓景然的智商上线了。

后来林陌桑也小紧张了几天，毕竟她也是见识过卓景然的后援团的。

如今自己纠缠倒贴卓景然的风声一出，那群粉丝指不定产生多大敌意，只是她既没有遭遇厕所被堵，也没有碰到课桌被涂，更没有在校外被打。反正那些烂俗偶像剧中女配角斗女主角的把戏，林陌桑全都提防了一遍，结果一个没遇到，不禁感叹对方战斗力也太低了。

直到周五放学前，她被班主任叫到了办公室。

"让你家长周一来一趟吧。"班主任语重心长地说道，"爱慕优秀的男生，老师可以理解，但是现在不是时候。"

林陌桑深吸了口气，平复情绪后问道："卓景然乱说了什么？"

"他什么也没说，而是微博。你难道不知道好多同学都在讨论你的微博？"

林陌桑用手机上了微博，搜索到一个以自己名字缩写为ID的账户。微博里全都是对Z姓男神的溢美之词和赤裸裸的表白，而微博关注列表竟然只关注了卓景然一个人。

"这不是我发的。"

"那是谁？"班主任完全不信林陌桑的话，"冒充你发这些内容用意是什么？"

那是谁？只可能是卓景然那个浑蛋。用意是什么？当然是卓景然对她打击报复啊。可是林陌桑觉得，这理由说出来她都不能信服。毕竟谁会相信连城男神其实根本是个小心眼呢。

"无论什么特殊理由，都对学校的风气造成了不良影响，总之先让你家长来一趟吧。"

林陌桑无从反驳，只好站定不合作的立场："我爸去世了，我妈在外地。"

班主任知道林陌桑家里的情况，也不追究，问道："爷爷奶奶一类的呢？"

林陌桑果断排除了陈芬，然后摇了摇头："都早逝。"

"那你现在住在哪里，监护人是谁？"班主任这才意识到自从林陌桑父亲去世后，她这边也没有及时更新林陌桑的家庭联系方式。

林陌桑想起夏淑芳临走前的交代，艰难地说道："有一个干妈，呃……也不是，应该说是干……爹？"

班主任挑高了眉毛，她没想到林陌桑现在的家庭背景这么复杂。

"可我不想麻烦他。"

毕竟萧甯对她来说始终非亲非故，是个"外援"，她不想因为自己学校的小事麻烦他。

无论林陌桑找什么借口，班主任还是让她留下了萧甯的电话。

走出办公室的时候，林陌桑远远地看到卓景然正靠着栏杆对她微笑。那笑容不言而喻，是在说"你输了"。林陌桑一咬牙，拔腿冲了过去，吓了卓景然一跳，双手护胸颤声道："你要干什么？"

"跟我过不去就针对我一个人，别牵扯我父母，更别麻烦其他人。"林陌桑拽着卓景然的校服，拉锁扯开了大半，"你的战书我接了，要比就正大光明地比，别净耍那些下三烂的手段。"

卓景然半天没能回一个字。"下三烂"这种形容简直是对卓景然人生的暴击。最重要的不是对他进行了道德抨击,而是揭露了他隐藏在内心的小人属性。太可怕了,他要报警啦!

林陌桑见卓景然满脸呆滞不再反抗,这才松了手,还体贴地帮他把校服拉锁拉了上去。

"我的班主任要了萧甯律师的电话,回头你自己跟他解释清楚,不要让他在这件事上难堪。"

林陌桑说完就走了,卓景然却如遭雷击。谁敢让萧甯难堪,萧甯铁定让他受到法律制裁啊!完了完了,卓景然立刻上网注销了微博。

其实解决这种问题,以萧甯的能力根本不需要出面,一通电话就轻易说服了老师。

林陌桑垂头丧气,对萧甯连声道谢。萧甯眼都没抬,轻飘飘回了一句"没事"。林陌桑的内疚感更深了。她从小独立自主,鲜少麻烦别人。当初如果不是走投无路,她也不会使用那枚龙神骰子。然而今天,这点儿鸡毛蒜皮的小事她都没办法自己解决,还叨扰萧甯帮她摆平。

所以当林陌桑与卓景然再次在学校狭路相逢时,卓景然不禁吞了吞口水,因为他在林陌桑眼中看到了熊熊的怒火。等林陌桑真正燃起斗志,卓景然才意识到她之前根本就是不屑与他斤斤计较,一切都是他在自娱自乐。

周一,由一班和三班各选派一名代表上台领操。卓景然被赶鸭子上架,林陌桑竟然也主动报名。

两个人一同站在主席台上,一正一反为台下的学生做示范。

卓景然一直觉得当众做操很傻,如今在林陌桑的带动下,两个人用比武一般的气势做操,岂止一个"傻"字可以形容。

台下的学生都看蒙了,分分钟产生进入健身房的错觉,做个课间操用得着这么卖力吗?

伸展运动犹如振臂示威,颈部运动仿佛抛头颅洒热血,按腿的架势就像是按着对方岌岌可危的小命。

卓景然算是体会到自己之前有多傻了。这么较真意义何在?

然而天不遂人愿,卓景然想小事化了,偏偏命运总会制造一个又一个让他和林陌桑对垒的机会。

上午第四节物理课临时和下午的体育课换了课,于是一班和三班就合并在一起上体育。由于人数众多，老师无法兼顾基本教学，索性就组织了一场接力赛。往返跑、仰卧起坐、蛙跳、立定跳远……体育老师也算是使出了看家本领给两个班布置接力任务。

卓景然看完老师的示范，不禁看了林陌桑一眼，该不会是你给老师下了蛊吧？真是要什么有什么，没有条件创造条件啊。

最后两班将将比了个平局，完全符合和谐社会"友谊第一，比赛第二"的精神导向。可是这时候林陌桑忽然站了出来："我不服！"卓景然头皮一麻，果然下一秒林陌桑就对他提出单挑。其他同学也看热闹不嫌事儿大，起哄两人加赛一决胜负。

"比什么？"卓景然还顶着男神的头衔，自然不能尿。

"男女生比技能速度，本身也不公平，不如我们比耐力？"

于是两人在体育老师的建议下选择了蛙跳。规则很简单，下课前谁跳得多，就算谁赢。虽然距离下课不过五分钟，时间却比想象中漫长。两个人才跳了三十多下就已经感到体力不支，然而才刚刚过去一分钟。

一班的体委林越提醒卓景然差不多就好。因为两人周六还跟外校有一场友谊篮球赛。卓景然今天如果发力太猛，只怕那天肌肉酸痛影响比赛。

见卓景然犹豫，林陌桑咬牙说道："你要比，我们就正大光明比。如果我赢了，你别再招惹我！"

蛙跳这个动作，远比跳远要累，很多人会在做这个动作的时候通过缩小弹跳幅度减轻体能的消耗。可是林陌桑却丝毫不给自己放水，动作标准到完全不输卓景然。

卓景然感到腿软的时候，不禁看了一眼林陌桑。林陌桑死咬着牙，满头的汗水，嘴唇已然微微发紫，那是体能负荷过重导致缺氧的表现。其实男女生的肌肉力量本身差距就大，卓景然还常年打篮球，林陌桑根本不可能比过他。

其实一报还一报早已了结，两个人还能有多大恩怨？不过赌一口气罢了，何必呢？

卓景然忽然站起身说道："我放弃，我认输。"

一班的同学没有较真，三班的女生更是赞赏卓景然的绅士风度。体育老师了然，宣判三班获胜，然而林陌桑却迟迟不肯起身，还在继续跳。

"我说我放弃了，"卓景然不悦地说道，"你还跳什么？"

"还没到时间，你弃权不代表我赢。"林陌桑感觉喉咙干涩，艰难地说，"我跳得慢，也许最后数量没你多。"

"我输了！"卓景然气急败坏地去拉林陌桑，"我输了还不行吗？"

林陌桑企图挣脱他的手，却在失去重心的瞬间扑倒在地上。此时下课铃声响了，她双手撑着地急切地抬头问老师："我跳了多少个？"

体育老师面露难色，其实卓景然弃权后他就没再数了。

"你七十五个，我七十个。"卓景然又拉了林陌桑一把，"你赢了。"

林陌桑颤颤巍巍地站起身，狐疑地看向卓景然："你瞎说的吧？"

卓景然放开手，别过头："爱信不信。"

林陌桑拍了拍手上的土，正视卓景然问道："好，那么可以到此为止了吗？"

"随便你。"

卓景然说罢转身走开了，走了没两步，回头看到林陌桑一瘸一拐的背影，忍不住又念了一句："疯子。"

这次体育课虽然没有影响卓景然的身体状况，却严重影响了他的心情。

卓景然素来是一个能把形象工程做得刚刚好的"模范生"，在老师眼里他聪明努力，在同学眼中他是男神偶像。

所以遇到林陌桑这样非输即赢、不管不顾的人，卓景然一方面觉得她又傻又倔，另一方面又有一些难以形容的羡慕。羡慕她只在意自己心里的原则，而不管别人怎么看她的那种洒脱与自由。

越长大越虚伪，只做自己，有时候真的是一种弥足珍贵的天赋。

与卓景然不同，林陌桑上完那节体育课，直接在床上瘫了两天。赖远辰看她上下楼都快四肢着地了，于是揽下了做饭的活儿，让她好好休息。林陌桑为了表达内心的感激，挪到厨房继续瘫倒，陪掌厨的赖远辰聊天解闷。

毕竟做四人份的三菜一汤也是挺漫长乏味的过程。

其实除了周六日以防萧甯来蹭饭要多做一人份的饭，林陌桑平时都是做三人份的量。

林陌桑一直以为其中一份是留给赖远辰的宅男弟弟钟纤霖的，直到有一次错接了对方的外卖，才知道钟纤霖平时并不一起吃。而且外卖不从正门走，是从别墅后院的专用外卖窗口送进去的。

赖远辰特地领她去看过，宠物通道般大小，外有隔扇，平时上锁无法打开。外卖送到后由通道内的滑梯进入房间，然后隔扇就自动锁死，设计巧妙得令人叹为观止。

"所以额外做的那一份到底是给谁的？"

林陌桑原本问得无心，却见赖远辰停下了切菜的刀。空气凝滞了几秒，林陌桑才意识到自己也许问了一个不该问的问题。

"我不想说谎骗你，所以这个问题我不能回答，这是我与其他人的约定。"

赖远辰虽然没有直接回答林陌桑的问题，但其实默认了一个事实，那就是这所房子里还住着其他人。

人吗？林陌桑不禁向地下室看了一眼。

那个不许问、不许想、不许探寻的地方，究竟隐藏着什么秘密？林陌桑想知道，但同样不想为难赖远辰。如果这个秘密无关她的安危，林陌桑不想因追根求底破坏刚刚与大家建立的关系。

"我问什么了？"林陌桑抓了抓额头，"啊，我都不记得我问了什么了。"

在赖远辰处理多余的那份晚餐前，林陌桑自觉地上楼回到了房间。

第二天，两人都没提起昨天的事，一如往常地互道早安。

"这个能麻烦你送给卓景然吗？"赖远辰拿出一个不透明的袋子，"花宇约了我今天看电影，时间正好与景然的比赛冲突，所以只能麻烦你了。"

花宇这个名字，萧甯之前跟林陌桑提过，虽然没有正式介绍，但是林陌桑知道这个人是赖远辰的女朋友。不知道什么模样，也不知道什么性格，却是个不可忽略的存在。林陌桑从不追问，只担心问多了让自己心有介怀。

"没问题。"林陌桑爽快应允，不让自己多想，"什么东西？"

"他上次跟我打球，不小心落在我这里的。"赖远辰解释道，"对他很重要，比赛开始前务必送到。"

赖远辰将袋子交给林陌桑，再三强调千万不要打开，就算抵抗不住好奇心打开了，也要在卓景然面前装作不知道是什么。林陌桑拿过袋子忍不住捏了捏，软软绵绵的手感，猜不到是什么比赛必须用的东西。不过林陌桑其他或许不行，但忍耐性一流，直到见到卓景然都没偷看一眼。

两人约在F大体育馆的器材室里见面。

场内的选手正在热身，林陌桑穿过球场从侧门进了应急通道，绕过楼梯才在一个偏僻的角落找到了约定地点。

林陌桑看到卓景然贴着门边，从门缝中伸出一只手，压低声音说道："悄悄过来，快！"

林陌桑撇了撇嘴，这家伙又作什么妖？神神秘秘的，倒像是他俩在做什么见不得

人的交易。

"带来了吗？"

"带来了。"

"你看了吗？"

"没有。"

"不可能，你一定看了！"卓景然两指对着林陌桑的双眼，"你的眼神已经出卖了你！"

又来了。林陌桑无奈："行行行，我看了。"

"你竟然看了！"卓景然从林陌桑手里抢过袋子，"你的良心不会痛吗？"

林陌桑懒得理他，东西送到准备走人，却被卓景然拦住了。

"你别以为我是什么变态。"卓景然略显窘迫地解释道，"这只是我的吉祥物，保我投进三分球的！"

"哎？"林陌桑扫了卓景然手中的袋子一眼，开始好奇到底是什么东西？

"你不许跟别人说，听到没有！"卓景然警告道。

"哦。"林陌桑耸了耸肩，反正她也不知道是什么。

林陌桑走出体育场，发现天空阴沉沉的，隐隐有种不好的预感。明明昨天天气预报说没有雨的啊。

林陌桑急匆匆往家走，走到半路，雨点"噼里啪啦"打在她的头上、脸上，林陌桑心里忽然"咯噔"一下。

这个时间赖远辰正在外面与花宇看电影，应该不会出什么事吧？

林陌桑忽然有些庆幸，那是黑漆漆的影院，一个灯光暗下就会忘记身边人什么模样的地方。至于花宇……既然是女友，应该知道他的特殊变化吧。

然而，这天晚上，赖远辰却没有回家。

第四章

不能说的骤雨危机

这不是赖远辰第一次夜不归宿，却是他第一次在下雨的时候不见踪影。

林陌桑给他打电话，无人接听。林陌桑跟萧甯说明了情况，萧甯让她别担心，说他可能在实验室里。

林陌桑在如同空屋的别墅里独自度过了两天，终于熬到了周一放晴。可是一进教室她才发现被阴霾笼罩的不止自己。

连城中学在与F大附中的篮球赛中落败，比分差了近三十分。同样作为F大的子弟学校，两所中学一直是表面友好私下较劲，无论升学率还是其他方面总要一较高下，篮球竞技也是其中之一。所以虽然说是练习赛，但两支球队其实都赌上了自己学校的声誉。

然而连城中学惨败。

同座的女生余桃正撑着身子跟前座的同学讨论这件事，见林陌桑来了就让开位置让她进去，顺便回头问了一句："哎，你知道你男神为什么忽然退赛吗？"

"我男神？"林陌桑一时没反应过来。

"卓景然啊。"余桃一脸"别害臊我都知道"的笑容。

"哦。"林陌桑无言以对只能笑笑。毕竟卓景然是她男神这事儿她也才第一次知道。

"周六临开赛的时候，卓景然不见了，连句解释都没有，你知道怎么回事吗？"

"这样啊。"林陌桑摇了摇头，"我跟他也不熟。"

林陌桑心里却在打鼓，其实卓景然没道理退赛的。她送东西的时候，卓景然明明是一副跃跃欲试要上场的模样。

"肯定是因为附中那个新进队的前锋，超厉害啊，一个人拿了三十多分。"前座的胖子接话道，"听说是国家队种子选手，卓景然可能是怕输得惨就干脆不上了吧？"

余桃和几个女生朝胖子丢了几个白眼，坚决拥护男神的形象。

林陌桑觉得卓景然没能上场并非怕了。毕竟比起输球丢人，临阵脱逃反而更令人鄙视。她心里隐隐觉得，可能一切和那场忽然而至的雨有关。如果雨天出状况是龙九子逃不过的一关，那么卓景然大概也在那天遇到了难题。

林陌桑原本以为这不过是一场比赛，风头过了也就不会再有人提起，然而这件事对卓景然的影响却比想象中的大。

"转学？"

林陌桑从萧甯口中得知卓景然要转学的时候简直觉得匪夷所思，只是因为缺席一场球赛就要转学？

"为什么？"

"谁知道呢。"萧甯懒得理会，他不过尽兄长之谊帮卓景然联系了一下其他学校罢了。

萧甯管这几个弟弟的事管得有些烦了。他在龙九子中不过排行老四，可是兄弟九人，老大贺南归负责给自己养老，小事不管。老二钱毋庸负责挣钱，大事不理。老三曾默连自己都照顾不好……总之一个也靠不住，最后大小事务全都落在他身上。赖远辰这个没比他小几岁的弟弟让他操心也就算了，这边小幺也不好好上学净瞎搞事情。

"小辰辰这几天不会回来，我最近会住这里，你照常准备三人份的餐就好了。"萧甯见林陌桑犹疑着想要开口，已经知道她要说什么，"你不用担心，他最近有个项目结题，所以要在学校加班。"

林陌桑点了点头不再多问，然而萧甯却像是心有不甘，追问道："你知道小辰辰会变脸，我会变女人的时候，不觉得害怕和……恶心吗？"

在林陌桑怔然间，萧甯却先自我否定道："就当我什么都没问。"

见萧甯起身要回房间，林陌桑急切地说道："我一开始是害怕过，但是没觉得恶心。况且我也没资格评价这些，毕竟比起我，你们本人应该更害怕吧。"

萧甯停下了步子，回头看了林陌桑一眼。

"我是说，如果我是你们，我应该会觉得很害怕。我与父母不一样，与朋友、同学不一样，自己究竟是什么也解释不清楚。这种对自己都无法信任的恐慌感，即使找到了同类也会无法消除吧。"

萧甯沉默了许久，最后笑得有些无奈："为什么他们不能像你一样呢？"林陌桑不解，萧甯却摇了摇头："希望你以后不会为自己的善良后悔。"

林陌桑对赖远辰、萧甯他们友善，是因为对方先给予自己善意，即便这一切仅仅源于那枚龙神赐予的骰子。倘若没有那一次绝望边缘的求助，自己大概此生也不会与这群人有瓜葛吧。

想到这一点，林陌桑放学路过一班门口的时候，不禁向里面看了一眼。

留下打扫卫生的人认出了林陌桑："找卓景然吗？他还没走，在老师办公室。"自从那次体育课林陌桑与卓景然叫板，她就成了一班的名人。林陌桑颔首道谢。其实

她原本没想找卓景然，但是对方热情地为她指路，她也不好转身下楼走人，只好硬着头皮向办公室走去。

没想到刚刚装模作样走出几步，抬头就看见卓景然从办公室走了出来。林陌桑张了张口一时不知如何解释来意，索性开门见山："你是怕考试考不过我，所以急着转学吗？"

卓景然哑了几秒，不屑地笑了一下："怎么可能。"

"那天……你是发生什么事了吗？"林陌桑压低声音补充道，"我是说，你突然退赛是不是因为下雨？"

卓景然先是愣了一下，不过想到林陌桑与赖远辰、萧甯的特殊机缘，料想他们雨天的变化也早已不是秘密。

"不关你的事。"

卓景然别过头，与林陌桑错身而过。林陌桑刚想开口叫他，就被紧随其后从办公室走出的一班班长罗越拉住了。他和卓景然都是篮球队的主力。

"你不用管他。"罗越见卓景然走远才说道，"输了比赛就做缩头乌龟，这种人还理他做什么？"

林陌桑见罗越满面厌恶之色，没想到卓景然跟球队的关系会闹得这么僵。

"是因为他没上场让连城输了比赛，所以你们才……"

"比赛算个屁！"罗越抢话道，"哪怕他当时就是不想上了，在台下坐着看我们打也没什么。关键是一声不响失踪了，回来却半句解释也没有，这算什么？我们一起打过那么多场比赛，不算兄弟也算是朋友吧，有什么不能说的，连队友都不能信任吗？"

林陌桑看着卓景然远走的背影，一时不知怎么回答罗越的话。

龙九子不希望外人知道自己的秘密，她也不能代为解释。可是就当作什么都不知道，不管不问，眼睁睁看着卓景然就这么逃走吗？

像是胃里吞下了无法消化的石头，林陌桑连喘气都觉得堵得难受。

林陌桑回到家时，赖远辰已经在准备晚餐。

林陌桑愣在门口，直到赖远辰抬头看向她，她才痴痴地说了一句："啊，好久不见。"其实也没多久，不过四天而已，林陌桑摸了摸鼻子，为自己流露出的关心感到尴尬。

"让你担心了，抱歉。"赖远辰也没多作解释，只是习惯性地笑了笑。

林陌桑摇了摇头，况且她有什么资格责备赖远辰的失联？她勉强算是萧甯的"干女儿"，卓景然的同学，算是赖远辰的什么呢？

不是家人，甚至可能连朋友都算不上。

租客？林陌桑自嘲地笑了笑，这房子都不是赖远辰的。她最想亲近的人，却是最难找到联系的人。

林陌桑没话找话闲聊道："电影好看吗？"

赖远辰顿了顿，神色黯然了几分："没看成，我也不知道好不好看。"

果然因为下雨出事了吗？真是哪壶不开提哪壶，林陌桑不禁拍了拍额头。林陌桑适时打住了对话，迅速转移了话题："啊，你知道卓景然他……"

赖远辰点了点头："萧甯跟我说了。应该是那天下雨出了状况。卓景然一碰到雨天就会全身僵硬沉重、行动困难，同时无法辨识文字。"

"无法辨识文字的意思是他会有阅读障碍？"

"嗯。"赖远辰点了点头，"所以那天他也不算是找我作弊，而是我有一种特殊的能力，可以帮助他识别文字，相当于问我借一副'眼镜'。篮球比赛那天他无法行动，又刚好在一个隐蔽的地方的话……"

林陌桑接过赖远辰的话："他在体育馆的器材室里。"

林陌桑几乎可以想象，那天她离开体育馆后卓景然发生了什么。

还没来得及离开器材室，卓景然就全身僵硬无法活动，想要打电话求助却看不懂手机上的任何文字。即便大声呼喊，也被场外球赛的呐喊声掩盖。

"我那天要是晚一点儿走……"

"这不能怪你。"赖远辰打断林陌桑的自责，"他和篮球队产生矛盾并不是因为发生意外，而是他没做任何解释。"

"为什么不解释呢？死要面子活受罪啊。其实他随便编个谎言，罗越他们也会接受吧。"

赖远辰不答反问："你知道卓景然为什么那么好面子吗？"

"太自恋吧。"林陌桑冷笑。

"……这的确是一个原因。"赖远辰耸了耸肩，"不过他父母也是很难搞的人。"

林陌桑这才知道，卓景然的父母竟然是不可透露姓名的政府官员，工作繁忙无暇

照顾他，卓景然从小被奶奶带大，而父母只关心他的成绩。

"他执着于那个第一，是因为只有拿到第一，才有主动跟父母联系的由头。而他也绝对不会说谎，因为他一旦说谎，可能会连累父母的品德遭人质疑。"

——只有配得上父母的光环，才会赢得父母的关注。

林陌桑哑然失笑，看来即便有一对靠谱的父母，也不一定就会过得幸福。

想来她之前追求那个第一，不也是希望引起林雨声与夏淑芳的注意吗？由此及彼，本来毫无关系的人竟然有了几分惺惺相惜的亲切感。

"为什么要告诉我这些呢？"林陌桑自言自语道，"我原本不该介入你们之间的……"如果不是因为那枚龙神骰子，他们的人生轨道本不会有任何交集，更不会知道这么多隐秘的故事。

"因为你不一样。"赖远辰却认真回答了林陌桑的自语，"作为龙九子，如果不是迫不得已，我们是不想让别人知道自己的秘密的。一方面这是软肋和死穴，可能随时在雨天遭遇危险。更重要的是我们无法解释——为什么会这样？这样还算是人类吗？不是人类的话又是什么……他们不像你，你见过龙神，体会过神奇的际遇。对于普通人来说，我们一旦想要解释，需要面对的就不再仅仅是最初那么简单的问题。"

"对方不信，我就是个骗子。"赖远辰说到最后似乎有些激动，手撑着桌子，声音微微发抖，"对方信了，那将会是无尽的恐惧和无法打破的隔阂。无论怎样都回不到从前，你明白吗？"

林陌桑既没有点头也没有摇头，因为她第一次看到赖远辰红了双眼，内心被巨大的波动笼罩着，哽咽着无法做出回应。

"萧甯和我曾经觉得那枚龙神骰子是让你来毁灭我们的，现在我觉得也许你能拯救我们也不一定。"赖远辰像是在质问又像是在请求，"所以你是选择毁灭还是拯救？"

很久以后，林陌桑在做一个重大决定时，恍然想起来这一天赖远辰的质问。

那个时候她才明白，毁灭还是拯救其实与能力无关，而是取决于一个人的态度。

究竟是对你身边的人施与善意、报以恶意还是袖手旁观，看起来不过是一念，事实上会影响你最终成为怎样的人。

也是这一天，林陌桑做出了选择。

第二天，卓景然被罗越一通道歉电话叫醒。

"舍己救人？谁？我？"卓景然拿着电话抹着眼屎反应了半天，"你说得没错，我是很伟大高尚，但是我怎么不知道我舍己救人了？"

当卓景然赶到学校的时候，罗越带着篮球队全员扑向他，笑骂着送上"爱的小拳拳"。

"臭小子，英雄救美还不留名，你以为你是雷锋吗？"

卓景然被打得半天没问出一句话，后来才知道是林陌桑从中做了调解。卓景然将一直双手环胸看热闹的林陌桑拉到一边，低声问道："你胡说了什么？"

"我说我那天在器材室受伤，于是你就把我送医院了啊，所以没能赶上比赛。你不能说谎，只好由我代你说谎了。"

"自作多情，谁让你帮我说谎的？"

卓景然说罢要向队友解释，却被林陌桑拉住。

"因为一条路上碰到阻碍，就干脆舍弃这条路换另一条走，可你就不怕哪一天走到绝路吗？"林陌桑死死拽住卓景然的衣摆，"你解决不了，我帮你解决，总比逃避更好，不是吗？"

"你凭什么帮我解决？"卓景然甩开林陌桑，"你算什么？"

"如果我那天再多待两分钟，你就不会发生这样的事。我没办法阻止下雨，但是我可以帮你求救，可以帮你离开那里，可以帮你跟队友解释，我明明可以帮到你的。"

"那又怎么样？"卓景然拉起袖子，露出左上臂的龟身龙首的印记，"你能帮我解释我是什么东西吗？"

林陌桑沉默间，卓景然颓丧地放下了袖子。

"算了吧。"卓景然不想让骗局变得难堪，"你不要管了。"

林陌桑见卓景然不妥协，只好使出最后的撒手锏。

"如果你固执不配合的话，"林陌桑将脸埋在阴影里，阴森森地说道，"我就把那天给你送的东西说出去！"

卓景然赫然回神，颤抖着嘴角，咬牙道："你……"

林陌桑扬起脸，挑了挑眉毛："我怎样？"

"你……"卓景然憋了半天憋出两个字，"浑蛋！"

这一次，林陌桑却没有嘲笑卓景然的被逼无奈，而是严肃地质问道："这座城市教学质量能与连城匹敌的，也就是F大附中，你转学去那里就不会受这件事的影响吗？"

卓景然默然，他知道一切的症结并非那场雨，而是他不想因为自己的特殊而受人同情、忌讳或者排斥。

那是一条他和几个兄长都不愿被人碰触的底线，一旦面临危机就只能选择临阵脱逃。

可是正如林陌桑所说，逃能逃到哪里去呢？即便出了这个校门，他也过不了自己心里的坎儿。他舍不得篮球队的兄弟，更不想就这么逃避一辈子。

"还转学吗？"林陌桑问道。

卓景然摇了摇头。

林陌桑不知他是碍于威胁还是真正想通了。不过这都不重要，本身选择留下就已经是迈出了解决问题的第一步。其实她也不知道这么做是否就是最好的结果，但她知道如果她坐视不理，这也会成为她心里的一道坎儿。

"你放心。"林陌桑拍了拍卓景然的肩膀，"我今天让你留下，以后也会对你负责的。"

"负责？"卓景然红着脸反驳道，"谁要你负责啊？我才看不上你！"

"我是说，帮你圆好雨天的秘密。"林陌桑啧啧地摇头，"少年，自恋病也是病，要治的！"

晚上，林陌桑受罗越邀请，和篮球队一起聚餐庆祝"和解万岁"。不过林陌桑吃得有些不尽兴，因为她其实为这个谎言付出了一些"代价"。

回到住所的时候已经是晚上九点多，赖远辰正坐在客厅里看文献报告。林陌桑进门没几步，赖远辰就拧了眉："你的腿怎么了？"

"碰了一下，没事。"

林陌桑微笑回应，说罢就匆匆往房间走，却被赖远辰拦住了。赖远辰不容林陌桑开口，就伸手在她膝盖上按了一下。林陌桑疼得倒吸一口气，赖远辰才挽起她的裤腿，见果然裹着绷带，问道："怎么回事？"

林陌桑知道瞒不住，于是解释道："舍己为人这种事，总要有点证据不是吗？"

赖远辰仔仔细细检查了林陌桑的腿骨才放了心，只是皮肉伤。"你也真狠得下心，下得去手。"

"哎，舍不得孩子套不住狼……啊，不是！"林陌桑连忙摆手，她都在胡说什么啊，"我是说，以防万一，风险备案。"

"卓景然知道吗？"赖远辰问道。

林陌桑摇了摇头。当时她向罗越等人"坦白"，只让他们看了伤口。林陌桑的谎言逻辑圆满，罗越才信以为真，所以才向卓景然道了歉。

"他最好别知道。"

赖远辰一边小心翼翼地察看伤口，一边询问林陌桑受伤的细节。

林陌桑懵懵懂懂，赖远辰问什么她答什么。

直到回到房间，林陌桑才回过味来，刚才赖远辰是在生气吗？

林陌桑摸不清这"气"到底是为什么而生，是责怪她多管闲事，还是不悦卓景然粗心大意……林陌桑想不明白，索性就当是自己的错觉。

直到卓景然找上门来，跟林陌桑抱怨赖远辰不仅直接拒绝了"帮他考试"，而且严肃教育了他，林陌桑这才确定他是在生卓景然的气。

理由——大概是为她感到不值？这么想来林陌桑忍不住弯起嘴角。

于是卓景然在一边揪发抓狂，林陌桑却在旁边喜不自胜，卓景然立刻就来了脾气："我告诉你，别以为你抓着我小猪内裤的把柄我就会怕你，即便补考我也绝对不会放水的！"

"小猪内裤？"林陌桑不解地问道，"什么东西？"

"我的三分球吉祥物，那天你不是……"卓景然恍然大悟，"原来你不知道啊！"

"你是说，我那天手上抓着的是你的……"

对话已经无法继续下去，林陌桑迅速冲进卫生间消毒洗手。

卓景然见林陌桑一副要把双手剁掉的模样，恼羞成怒地解释道："我又没穿过，是新的啊！我妈在我六岁时送的生日礼物，我就一直当纪念品吉祥物。真的没穿过，只有手摸过……你有完没完，都洗了二十次了，我在你心里是有多脏啊！"

自那之后，林陌桑再也不想跟卓景然这个变态做朋友了，见到他都躲着走。

一旦卓景然有意靠近，林陌桑就举起那枚十面骰子威胁道："我警告你，你再靠近我半米，我就让你去裸奔！"

卓景然也来了火气，长这么大，还没有人这么嫌弃过他。

"你扔啊！让我裸奔啊，谁怕谁啊！"卓景然说罢去抢林陌桑的骰子，"我这么美丽的身体，不知道有多少人觊觎呢！你快扔，成人之美啊！"

"变态自恋狂，你滚开啊！"

偌大的校园里，同学们面面相觑，看着年级第一第二两位学霸，像幼儿园小朋友一样为一个骰子推搡拉扯，丝毫不顾个人形象，抓头发、按脑袋、扯耳朵……罗越见状吹了个口哨调侃卓景然："哎哟喂，动物世界啊！"

"去你的！"卓景然回头去骂罗越，却不小心与林陌桑撞在一起。

林陌桑一个趔趄，骰子就在这一瞬间从她手中跳了出去。两个人回神同时去接，却又撞到对方反向弹了出去，最终都抓了个空。

骰子落地，林陌桑和卓景然紧紧盯着滚动的十面体，不禁吞了吞口水。

卓景然凑近静止的骰子，犹豫地辨认着上面的图案："这是什么玩意？"那是龙九子以外多出的第十面，赤龙与墨龙呈"∞"状环绕，互相吞噬。

林陌桑记得父亲曾经跟她说过，这个图案叫作"衔尾龙"，意味着永生与轮回。

"所以刚才算是生效了吗？"卓景然紧张地问道。

林陌桑捡起骰子放回口袋，没有回应卓景然。毕竟她也不知道这第十面究竟是什么。

当初龙神也只说了龙九子的名字，并没有提及这一面……也许只是九面无法制成均衡的骰子，于是多一面轮空？

林陌桑只能这样安慰自己，或许这一次根本就不算数吧，毕竟她连指令和请求都没说。

林陌桑怀着忐忑不安的心情等待了一天，最终没有任何人来找她执行契约，不禁松了一口气。

接下来的一周几乎都在备考与考试中度过。

提前两周的天气预报显然并不准确，正式考试那天没有下雨只是阴天，卓景然在谢天谢地中按时参与了期中考试。不过最终还是没能考过林陌桑，名列全年级第二。

赖远辰得知林陌桑期中考试拿了年级第一后，提出要请客为她庆祝，卓景然瞬间打翻了醋坛子："你到底是谁哥，谁哥？我这个弟弟命好苦啊，爹不亲、娘不爱，兄长还胳膊肘向外拐。"

赖远辰没了办法，只好也顺便庆祝卓景然拿到第二名。

卓景然虽然名次落了下风，但为了在士气上压倒林陌桑，几乎邀请了全班所有人，顺便把篮球队的伙伴也叫了过来。于是明明是家庭小聚会，结果演变成了班级烧烤大派对。

卓景然在厨房忙得不可开交的时候忽然陷入了迷茫："这就是我考年级第二的意义吗？"被连累的年级第一林陌桑白了卓景然一眼："你的菜洗好了吗？快一点儿，这边要串了。"

林陌桑原本不想麻烦赖远辰，无奈碰上不要脸的卓景然，只好硬着头皮接受了赖远辰的好意。其实期中考试不过相当于学期中的测验，即便考了第一名也没有多少重要的意义，赖远辰以此为由头，不过是想帮林陌桑缓和同学间的人际关系。毕竟因为林雨声的事情，林陌桑背负了太多枷锁，以至于她在学校连个一同吃午饭的朋友都没有。

林陌桑能懂这聚会的意义，感激之情不多言表，铭记在心。

"你们忙得过来吗？"秦连臻从后门进了厨房，"外面那群人催着我来监工呢。"

自从林陌桑借住在赖远辰这里，秦连臻反而跟她的联系更频繁了。

林陌桑一开始还以为秦连臻是念及发小情谊，后来才发现他根本是为了接近偶像。作为F大生物系的学生，秦连臻一直把赖远辰当专业领域男神，心目中的最佳导师人选。所以一听说林陌桑要在别墅聚会，就自告奋勇说要来帮忙，企图在赖远辰面前刷好感。

"我来一起穿吧，之前的都被吃得差不多了。"秦连臻说罢戴上手套一起帮忙。

"老天爷啊，我是请了一群野兽来吗？"卓景然仰天长啸，"这一定是伺机报复，报复！"

林陌桑暗暗吐槽，还不是你自作孽？

林陌桑揉了揉酸痛的肩膀，不禁加快了手下的速度。

"我来吧。"秦连臻接过林陌桑手上的工作，"赖老师让你休息一下，去前面吃点儿东西，他特意帮你留了。"

林陌桑怔然间，卓景然先反应过来："我呢？怎么不让我休息一下？"

"赖老师让我来替陌桑的，至于你……"秦连臻摊了摊手。

"为什么啊？见色忘弟，红颜祸水啊！"

于是顶着卓景然的鬼哭狼嚎，林陌桑在秦连臻的掩护下去了后院。

花团锦簇的后院正中，两张桌子拼成一条长案，十来个同学围坐两旁，赖远辰站在一旁的烤炉前兢兢业业地翻烤着食物。

林陌桑刚走出去，就被几个女生拽到了一边。

女生之间哪怕不太熟也能结为阵营，往往是因为她们有相同的审美追求："问你件事情，那位真的是F大的老师吗？"

林陌桑顺着女生们的目光看去，就看到了赖远辰。明明操持的是人间烟火，却丝毫不染尘世污浊。

"嗯，F大生物系的。"林陌桑答道。

"他多大了？这么年轻就能在F大任教？"

林陌桑也不清楚赖远辰的具体年纪。听萧甯说龙九子大多早慧，小学连跳几级是常态，而赖远辰在智力上更优秀一些，他在英国硕博连读毕业归国时才二十四岁。

"妈呀，真男神，我终于找到高考的动力了！"

几个女生绕着圈拍手，林陌桑无奈地笑了笑。

自从父亲去世之后，她没再思考过有关未来的事情。考哪所大学，学什么专业，而她又是为了什么而努力，答案变得遥远而模糊。

此刻她看向赖远辰的时候，忽然明白了之前患得患失的症结。她庆幸龙神骰子赐予她际遇与牵绊，可自己还不够好，无法与那个温柔而优秀的人并肩而立，所以才会感到自卑与不安。倘若不是龙神，她何德何能受到对方的关注与关怀？

林陌桑看向赖远辰，而对方也恰巧正在看她。她看到赖远辰眼中的星光，一瞬间忽然找到了方向。她想和这些人成为朋友，想和这些人比肩，想做那个即使不靠龙神也能够与他们相识的，最好的自己。

"哎，上肉了别挡道，撞到不负责啊！"

卓景然端着刚穿好的烤串，从后面撞上了林陌桑的肩，林陌桑一个趔趄，回头朝他飞了一记眼刀。这么宽的路卓景然偏偏往她身上撞。

"这不怪我，都让你让开了。"

林陌桑看着做鬼脸的卓景然，心下修正了刚才的想法，"朋友"里绝对不包括这个幼稚鬼。

卓景然走到赖远辰身边，将托盘放下指了指林陌桑的方向："你烤个肉串都能吸引粉丝。"赖远辰笑卓景然话里带酸，招手叫林陌桑来吃东西。

"你太偏心了啊，我人站这儿你都没让我吃。"

"你没长手没长嘴吗？"

"她也长了手长了嘴啊！"

"你跟一个小姑娘较什么劲儿呢？"

"她哪里是什么'小姑娘'，她是一个数学、英语满分，语文差一分满分的怪物！"

怪物林陌桑走了过来，就见卓景然向赖远辰身后缩了缩，赌气似的撕咬着烤串。不得不承认，自从被林陌桑多方面打压之后，卓景然有点儿认尿。况且上次骰子落地，他也脱不开关系，总觉得对林陌桑心怀歉意。

"哎，上次那件事情之后，有什么奇怪的东西找上你吗？"卓景然问道。

林陌桑先是一愣，才反应过来卓景然是在问那天骰子落地的事情。她看了赖远辰一眼，然后才慢慢摇了摇头。

"你不是说契约是落地生效吗？"卓景然一脸狐疑，"该不会是唬我才那么说的吧？"

赖远辰听出了问题，看向林陌桑："怎么回事？"

原本林陌桑不想告诉赖远辰和萧甯这件事，因为它看起来就是一个意外。但是将来龙去脉说明之后，赖远辰的神色却出乎意料地严肃："为什么现在才说？"那语气中似乎带着责备，林陌桑咬了咬嘴唇说道："对不起。"

赖远辰总算一碗水端平，卓景然难得有了几分快意，但是看到林陌桑面露为难，心里又觉得不是滋味："其实是我去抢才碰掉的……应该没事吧？现在看起来也没什么事啊。"

卓景然一边口中念着"看吧没事的"，一边四处张望。可原本的艳阳天，一瞬间却有一股强风袭来，吹乱了卓景然的额发。林陌桑迎风仰头，感觉到一丝透心的凉意。

"我去给萧甯打个电话。"赖远辰说罢熄了炉火，向屋中走去。

围观的女生见主角退场不禁有些失望，纷纷问道："怎么忽然回去了？"

林陌桑不知如何解释，只能摇了摇头。

凉风吹起桌面上的塑料布，碰洒了开着盖的饮料。桌前的同学哄然散开，有人看了看天不禁说道："这天……该不会是要下雨了吧？"

此时同学们的手机不约而同响了起来。林陌桑拿出手机，就看到系统发布的"大到暴雨黄色预警"信息。

"暴雨？今天出门前还没说有雨啊，怎么说来就来啊？"

"我们进屋子吧，别一会儿吃着吃着被淋了。"

"我伞都没带，一会儿谁回学校一起拼个车吧。"

林陌桑抬头看着越来越暗的天色不禁心中一凛，她看向卓景然，压低声音问道："你现在还好吗？"

卓景然的关节已经开始僵硬，冒着冷汗摇了摇头，他现在迈步已然有些困难。

林陌桑见状上前挽住卓景然的手臂："等会儿你躲到赖老师的房间里，我会跟你同学解释清楚的。"卓景然愣愣地看了林陌桑一阵才点了点头，此刻他只能依靠这个人了。

卓景然一只手在林陌桑身上借不到多少力，但林陌桑却可以感觉到被压着的肩膀很沉。

卓景然像是被什么吸在原地，每走一步都会在泥土地上落下沉重的脚印。

罗越远远地注意到了这边的异状，大声调侃道："这么多人呢，你们两个挨那么近是什么意思啊？"

林陌桑置若罔闻，卓景然却不禁红了脸，原本想放开林陌桑却被她拽回了手。温热的气息在两人之间流动，仿佛心跳都因此快了几分。卓景然吞咽了一下口水刚想开口，就感觉雨滴落在了他的眉骨上，顺着鼻梁滑落。

"快走！"

林陌桑几乎使出了全身的力气架着卓景然向屋里走。卓景然却像是生了根，一步都动不了了。

就在这个时候，一双手接过了卓景然的另一只手臂。

林陌桑抬头看到一张陌生的脸，却没有显出多少惊讶。这个时候能坦然帮忙的只有赖远辰了。为了掩人耳目，赖远辰特意换了一身衣服。林陌桑向赖远辰点了点头，两个人一起施力将卓景然拖进了屋子。

赖远辰让林陌桑留在客厅招呼同学，自己将卓景然拖进了房间。

"哎，林陌桑，炉子要不要收进来啊？"

"啊，要的要的，麻烦你们了！"

林陌桑一边帮忙收东西，一边思虑着等会儿怎么解释。毕竟暴雨中将同学赶出门实在说不过去。可是卓景然可以躲着不见人，赖远辰可以当作陌生人，那等会儿地下室如果又发生异动，她要怎么解释？毕竟那里是她都不能触及的秘密。

林陌桑正焦头烂额，秦连臻忽然将她拉到一边，神色犹豫地问道："这个屋子除了赖老师和你以外还住着其他人吗？"

"还有赖老师的一个表弟。"

"表弟？"秦连臻朝赖远辰的房间看了一眼，"我可能刚才看到他了……"

"他一般不出门的啊。"林陌桑一头雾水，"我都没有见过。"

"我看到他在赖老师的房间偷穿他的衣服啊。"

秦连臻说完，林陌桑就反应过来了：刚才秦连臻独自在厨房，赖远辰大概没注意到他，于是当着他的面进屋换了衣服。而秦连臻将换脸的赖远辰当成了"表弟"。

"嗯，大概是的吧。"林陌桑只好顺着秦连臻的想法掩盖事实。

窗外雷鸣电闪，暴雨突至。

林陌桑看着被雨水冲花的玻璃，手心直冒冷汗。她隐隐听到地下室铁链碰撞的声音，好在聊天的同学并没有从雨水声中察觉。

有人提议玩狼人杀，似乎没有一个人有冒雨离开的打算。此时，钟纤霖的房间忽然传来巨大的响动，似乎是谁在砸着门。

"给我酒，我要酒！"

这……这是什么情况？林陌桑愣了半晌，手机忽然收到一条微信，是赖远辰发来的："厨房柜子里有酒，从外卖窗给他送进去一瓶就没事了。"

林陌桑不好离开客厅，只好请求秦连臻帮忙。秦连臻披着雨衣拿着酒去了后院。

罗越组织的狼人杀开局了，第一夜"天黑请闭眼"之后，屋子赫然安静了下来，于是地下室异常的响动也就从雨声中传出。在狼人商量第一晚杀谁的时候，作为法官的罗越忽然叫了停："你们有没有听到什么奇怪的声音啊？"

"嗯？"在半开放厨房收拾烧烤残局的林陌桑故意装傻，"没有吧。"

"这房子里养狗了吗？"罗越伸长了脖子确认道，"好像楼梯那边传来的。"

罗越起身向地下室的方向走，林陌桑上前挡住了他："什么也没有，你一定是听错了。"

"真的有，会不会进小偷了？"罗越拍了拍胸脯，"你别怕，我帮你看一眼，也好安心。"

林陌桑内心抓狂，暗道："我是怕你啊！"

罗越越过林陌桑，向地下室走去……

"罗越！"

"嘀嘀——"

林陌桑开口的同时，前院传来一声汽车的鸣笛。罗越愣了一下，转头就见撑着一

把黑伞的萧甯大美女走了进来。

"萧……"林陌桑见萧甯挑眉,改口道,"干妈。"

萧甯笑着收了伞,在同学们的注目礼中说道:"刚刚发布了警报,说降水量过大导致几个路段积水,所以我及时联系了一辆大巴送大家回家。坏话说在前面,你们要是现在不走,等会儿就准备乘船回家吧。"

"真的啊?"罗越感叹道,"天啊,谁说 F 市没海,一下雨就自己造海啊。"

无论萧甯所言真假都合情合理。车已经停在了门口,同学们也不好意思继续逗留。于是纷纷收拾好东西出了门。男生冒雨跑上车,女生由林陌桑撑伞一个个送到车前。

当大巴在雨中渐行渐远,林陌桑总算松了一口气,回头看了一眼满脸漠然的萧甯。

"我都说过小辰辰好多次,没事别把人往家里带,就是不听,每次都让我擦屁股。"

想来萧甯应该是百忙中接到了赖远辰的求救电话,连衣服都没有换,还是一身男装。只是无论眉眼还是身材都变成了女性,不过看起来却不违和,反而有着男装丽人的独特魅力。

"看什么看?"萧甯瞥了林陌桑一眼,"没见过曲线傲人的男人吗?"

林陌桑被呛得没话说,只好拿钥匙开门,然而刚刚推开门就听到地下室传来惊叫声。

"救命啊!"

这是秦连臻的声音?

林陌桑心下一凉,完了,竟然忘记秦连臻还在这里。

第五章

地下室的龙十子

暴雨随风从通气口落入地下室，在地面积了一层水，映照出昏暗空间里燃着蓝紫色火焰的巨物。分别固定在房顶和地板的八条铁链，碰撞间发出"啷啷"的响声。

林陌桑只身闯入地下室的那一瞬间，就看到了一双发光的绯眼，炙热的目光让她愣在台阶上进退两难。

龙首虎身，似鹿非鹿，周身黑色的鳞甲流溢着紫色的微光。即便是只在神话中才有过描述，林陌桑却在那一刻肯定，眼前的庞然大物是一只麒麟——足有两人高的黑色麒麟。

"是你吗？"

黑麒麟明明没有开口，林陌桑只是看着那双眼，就似乎听到了一个沙哑低沉的声音。

"是你召唤我的吗？"

林陌桑一时间未能理解话中的含义，犹疑间被秦连臻的求救声惊醒。

秦连臻被黑麒麟踩在脚下，身上满是血痕，已经没了挣扎的力气，看到林陌桑时只堪堪能抬起一只求救的手。林陌桑怔然间，被身后出现的萧甯拉了一把："你先出去。"萧甯拿着麻醉枪出现的那一刻，麒麟发出怒吼，龇着牙向他示威。

"可是……"

"出去！"萧甯严厉斥责道，"这不是你该管的事情。"

萧甯向黑麒麟走去，叫了一声"远辰"，林陌桑这才看到角落里还躺着一个人。

赖远辰面向墙壁蜷缩着身体，似乎受了很严重的伤。听到萧甯的声音，赖远辰艰难地翻过身，看到萧甯手上的枪摇了摇头，急喘着阻止道："麻醉枪对它没用的，反而会激怒它咬死秦连臻的！"

"怎么办？报警吗？"林陌桑焦急地问道。

"报警？你觉得我们要怎么解释？这里有一只麒麟伤人？"萧甯气愤地将麻醉枪砸在墙上，"杀又不能杀，也没办法命令它听话，可恶！"

萧甯抽出一把短刀，不得已只能选择下下策。

"先把人救出来。"

萧甯只身上前，企图将秦连臻从黑麒麟脚下救出。可惜雨天的萧甯体力和力量都不及平时，短刀还未近麒麟的身，已经被一尾巴甩到了一边。

萧甯刚刚的行为激怒了麒麟，它的爪子扣紧了秦连臻的脖颈，秦连臻发出一声惨叫，血液顺着锋利的爪缝外流，秦连臻脸色惨白，啜泣着喊"救命"。赖远辰死死拽着麒麟的利爪，试图将秦连臻拉出来，然而一瞬间就被对方踢开撞在墙上。

"赖老师！"林陌桑惊叫道。

林陌桑跑了过去，麒麟猛然跃起，她不禁后退跌坐在地上。

林陌桑冷汗直流，多希望这只是一场噩梦。然而高举的利爪却在林陌桑头顶迟迟没有落下。林陌桑感觉到口袋中的骰子在颤动，她隐约看到一个金色的"契"字在黑麒麟的额间闪现。

如果像萧甯说的那样可以命令它的话……

"骰子上的衔尾龙是不是代表它？"林陌桑像是询问又像是自问。

萧甯与赖远辰沉默间，林陌桑已经有了答案。

生死只此一搏。

铁链在黑麒麟的挣扎间碰撞作响，一如那无数雨夜的躁动。林陌桑攥紧手心的骰子，盯着那双绯色的眼睛。

"龙神骰子召唤了你，从此你要听我的话，不许违背我的任何命令。"

林陌桑说完，只见黑麒麟额间的契字消失，换来对方更加愤怒的嘶吼，像是要扑向林陌桑，却被四肢与脖颈上的铁链死死拽住。

铁链"哗啦啦"地响动，萧甯与赖远辰愕然看向林陌桑。

"现在，安静下来。"

衔尾龙是否代表这只黑麒麟？迟来的指令能不能奏效？无关她愿望的命令是否可行？林陌桑不知道，她只能冒险赌一把。

林陌桑大喘着气，仿佛不这样呼吸下一秒就会窒息而亡。当耳旁渐渐只剩下哗哗的雨声，她不禁松了一口气。

林陌桑迅速爬了起来，继续命令道："现在放开秦连臻。"

黑麒麟蹙着眉骨，极不情愿地挪开了脚，赖远辰见状迅速将秦连臻拽到了身边。

黑麒麟见赖远辰突袭，刚想发作就听到林陌桑喝道："不许动，原地趴下。"

黑麒麟盯着林陌桑，龇着牙低吼了一声才卧下了身体。

萧甯连忙将赖远辰和秦连臻扶出了地下室。林陌桑跟在三人身后，迈上最后一个台阶的时候，忽然浑身脱力半跪在了地上。

"你没事吧？"赖远辰瘫在沙发上动弹不得，焦急地询问林陌桑的状况，"它伤到你了吗？"

萧甯用止血棉狠狠按了一下赖远辰的伤口，赖远辰疼得倒吸一口气。

"伤成这样还有空关心别人？"

林陌桑抹掉脖子上的冷汗，撑着膝盖站起身，说道："我没事。"

林陌桑拿出医药箱里的碘酒和棉签帮忙处理秦连臻身上的伤口。大概是肩膀脱臼的疼痛让秦连臻陷入了休克，他被救出后就晕了过去。萧甯在第一时间联系了他认识的医生，但是由于雨势过大，只能先为两人简单处理伤口，再等待救护车到来。

赖远辰为自己和秦连臻注射了两支止痛剂之后，刚刚紧张的情绪才稍稍缓和。四人在雷鸣电闪中异常沉默，还是萧甯先开了口："到底发生了什么？"

"等我发现的时候地下室的门已经开了，秦连臻正在里面。"赖远辰将林陌桑与萧甯出现前的状况大概说明了一下，"如果不是因为秦连臻好奇误闯，那就是被它暗示了——后者的可能性大一些，毕竟钥匙一般人也找不到。"

"我以前就说过，这样关着它早晚会出事。"萧甯不悦地蹙眉，说罢又看了一眼沉默的林陌桑，"你没有什么想问的吗？"

林陌桑摇了摇头。她不是不好奇，只是不知道从何问起。

契约生效意味着地下室的黑麒麟的确与衔尾龙有关。萧甯和赖远辰先前明显知道那个图形代表衔尾龙，却依旧故意对她隐瞒。囚禁意味着两方的对立关系，那么她要站在哪一方去问这个问题？倘若问到了答案，就一定是真相吗？

"我有点儿累，可以上去休息一下吗？"林陌桑看了一眼秦连臻，"现在秦连臻也脱离了危险，这里我也帮不到什么忙。"萧甯有些意外林陌桑的反应，却还是点了点头。林陌桑起身，路过赖远辰的时候，赖远辰拉了她一下："为什么不问？"

"如果这些事你想让我知道，应该早就告诉我了，不是吗？"

林陌桑的反问让赖远辰松开了手。林陌桑疲惫地向楼上走去。

关门声响起，赖远辰才看向萧甯："原本不该让她牵扯进来。"

萧甯面不改色地为自己贴了一个创可贴："可是除了这样还有更好的办法吗？"赖远辰无言以对，如果不是骰子恰好选择了衔尾龙，他们也不会做出这样的决定。

"我去看看景然。"赖远辰刚想起身就被萧甯按了下去。

"我去吧，你待在这里休息。"萧甯看着虚弱的赖远辰，"毕竟能够做到这一切，你付出的更多，不是吗？"萧甯言语间透着一股忌惮的凉意。

赖远辰不禁吞咽了一下口水。的确，比起遇雨即兽化的龙十子，他大概才更像是让人心生畏惧的恶魔吧。

　　回到房间的林陌桑并不知道自己因为这一道命令，已然与龙九子或者说龙十子的命运紧密相连。或许是刚刚精神过度紧张，一旦放松下来林陌桑就像是昏迷一般睡了过去。

　　这一觉很长，她却做了一个很短暂的梦。

　　她梦到自己只身来到地下室，咆哮的黑麒麟咬住了她的脖子。她大声呼喊求救，而赖远辰和萧甯就站在地下室的门口双手环胸看着她。她绝望地哭泣，绝望地看着地下室的门缓缓关闭。

　　林陌桑惊醒时已经是早晨七点，后背一层冷汗，犹如一夜泡在水中。

　　窗外的雨不知何时停的，朝阳已升，正是一天中最明媚的时刻，可林陌桑的心情却无论如何都无法摆脱阴霾。秦连臻已经在赖远辰的陪同下去了医院，卓景然还在赖远辰的房间昏睡。

　　林陌桑下楼就看到了坐在餐厅吃早餐的萧甯。萧甯一手拿着平板电脑看着今日新闻，一手端着咖啡悠闲地品着，早已没了昨日的狼狈。

　　"你这一觉睡得够久的，看来是受到了惊吓。"萧甯抬头看向林陌桑，"昨天判断准确，执行果决，我还以为你不害怕。"

　　林陌桑害怕，只是她或许天生迟钝，很少会做出夸张的反应。也多亏了这冷静的性情，才让她比同龄人更加理智也更有耐心，但同时也容易多心。

　　"你等很久了吗？"林陌桑拉开萧甯对面的椅子坐下来。

　　萧甯先是愣了一下，放下了咖啡杯和平板电脑说道："比起我，地下室的那位可是原地趴着等你等了一夜。"

　　与其说林陌桑是忘了，不如说是她不想面对。既然萧甯有意提起，林陌桑只好向地下室走去。然而没过多久，林陌桑又匆匆跑了回来。她大惊失色地看向萧甯，萧甯只是牵起嘴角笑了："现在终于有问题想问了吗？"

　　"他是人？"林陌桑艰难地问道。

　　刚刚她走进地下室，就看到一个浑身赤裸、伤痕累累的男孩被铁链拴着，半跪在积水当中，手脚已经被泡得发肿。

　　这画面比看到黑麒麟更为惊悚，特别是当男孩抬起头，林陌桑看到他眼神的那一刻——黑发黑瞳，头发长而凌乱，眼神一如昨晚般冷厉。

　　前后因果在那一瞬间想通，林陌桑摇着头，难以接受现实，只能转身跑了出去。

　　"确切地说，他和我们一样，是龙九子外的龙十子。"萧甯不等林陌桑发问就解释道，"龙生九子各有不同，大多数人知道这句话，却不知道所谓'不同'其实是在说他们各有缺陷，所以才会被龙神抛弃在人间。龙神的身边只留了一个孩子，那就是最小的龙十子，他完美无缺备受宠爱。龙十必须杀死其他'劣等品'，才能坐上龙王的宝座。"

"所以你们就关着他？"

"那当然只是民间的无稽传说。"萧甯失笑，一脸无奈，"我们关着他的原因，自然是你昨天看到的那样。"

"你们关了他多久？"

平时多出来的一人餐究竟去了哪里，此刻林陌桑忽然有了答案。所以男孩被关了多久？自她住进这栋别墅开始，三个月？

"三年。"萧甯坦然答道。

"这是犯罪。"

"你见过他下雨时的样子，如果我们不关着他，也许他根本活不到现在，被他伤害的人也是。"

林陌桑在原地焦躁地转了两圈又向地下室走去，萧甯拦住她问道："你要干什么？"

林陌桑思绪很乱，想着刚才的场景絮絮念道："至少要让他穿上衣服，不能一直趴在水里，他身上也有伤……"

萧甯摇了摇头："他可以自愈，哪怕断一条胳膊也能长回去，这是他的能力，你不用管他。"

"可是，他是人啊。"

无论有怎样的变化，无论有多强大的能力，他至少是个人，不应该被当作畜生一般对待。

"你慢慢就会习惯的。"萧甯端着咖啡抿了一下，"慢慢就会像我们一样可以泰然自若地……"

林陌桑打断萧甯的话，摇头说道："我不可能习惯。"

林陌桑说罢就向地下室走去。

这一次她没有直接冲进去，而是站在门口，半侧着身子遮住眼睛对里面说道："你可以不用原地趴着了，起来把衣服穿上，我……我……"

她还能做什么？林陌桑忽然发现，她即便有了命令对方的能力，却没有给予对方自由的权利。

林陌桑沮丧间，萧甯递来一身衣服："你至少要给他一身衣服，他才能服从命令吧。"

林陌桑窘迫地捂着眼，对萧甯说道："麻烦你拿给他……"萧甯轻笑了一声，将衣服扔了进去，落在了男孩身前的积水中："都说不要把他当作人了。"

男孩穿好衣服，浑身依旧湿淋淋的，狼狈并没有因此减去几分。

林陌桑见地下室空空如也，特别搬了一把椅子进去，让他可以不必踩在水里。然而没有下达命令，男孩丝毫不领情，依旧靠墙抱膝坐在水中，警惕地盯着林陌桑。

"你是把自己当圣母吗？伟大的人性光辉？"萧甯讽刺道，"你难道忘了他昨天对你的赖老师和秦连臻做了什么吗？"

林陌桑颓丧地看向萧甯，不得不承认他说得没错。因为眼前是瘦弱而脆弱的人，是一个看起来不过十四五岁的男孩，所以她才会同情心泛滥，忘记他是一个随时都可能伤人的怪物。

"如果我告诉你，如果他不死，就是我和赖远辰死，你是不是也会帮我们杀了他？"

这质问听起来像是讽刺与玩笑，但是萧甯说得异常严肃，林陌桑愕然地看向他，想要更多的解释，然而萧甯却漠然地结束了问题："如果做不到，维持现状就好。"

萧甯接了一个电话就离开了别墅，只剩下林陌桑独自面对地下室的男孩。

她坐在台阶上，头伏在膝盖上，就这么与男孩对望。

一场意外为林陌桑开启了一个巨大难题，这个难题叫作"无论站在哪一方都是错"。怀着同情之心帮助会兽化的男孩让赖远辰等人面临危险，还是以萧甯等人的立场无视这场非人的囚禁，无论选择哪一边，她的内心都遭受着良心的谴责。林陌桑犹豫了许久，最终拨通了母亲夏淑芳的电话。她没有说明具体情况，况且一时也无法说清，只能单刀直入问道："如果选择站在哪一方都是错，我要怎么衡量错误孰轻孰重？"

夏淑芳在电话那端沉默了许久才说道："错误没有轻重之分，但是如果两种选择都是错的，那么一定有第三种选择。解决问题的方法不只有'站队'，还有披荆斩棘自己走出一条路，只是后者需要付出更多更重的责任。如果你觉得自己可以承担，那么就勇敢地创造第三种选择。"

第三种选择吗？

林陌桑挂断电话，看向地下室的男孩。

大概是年纪不大，又常年不见阳光，所以显得瘦弱而苍白。许久没有修理的黑发遮住了他大半面容，发间露出的脸轮廓分明，下巴尖而小巧。倘若不是那一双浓密的横眉，这过于精致的长相大概会被误认成女孩子。

不过看到他狼一般的眼神，任谁都会心头一紧，少年紧紧盯着林陌桑，地下室外透进的日光，照得他的眼如黑曜石一般漂亮。

林陌桑记得，雨夜时那是一双绯眼，像是受尽委屈后的无助，又像是不畏强暴的倔强。

林陌桑忽然意识到，事到如今她从来没有问过他的选择。她走下台阶，踏着积水靠近男孩。

林陌桑走近，男孩不禁瑟缩着向墙角靠了靠，无奈再没有后退余地才龇牙警告她保持距离。林陌桑在距离男孩不到半米的位置蹲下，才看清男孩脖子上被铁链磨出的血痕。

长发遮住了脖颈间的血口，林陌桑伸手去拨男孩的长发，却不想对方忽然张口咬住了她的手。林陌桑在疼痛间大声喊道："松口！"碍于指令，男孩迫不得已张开了嘴。

虽然没有出血，但食指与拇指之间留下了深深的牙印。

林陌桑只觉好心被当作驴肝肺，气愤地敲了男孩的脑袋一下。男孩被敲得蒙了几秒，反应过来后故作凶悍地怒视着她。

"我把你当人，你别把自己当畜生。"

林陌桑甩着手缓解疼痛，然后将之前放进来的椅子拖了过来。

"坐到椅子上去。"

林陌桑说什么男孩就照做，看起来乖顺，但林陌桑从他眼中可以看出他只是被迫服从。如果不是因为她掌握着他的生杀大权，恐怕下一秒椅子就会砸在她头上。

男孩坐着，林陌桑站着，这才正式开始了人类之间的平等谈判。

"你吃人吗？"林陌桑想先确认一下他的危险性，"不许说谎。"

"你才吃人！"男孩气愤地反驳道，"我只吃饭！"

林陌桑忍俊不禁，男孩被她笑得恼羞成怒，龇牙咧嘴刚想向林陌桑扑去，就被林陌桑按住了额头："不许动。"男孩就这么僵在原地，更加愤恨地瞪着她。

"我不想一直这样命令你，所以你稍微收敛一下脾气，我们心平气和地谈话，可以吗？"

男孩哼了一声，算是答应了林陌桑。男孩坐了回去，双脚踩在凳子上，两臂交叉抱着膝盖，与当初坐在地上的动作如出一辙。

林陌桑不禁蹙了蹙眉。一个人的身体能蜷缩成这样，往往是因为常年待在矮小逼仄的空间里，比如笼子。

林陌桑不敢细想，说道："我叫林陌桑，你叫什么名字？"

男孩抬眼看着她，许久才摇了摇头。

"不许说谎。"

林陌桑以为男孩是故意和她对着干才不肯透露姓名。然而当她重复第二次"不许说谎"时，男孩忽然红了眼，瞪着她大吼道："我就是不知道，这是实话，还让我说什么？"

林陌桑愣了愣，说道："对不起。那赖远辰、萧甯……就是平时照顾你的人，他们是怎么称呼你的？"

"他们不称呼我。"男孩移开了眼神，"只是给我饭吃。"

林陌桑愣了一下，不禁放柔了声音，耐心询问道："那你想让我怎么称呼你？"

"有人叫过我裴西林……"男孩犹豫地说道，"我不知道那是不是我的名字。"

"是哪三个字？怎么写？"林陌桑问道。

"我不知道。"男孩低下头，抠着椅子边缘的木屑，"我不会写字。"

"好，裴西林。"林陌桑默认了一个名字，也不再追究，"你多大了？"

"十四或者十五岁。"

林陌桑觉得男孩可能被关在地下室里，所以对时间没有概念，不知道在这里度过了多久，于是搞不清自己的年纪。林陌桑打量了一下裴西林的身骨，看起来不过十二岁的样子。如果是十五岁，仍旧比自己小一岁。

"父母或者其他家人还有吗？"

林陌桑问完，裴西林沉默了一阵，忽然抬起眼盯着她。

昏暗的地下室，门外的天光照亮了男孩黑白分明的眼，诡异如磷火。

"不知道。"

"知道自己为什么会被关在这里吗？"

裴西林轻哼了一声："你怎么不去问关我的那些人？"

林陌桑想过是否要问赖远辰和萧甯囚禁裴西林的缘由，但是一想到对方可能会因为诸多顾虑骗自己，她就收回了想法。她宁愿不去开这个口，也不愿去听一个迫不得已的谎言。

"因为你不能对我说谎。"

裴西林吞咽了一下口水，低垂下眼睑："有一个诅咒说，不压制着我，他们就会死。"

"什么诅咒？"

"好像是有人送了一块奇怪的九龙璧给他们的大家长，说我是龙十子，我不死他们都要完蛋。"裴西林阴沉着脸陈述道，"我那时流落街头，一直被奇奇怪怪的人追捕。有一天下雨，他们在我没意识的时候，将我抓到这里关了起来。"

"仅仅因为这个？"林陌桑不可置信。

杯弓蛇影，草木皆兵，因此限制一个人的生命，这代价未免太大了。

在裴西林的形容中，龙九子就像是毫无人性只顾自己的暴君。林陌桑不想将萧甯、赖远辰等人划入这群冷漠的人中，可萧甯刚刚的态度已然佐证了一切。

"你没骗我？"林陌桑忍不住反问道。

裴西林不回应，只是抱紧双膝，弯曲着背脊显得有些疲惫。明知他不能对自己说谎，还一而再再而三地质疑他的话。林陌桑张了张口，知道自己不该逼他。

"对不起。"

林陌桑说完，裴西林忽然看了她一眼。几乎没有人跟他说过这三个字。无论是伤了他还是限制了他的人生，无论遭遇多大的苦难，都没有人跟他道过歉。

裴西林忽然觉得眼眶发热，无法抑制的委屈感涌上心头。不是他想要兽化，不是他想成为龙十子，可是全世界都在怪他。

"我……"

裴西林刚想开口就被另一个声音打断了。

"你在这儿干什么？"

卓景然站在地下室门口，错愕地看着林陌桑和裴西林。那一瞬间裴西林忽然跳下了凳子，四肢着地，像是野兽一般弓起身子龇着牙防备卓景然。

卓景然被这忽然的动作吓了一跳，下意识地上前一把将林陌桑拉到了自己身边。

"他是什么东西？"卓景然打量着裴西林，"人还是动物？"

"你不知道这里的事情？"

卓景然摇了摇头。林陌桑回头看了一眼全身紧绷的裴西林，只好让卓景然先出去。

"你跟我一起出去。"卓景然拉着林陌桑不放。

"你三岁吗？"林陌桑白了卓景然一眼，"还要我陪着？"

"我是那个什么你才……"卓景然气急败坏，"你这个没良心的！"

林陌桑莫名其妙地看着无理取闹的卓景然，无奈先暂停与裴西林的谈话："晚点儿我再来找你。"

裴西林的目光忽然黯淡了几分，转身踢了凳子一脚，然后不屑地用屁股对着林陌桑与卓景然。林陌桑一瞬间来了脾气："你给我站起来！"

裴西林"蹭"的一下站得笔直，卓景然都看傻了眼，这是什么情况？

"坐在椅子上等我回来，听到没有？"林陌桑严厉地命令道。

裴西林不服地"呼噜"了一声，还是拖着"哗啦啦"的铁链乖乖坐到了椅子上。

这驯化得也太成功了吧？卓景然看林陌桑的眼神都不禁带了几分敬意。

林陌桑跟着卓景然走出地下室，卓景然顺手去关门，她看着门缝夹着的光在裴西林脸上一点点变窄，忽然按住了卓景然："不用关了，那链子锁着他，不会出事的。"

卓景然不满地瞥了裴西林一眼，最终还是遵照林陌桑的意思敞开了门。

"所以你是借我哥的地方养了条狗？"卓景然酸溜溜地调侃道，"真听话啊。"

"你知道昨天下雨发生了什么吗？"林陌桑不答反问，"赖老师和秦连臻都被送去医院了，你知道吗？"

卓景然瞪圆了眼睛，反应了好一会儿，才愣愣地说道："其实……我才起床。"他一下雨就像块石头一样，最初只是视觉障碍，然后听觉也渐渐退化，什么也做不了，所以都会选择睡觉。于是他一觉起来，发现房子空了，四处转了一圈才看到林陌桑在地下室里。

林陌桑看卓景然的表情就知道，这货大概下雨脑子进了水，一晃荡还带响。

"那'龙十子'你知道吗？"林陌桑转而问道。

卓景然蹙起了眉，说道："你知道了？"

"那个，"林陌桑指着地下室的方向，"就是龙十子。"

"他？"

卓景然陷入沉思，径自走到沙发前坐了下来。

"我去年才加入'家族'，所以也不是很清楚。"卓景然犹豫地说道，"本家说我们下雨时的变化都是龙神的诅咒，想要破除这诅咒，唯有龙十子死亡。可是古训'兄弟不可阋墙'，违者会受到更大的惩罚。"

"这些诅咒、古训都是哪里来的？"林陌桑总觉得蹊跷，"还有'家族'是什么？"

"'家族'是由龙子之首贺南归建立的。他是第一个发现自己龙九子身份的人。虽然他是我们的大哥，但是年纪比我们父母还大，所以我们都称呼他为'大家长'。至于诅咒和古训……"

卓景然犹豫了一下才拿出手机，打开相册翻出一张照片："你过来看。"

林陌桑坐到卓景然身旁，凑了过去才看清那是一幅壁画。

壁画似乎是在一个阴暗的角落，依靠探照灯的光才显现出大致模样。乍看上去画的像是一朵花，花苞绽开，细长的花蕊伸展而出。但是仔细看就会发现，那并非一朵花，而是九条龙从一处腾飞而起。

壁画的色彩依旧鲜艳，但能从斑驳的痕迹中看出它年代久远。画风与敦煌壁画异曲同工，笔触着色带着佛家宗教画风格。九龙来自一个圆柱形的基座，基座如同粗壮的花杆，上面的纹路已经斑驳不清。基座上方如莲花开合，仿佛是九龙破壳而出。

"这是什么？"林陌桑翻来覆去看了几遍也没发现问题。

卓景然没有回答，而是将照片倒了过来："再看。"

林陌桑几乎无法相信自己的眼睛，明明只是将照片倒过来，可是看到的壁画内容全然不同。原先的基座变成了一黑一红两条尾巴连在一起的龙，像是在追逐着九龙吞噬。

林陌桑抹了抹眼睛，又将照片倒回去，还是和刚才看到的内容相同，并没有那朱墨双龙。

"这……这是从哪儿来的？"林陌桑觉得后背冒出冷汗，这幅画也太诡异了。

"去年我加入家族的时候，被辰哥带去S城贺家。那里是大家长贺南归的家，也是家族商讨事情的主要场所，我们称之为'本家'。这个照片就是那一年在本家偷拍的。"

"偷拍？"

"嗯，大家长还有萧甯哥他们好像并不想让我知道太多。"

林陌桑又凑近了一些仔细观察。卓景然看着即将贴上自己胸口的林陌桑，不禁正了正姿势，抬头挺胸绷着笑意："我是冒着被本家惩罚的危险告诉你这些的，你可要对我负责。"

林陌桑瞥了卓景然一眼："你以前不是都不需要我负责的吗？"

卓景然一时语塞，结巴道："小事不用，大事……还是要的。"

"这个壁画在哪里发现的？"

林陌桑忽然觉得这壁画的风格有些眼熟，但又说不上在哪里见过。

"不知道。"卓景然耸了耸肩，"我只看到纸质照片，另外零零碎碎偷听了一些。本家那边好像专门雇了考古队探寻有关龙九子的遗迹。"

"你能把这张照片发我一下吗？"林陌桑拿出手机，原本想拍一张但是担心不清晰，想来还是要原版比较好。

"我又没你的微信号。"卓景然说着还带了点儿小脾气，"对我有意思，竟然都不知道主动加我。"

林陌桑已经懒得解释了，速战速决加了好友发了照片，然后说道："我去做点儿吃的。"

"我还不饿。"卓景然反客为主毫不客气，"你不用着急。"

林陌桑原本也没想带卓景然的份，听他这么一说啼笑皆非，解释道："裴西林从昨天就没吃东西，我要给他准备一些。"

"裴西林？"卓景然左右一联想就对上了号，"啊，那个狗子啊。"

"是人。"

林陌桑指着卓景然让他改口，卓景然不屑地转身回了赖远辰的房间，"嘭"的一声关了门，没几秒又打开门喊道："我认他是人，你带我一份。"

"呵呵。"

林陌桑将做好的午饭送进地下室的时候，裴西林正坐在椅子上打瞌睡。林陌桑刚走到门口，他就警觉地睁开了眼，直直盯着林陌桑手上的碗。林陌桑将碗筷递给他，他没接筷子，直接拿过碗用手抓了起来。

"停。你等一下。"

裴西林一口还没咽下去就被叫了停，满眼怒气地看着林陌桑。林陌桑匆匆起身去厨房拿了一只勺子给他："用这个吃，不要用手。"

裴西林拿着勺子颠来倒去不得方法，反而把碗里的肉拨弄到了地上，最后丧气道："可以不用吗？"

"不行。"林陌桑坚决道。

"那我不吃了。"

林陌桑拿过勺子，给他做示范："这样握着。"然后盛了一勺饭，将勺子抵在裴西林嘴边："张嘴。"裴西林乖乖张了嘴，林陌桑将勺子送了进去："闭嘴。"然后又将勺子拿了出来。

林陌桑摇着光亮的勺子问道："学会了吗？"

裴西林嚼着嘴里的食物，果断摇了摇头。

"有那么难吗？"

林陌桑想象不出他之前过的都是怎样的生活。

难道三年都是用手抓饭吃？或者更久？这么一想就有些同情心泛滥，于是耐着性子又示范了两次。

"这次呢？"

裴西林鼓着腮帮子大口吞咽着，依旧摇了摇头。

"你自己试一下？"林陌桑将勺子递给裴西林，裴西林却不接，"就试一次。"

裴西林索性将饭碗一推："那我不吃了。"

林陌桑没了办法，只好又示范了两次。见裴西林吃得怡然自得，林陌桑总觉得不对，怎么好像渐渐发展成了她喂他吃饭？

显然不只林陌桑意识到了这个问题。

"呵，"站在门口偷看了许久的卓景然哑然失笑，"行啊。"

卓景然忽然冲下来，抢过林陌桑手上的勺子和碗，一脸挑衅地对裴西林说道："这么喜欢别人做示范，我来给你示范一下？"

卓景然说罢就将碗抵在裴西林嘴边，用勺子将碗中的食物向他脸上拨："告诉你，男子汉才不会那么矫情地吃，张开嘴，像狗一样扒呀！"

裴西林一瞬间就被激怒了，推开脸上的碗，对着卓景然拿着勺子的手就是一口。碗落在地上碎裂开来，卓景然惨叫，刚想上手打人，就被林陌桑拦住。

"快松口！"

裴西林松了口，牙齿上已然见了血，极为嫌弃地朝地上啐了一口。林陌桑看着卓景然手上的血痕，才知道先前裴西林咬她的时候根本没下重口。原本要出口的斥责的话，因为这一细节的勘破又咽了回去。

"你说过把他当人的。"林陌桑转而对卓景然说道，"男子汉的重点不是大口吃饭，而是一诺千金吧？"

"他咬我，你现在却来责怪我？"卓景然不可思议地看向林陌桑，"他给你下了什么迷魂药啊？"

"不是的，他……"

林陌桑刚想解释，就听到卓景然回头喊道："哥，你也看见了，林陌桑已经完全倒戈了。"林陌桑这才发现赖远辰一只胳膊吊着石膏，站在地下室门口。

"赖老师？"

"看来我还是回来晚了。"赖远辰慢慢走下楼梯，忧虑地看向林陌桑，"你已经被他暗示了，你没发现吗？"

"暗示？"

林陌桑恍然想起，赖远辰解释昨天秦连臻会出现在地下室的原因，似乎也是"暗示"。

"你旁边这个家伙，最危险的地方不是兽化，而是暗示人心的能力。"赖远辰一边说一边迫近裴西林，像是在以某种力量威吓他，"时间久了，你会被他完全控制，沦为他的奴隶。"

林陌桑想要回头看裴西林，却被赖远辰一只手挡在了脸侧："别再看他的眼睛，相信我，否则不只是你，我们也会有危险。"

林陌桑不知所措地垂下眼，就看到那被打翻的碗，还有落在肮脏地面上的勺子。他才吃了一半啊。

"不要再管他的事情。"赖远辰按着林陌桑的肩膀，贴在她耳边劝诫道，"不要让自己陷入麻烦。"

卓景然看着在赖远辰面前异常乖顺的林陌桑，忽然感到一阵不适，于是径自先出了地下室。赖远辰半推着林陌桑，让她向光明一步步迈近："昨天是个意外，以后你们再无瓜葛。"

说到这里，林陌桑忽然停住了步子："怎么可能呢？"

林陌桑转身面对赖远辰，继续说道："我已经成了那个唯一可以控制他的人，怎么可能再无瓜葛呢？"

门外的光就落在林陌桑的脚下，她向前一步是未知的黑暗，向后一步，是无邪的光明。

"你问过我，选择毁灭还是拯救。"林陌桑坚定地说道，"我现在有了答案，我选择拯救。"

　　暗处的裴西林霍然抬起眼，试图在逆光中看清女孩的脸。可是他只看到圣光，似乎要将他吞噬，又似乎要将他笼罩的圣光。

　　"我不会放弃裴西林的，因为我是唯一可以救他的人。"

第六章

解锁宅男的有效方法

自林陌桑认识赖远辰以来，这似乎是她第一次公开违背赖远辰的意思。既然打开了地下室的门，她不可能装作一无所知、事不关己。此时的林陌桑以为，这是命运的指引，是独立的抉择，是自然而然走上的偶然之路。

"你真的想清楚了吗？"不等林陌桑回答，赖远辰又说道，"你先跟我去一个地方再回答这个问题。"

林陌桑在病房看到脸色苍白的秦连臻与疲惫不堪的秦母时，她不禁看了平静的赖远辰一眼，这个人吃透了她的个性，可以将她的良心攥在手心里。

"秦家这边的事情，大家长暂时帮忙解决了。秦连臻不会记得那天的遭遇，但并不代表他母亲不会追究。你现在可以说不知道，但是如果有一天她知道你包庇了凶手，甚至试图保护罪魁祸首，你要怎么面对秦连臻，怎么面对你父亲的世交？"

病房内，萧甯正陪伴在秦母身边。林陌桑不知道萧甯用了什么方法暂时说服了秦母，就像当时获得了母亲夏淑芳的信任一样。

小时候林陌桑常被秦家"接济"，林雨声一旦去外考察，就会把她放在秦家。即便自秦家搬离教职工宿舍后，林陌桑与秦母少有往来，但这并不代表她能忘记过去的恩情。

裴西林伤害了秦连臻，而她却在企图保护这个施暴者，无论怎样都似乎是她冷血无情、恩将仇报。

"可是……"林陌桑摩挲着手上的牙印，"他也像你一样是迫不得已，不是吗？"

"你总是想着别人，有想过你自己吗？"赖远辰不答反问，"想过自己要付出的代价吗，如果你……"

赖远辰还未说完，就被走出病房的萧甯打断了："小辰辰是怕你被那家伙暗示，怕你被利用，并不是阻拦你做个好人。对吧？"萧甯转而看向赖远辰，赖远辰却没有点头。

"只要你能证明，你是遵从本心而非被其利用，我代你向大家长申请公开谈谈黑麒麟的事。如何？"萧甯建议道。

"我要怎么证明？"如果暗示是一种无法被察觉的能力，她又如何判断此刻的想法是遵从自我意识的？

"你隐瞒真实意图装作去'杀'他，如果在你威胁他生命的前一刻，你被迫终止了行动，那就证明你被暗示了。反之则没有。"萧甯解释道，"你放心，那家伙有自愈能力，哪怕你的刀刺入他的血肉，也不会对他造成多大的伤害。所以狠心这一时，送他一世的自由，你觉得怎么样？”

萧甯虽然是询问林陌桑的意见，但她知道自己没有选择的余地。这不是一道选择题，而是一道推导题，萧甯给她的不是选项而是条件。只有林陌桑照做，才可能有后续谈判的机会。

“好，说话算数。”

萧甯笑了笑：“当然。”

短刀是萧甯给的，是昨日他企图救人的那把。小巧却足见锋利，轻灵却散发凶气，林陌桑握在手中如鲠在喉。她与裴西林刚刚分离不过几个小时，如今再次相见却持刀相向。

裴西林看到林陌桑的那一刻，露出些许困惑，但他看到林陌桑身后的萧甯与赖远辰时却了然于心。他竟然还天真地坐在椅子上等这个人来救他?

可笑，看吧，他只等来一把要杀他的刀。

裴西林一跃而起，将椅子踹翻在地，在即将扑向林陌桑的前一秒被叫了暂停。他无法违背林陌桑的命令，只能停滞在原地等待林陌桑的短刀逼近。

裴西林的双眼渐渐变得绯红，最初是怒火，却在映出林陌桑的影子时，变作无尽的绝望。

刀尖抵在裴西林的脖颈时，林陌桑有一瞬间犹豫。她看到裴西林吞咽了一下口水，然后闭上了眼，像是认命一般任其宰割。

“别被他骗了，你要记得我们的约定。”萧甯在林陌桑身后强调道。说罢又看了赖远辰一眼，目光锐利而强势，似乎在催促着他什么。

林陌桑颤抖着手，又用上了几分力气。她感觉到他脖颈的动脉在跳动，那里流淌着红色的血液。长而浓密的睫毛轻轻抖动，在地下室微弱的灯光中晶莹闪烁。

“终于……可以结束了。”

裴西林微弱的声音传入林陌桑耳中的那一刻，她的心脏猛地一阵疼痛。就在她要放开短刀时，感觉头脑一阵晕眩，力气从身体被抽离。

林陌桑感觉到四肢像是被看不见的线牵引着，在她以为自己要放下短刀时，却又抬手朝着裴西林的心脏猛然刺去。

“不！”

林陌桑似乎听到"啪"的清脆响声，犹如缠绕周身的丝线被她挣断。在短刀离裴西林心口仅有半厘米的地方，她停了下来。

不对，如果是裴西林的暗示，他怎么可能会控制自己去自杀？林陌桑反应过来，猛然回头看向萧甯和赖远辰，在看到赖远辰的眼睛时，她感觉被自己挣断的丝线似乎有了触电般的感应。不属于自己的回忆顺着这些"丝线"涌入她的脑中。

那一瞬间，赖远辰露出前所未有的惊慌，他大喊着："停下来，停下来！"

林陌桑看到一幅幅琐碎的影像，有赖远辰儿时的模样，还有更多陌生的面孔。最清晰的画面是昨天……她看到赖远辰如同木偶师一般，移动着手指间无形的丝线，秦连臻如同灵魂出窍一般双目无光地拿过赖远辰手中的钥匙，然后打开地下室的门走了进去。

震惊之间，更多的声音涌入林陌桑的脑海，有陌生的，有熟悉的……

"林陌桑召唤的是曾默，为什么要我去？"

"未来有可能控制龙十的只有她，所以让她住在你那里，自己去打开那道门。"

"她是无辜的，我不能害她。"

"远辰，你要知道，这是龙九子的命运，不仅仅是你一个人的事。"

……

"记者已经联系好了，明天会出现在林雨声的追悼会上。小辰辰你要是看不惯，明天就不要来了。"

"逼走她唯一的亲人，然后控制她吗？这太卑鄙了。"

"我只是给夏淑芳寻找真相的契机，这对她们母女来说利大于弊。"

……

"既然她阴差阳错召唤了龙十，那么我们就将计就计。"

"还有别的方法吗？如果秦连臻出了事，林陌桑该怎么办，她还是个孩子……"

"我们当年谁不是个孩子？既然龙神选择了她，必须有她必然承担的责任。"

"可是她……"

"你别忘了，她手里还有一次召唤机会，如果她被龙十利用，到时候危险的是我们。"

……

"你不是一直在阻止她靠近吗？不止一次给她机会，但是她还是败给了自己的同情心。"

当赖远辰的记忆进入林陌桑的脑中后，过去赖远辰一次又一次欲言又止的原因，此刻她终于有了答案。过去的温柔不仅仅是出于善意，还包含着欺骗她的愧疚。

林陌桑总算想通了，为何召唤令下达，曾默却迟迟不来，因为"家族"在布置一大盘棋。从曾默写下那个电话号码开始，她就已经成了这盘棋中最重要的一枚棋子。

在从"家族"知道她有龙神骰子，有可能控制龙十子的那一刻开始，林陌桑就已经成了龙九子算计的对象。

林陌桑感觉到心中前所未有地沉重，重得挤压到了脆弱的胃，她忍不住干呕起来。赖远辰急切地迈步向她时，林陌桑一手捂着嘴，一手抬起制止了他的靠近。她现在一个人都无法相信，也不想接受任何人不明真伪的关怀。

"对不起。"赖远辰耷拉下双肩，像是犯错的孩子。

林陌桑没有回应，而是看向裴西林。他胸前被刀尖划破的血口，犹如殷红的泪从心头落下。

林陌桑解除了禁止的命令，在裴西林要上前攻击她时，她丝毫没有躲闪，只是说着"对不起"。

"对不起，我被人利用，最后伤害了你。"林陌桑在心底偷偷地说。

裴西林愣在原地。两人目光相触，像是触碰到了心底最柔软的地方。等他回过神来，冲林陌桑龇了一下牙，却没有继续攻击，而是赌气似的缩回了角落。

林陌桑拿出十面骰子，将它交到萧甯手上。萧甯看着手中的木块有一瞬间被撼动。

"我自愿交出龙神的骰子给你们保管。"林陌桑张开双臂摊开双手，犹如投降，"现在你们没有威胁了，可以把自由还给裴西林了吗？"

"我……"萧甯第一次在说话间感到迟疑，"我去联系二哥。"

萧甯说罢走出了地下室，只剩下赖远辰和林陌桑。

林陌桑扯了扯拴着裴西林的铁链，铁链厚重坚固，找不到焊接的缺口，于是她向赖远辰请求道："可以将他放开吗？我会控制好他的。"赖远辰无奈地摇了摇头，见林陌桑蹙眉急忙解释道："这些铁链是钟纤霖做的，也只有他能解开。他也是龙九子之一。我没有骗你，你……你有我的记忆，知道我说的都是真的。"

林陌桑一时还无法消化赖远辰这么多年的记忆。他提起，林陌桑才勉强能从记忆中提取相关的信息。

"为什么会这样？"林陌桑扶着至今眩晕的头，"为什么你的记忆会进入我的脑中？"

"我们出去，我把我知道的一切以及我的想法都告诉你可以吗？"

林陌桑跟着赖远辰走出地下室，在客厅相对而坐。

"记忆倒流可能是你对我能力的反噬。"赖远辰推测道，"不过应该只是一时的现象，由于记忆和知识信息不对等，时间久了这些记忆你会慢慢淡忘。"

林陌桑只觉得脑子很乱，像是看了很多部电影，总是浮现出毫无逻辑的画面。

"除了雨天发生变化外，其实龙九子包括龙十子，还拥有一种特殊的能力。这种能力每个人都不相同，我是心神操纵，萧甯是读心。"赖远辰看了一眼地下室的方向，"那家伙是暗示。"

"所以你控制了秦连臻，让他打开了地下室的门，然后再装作去救他，与萧甯排了一场戏给我看，就是为了引导我对裴西林下达指令？"

林陌桑回想起那日的细节才后知后觉，她之所以会选择命令裴西林，就是因为萧甯抱怨无法让黑麒麟听话。若不是那场雨，可能在场的那些学生都会成为胁迫她发出指令的筹码，而不仅仅是秦连臻一人。

"对不起。"赖远辰没有再多解释，但是林陌桑能从他的回忆中知道，他不止一次反抗，拒绝执行这个计划。

"其实你原本可以有更好的选择。"林陌桑看着赖远辰胳膊上的石膏，"不必让自己受伤的选择。"

"秦连臻毕竟是我的学生，他受到这么严重的伤，我有很大责任。况且我们的目的也并非是让秦连臻落难……"

"你们是想借我的手杀了裴西林。"

在赖远辰企图控制林陌桑的时候，她已经明白了他们的意图。

"我们身为龙九子无法动手，普通人又没有能力控制击杀他，所以只有你。"

赖远辰不禁庆幸他的控制失效了，如果让林陌桑的双手染血，他恐怕一生都无法弥补这个过错。不过这个结局他也未曾预料到，过去他从未失手，更没遇到过这种被反噬的情况。不仅没能控制林陌桑，反而被林陌桑窥探到了他所有的记忆。

"为什么一定要杀了他？只是因为那个传说？"还有壁画？林陌桑没能把最后半句问出口，她担心会让卓景然无辜受牵连。

"那不仅仅是个传说。"赖远辰摇了摇头，"家族的大家长今年七十岁，他四十岁的时候收养了二哥钱毋庸……后来陆续将我们召集到了一起。知道龙九子存在的人，只知道他是第一个发现龙九子身份的人。其实不然。他其实是上一代最后一个发现自己身份的人……他是上一代的老幺。"

林陌桑反复咀嚼着赖远辰话中的意思："所以你是说，龙九子不是独一无二的？"

赖远辰点了点头："大家长说龙九子是'接续传承'，就像是……当我作为狻猊死去，另一个狻猊就会降生在这个世界上，而这个人可能与我毫无关系。"

也就是说，每过一段时间，就会出现一代龙九子，如果他们其中有谁死亡，就会有新的龙子出现接替他们的位置。但是无论怎样接续传承，都保证世间只有一个囚牛、睚眦、狴犴、狻猊、鸱吻、饕餮、椒图以及霸下。

"所以上一代只剩下大家长一个龙子？其他人呢？"赖远辰沉默间，林陌桑联系前后已然有了答案，"都被黑麒麟杀死了？"

可是那也是四十年前的事情，裴西林不是才十五岁吗？

"等等，黑麒麟的身份也是'继承式'的？"

赖远辰默认，林陌桑站起身踱了几个来回才问道："上一个是在十五年前死去的？你们杀死的？"

"我并不清楚，我是十年前加入家族的，知道黑麒麟的事情也不过是三年前接手那个家伙的时候。"赖远辰也试图去搞清楚，但是大家长一直觉得他的性格是他的弱点，所以并没有告诉他更多。

"不清楚于是就默认？"林陌桑追问道。

"与其说是默认，不如说是信任。"赖远辰解释道，"在家族这些年，我也受益良多。不仅学会了开发自身的潜能，还在大家长的帮助下，能够做到雨天的时候仅仅改变面貌，而不改变身形和声音。从这些来看，家族是在保护和帮助龙九子的，所以我没有理由去怀疑大家长所说的一切。"

"我明白了。"林陌桑握了握拳头，"我会保护裴西林的。"

赖远辰了然苦笑，他们亲手破坏了林陌桑的信任，如今又有什么理由要求她站在自己的阵营？

"也不会让你们被他杀死的。"

林陌桑的声音很低，却狠狠撞在赖远辰的心上。他不禁看向她，她似乎已不是最初那个无助的少女。

"既然龙神选择了我，我一定可以找到两败俱伤以外的方法。"

林陌桑知道这是自己的一厢情愿，也知道豪言当中的天真。可是如果此刻无动于衷，未来她一定会后悔当初的冷漠无情。

"我相信你是特殊的。我的能力从来没有失效过，唯独你。之前萧甯也试图去读你的想法，但也没有成功。不过萧甯的能力拥有不确定性，所以那时我们也不敢肯定你拥有'无效化'的能力。但是这一次你挣脱了我的控制，我想你可能受到了龙神的庇佑，所以可以抵御我们的攻击。这也就意味着，黑麒麟对你的暗示也可能是无效的。"

如果说要选出一个能够制衡龙九子和龙十子力量的人，恐怕不是身怀绝技的特种士兵，而是这个看似普通的少女。

"既然你们有方法控制雨天的变化，那么裴西林也一定可以。"林陌桑坚信这一点，"所以我希望他能像正常人一样活着，像我一样可以去学校接受教育。"林陌桑的父亲是老师，所以她相信教育会让人的心智成长，会让裴西林不再以暴力去解决任何问题。

"你决定了要帮他？"赖远辰问道。

"嗯。"

"好，那我支持你。"

这三年来，赖远辰也受着良心的责问。他出生自高知家庭，父亲是英国贵族。教养让他对这个世界温柔以待，龙九子的诅咒是他违背内心的唯一胁迫。一直以来他都在寻找改变这一切的契机，而这个叫作林陌桑的少女就是他在等的转机。

"我会尽我的全力帮助你。"

第二天，赖远辰就随萧甯回到了S城的本家，与大家长贺南归商议裴西林的事情。林陌桑不知道另一边发生了怎样的争执与妥协，她最终得到消息，家族成员默许了释放裴西林。

萧甯回到别墅，毫不客气地给林陌桑报了一份菜单，全都是费时费力的"大菜"。

"累死我了。"萧甯后仰瘫坐在沙发上，"这次你可要好好犒劳你干妈我。"

林陌桑不解地看向赖远辰，后者微笑着点了点头："萧甯读了几位反对派的心，才找到说服他们的切入口，这次的确多亏了你干妈。"

其实林陌桑真正不解的是萧甯的倒戈。因为在赖远辰的记忆里，萧甯一直扮演的是计划的执行者与推进者，是一个绝对意义上的"坏人"。

萧甯一边松领带，一边瞥着满面迟疑的林陌桑，冷笑着说道："哼，你那是什么眼神，觉得我又在耍什么心眼？"

林陌桑心中一凛，说道："你不是不能读我的心吗？"

"这点小事儿还用读心？"萧甯满脸不屑，"你干妈不光有读心术，还有脑子的，好吧？"

"所以这么做对你有什么好处？"林陌桑直接问道。她想，一定是倒戈对于萧甯来说有更大的利益，才会让他做出相反的选择。

"我闺女真懂我，知道我趋利避害。"

萧甯伸手拍了拍林陌桑的脸，被林陌桑躲开了。萧甯也不介意，若无其事地继续解袖口的扣子。

"那你也应该知道，我没你赖老师那么善良那么傻。我帮你不是因为我相信你，而是我谁都不相信。"

萧甯与赖远辰最大的不同，那就是赖远辰以最大的善意看人，而他则以最大的恶意思考人。

"你，我不信；家族，我同样不信。"萧甯直言不讳，"过去我没能力发起质疑，今天我有个神龙庇护的女儿，难道还不赌一把吗？"

其实刺杀裴西林失败后，萧甯就已经明白他们不可能继续控制林陌桑了。当林陌桑将骰子交到他手中的那一刻，萧甯恍然觉得这是一个恰如其分的比喻，现在掷骰权在他手中，他为什么不赌一赌？究竟两方厮杀是唯一的结果，还是像赖远辰劝说他的那样有两全的可能？

林陌桑一时没能明白萧甯的赌注，问道："你想让我做什么？"

"在我找到其他后路前……"萧甯用食指戳着林陌桑的额头，像是枪口又像是佛祖的点化，"不许被打败。"

只是家族的默许意味着，既不支持也不反对，能否真正达成全靠他们自己。

"所以现在最棘手的，是如何打开锁在那家伙身上的九道锁。"萧甯按着林陌桑的肩膀，让她转向钟纤霖房间的方向，"那家伙谁的话也不听，于是干妈……"

林陌桑满怀期待地看向萧甯。

"也爱莫能助了。"萧甯一把推开林陌桑，自顾自地瘫坐在沙发上，"快去做饭，饿死了。"

"可以用平底锅打死这个家伙吗？"林陌桑腹诽着。

有句话说，你无法叫醒一个装睡的人。林陌桑现在有了切身的体会，你同样无法让一个装作不在房间里的人开门。

林陌桑一直试图找机会跟钟纤霖谈谈，只是除了敲门她从未进展到第二步。

上学前敲一早上，放学后敲到睡觉，林陌桑简直佩服钟纤霖，她都敲门敲得烦了，对方竟然一点儿反应都没有。有时候林陌桑不禁怀疑，那个房间里真的有人吗？直到有一天物业安保敲响了别墅的大门："林陌桑小姐，有匿名住户投诉你扰民。"林陌桑不禁看了一眼钟纤霖紧闭的房门——"厉害了，宅男。"

正道不成，林陌桑只好走"邪路"。为了逼钟纤霖露面，林陌桑费尽了脑筋。

林陌桑关过水闸。

"没用的。"赖远辰无奈道，"钟纤霖房间有足够一个月用水的水箱。"

林陌桑断过电闸。

"钟纤霖房间有单独的发电机。"

林陌桑封死过外卖口。

"钟纤霖房间有一年量的泡面。"

林陌桑索性抱了一把木柴，效仿电视剧中的做法，在钟纤霖窗外煽风点火，企图让他误以为别墅失火而慌乱逃出。

"没用的。"赖远辰浇灭了林陌桑的火堆，"这栋别墅很多角落都装有无线摄像头，他早就发现了你的计划。"

林陌桑站在钟纤霖房间外不禁感叹，这哪里是宅？这根本就是堡垒。

一周下来林陌桑的解锁进度毫无进展，以至于每次面对裴西林都带着几分歉意。

林陌桑端着晚餐走进地下室，裴西林正看着通风口罅隙中的月色发呆。

自从林陌桑全权接管裴西林后，就为地下室添置了床铺、桌椅，还有一些日常用品。最开始裴西林是抗拒的，依旧倔强地睡在潮湿的地板上。面对不服管教的小屁孩，林陌桑只好以命令迫使他执行。只是有些行为即便林陌桑下达指令，裴西林也无法执行，因为他不会，比如刷牙。

这种时候就需要林陌桑像教三岁小孩一样，手把手给他做示范。单是警告他别把漱口水咽下去，林陌桑就敲了他后脑勺七八回。

打骂不能还手，时间久了，裴西林不禁有点儿怕她。林陌桑可实实在在比拴着他的那九道锁可怕多了。锁只是限制了他的自由，林陌桑却可以从头到脚限制他的行为。

林陌桑将盛有两菜一汤的托盘放在桌子上，叫裴西林坐过来吃饭。

裴西林从不挑食，甚至贪食。林陌桑一直以为他是能吃，后来才知道裴西林是给多少就吃多少，哪怕会吃吐也会把盘子里的东西都吃光。

赖远辰说当年抓到裴西林的时候，他在街头流浪，饿得瘦骨嶙峋，想必应该度过了一段半饥半饱的日子，才会养成这样的习惯。

只是这一次还没有吃完，裴西林就把勺子往盘子里一扔，将托盘推了出去。

"怎么了？"林陌桑问道。

裴西林不答，以沉默表达自己的不悦。

林陌桑想了想，猜测是刚刚聊起卓景然的事情，引起了裴西林的反感。

自从那日卓景然被裴西林咬了后，就向学校请了两天假。即便打了破伤风没有大碍，可手上的牙印依旧醒目，卓景然解释不清就索性怪在林陌桑头上。于是年级之间传来传去，就传成了赵敏和张无忌"一咬定情"的故事。

今天卓景然"大病初愈"，就满脸幽怨地堵在了林陌桑班门口，他受了重伤，林陌桑连个慰问微信都没有。林陌桑自觉之前也确实偏心裴西林，于是敷衍道："我回去说说他。"

于是林陌桑刚开口说了卓景然的由头，还没画清"不要以暴制暴"的重点，裴西林就不干了。上次卓景然欺辱他的事情他还没忘，两个人算是结了仇，只恨当初下口还不够重。

"所以你今天是想代他教训我吗？"

"我没那个意思。我只是要对你负责，让你能变得更好。"

"为什么？"裴西林问道，"我为什么要变得'更好'？"

林陌桑一时语塞，她的召唤改变了裴西林的命运，所以一直觉得这是自己的责任。

"你能拿什么负责？"裴西林质问道，"连你自己都是寄人篱下，不是吗？"

虽然裴西林无法走出地下室，但是自从地下室的门不再关闭，他能够通过几人在客厅中的对话获得信息，因此了解到了这个家大概的情况以及林陌桑的处境。

林陌桑环视地下室的每一件物品，虽然都是她提出的建议，但全都是赖远辰帮她张罗的。她没有去买任何东西，甚至没有帮忙搬运摆放。

她做了什么，看着空空如也的双手，林陌桑不禁低下了头。

"如果只是这样，就别说那些好听的话。"

裴西林说罢就转过身子，背对林陌桑坐着。

林陌桑看着他背脊上凸显的骨骼，像是硌在自己的心头。的确，只给一个虚妄的承诺，却迟迟不予兑现，这和骗子有什么区别？她口口声声要负责，但事实上一直在原地徘徊。她连钟纤霖的面都见不到，何谈给裴西林自由，让他回归正常人的生活？

"你说得对。"

身后的林陌桑说罢许久没有作声，裴西林心中打鼓，直到听到脚步声才不禁侧头偷看，只看到林陌桑离开的背影。

裴西林看着桌上没有收走的餐盘，心中隐隐觉得自己卑鄙。明明这个人已经待他很好了，他却还要求更多。可是既然有了逃跑的希望，那么哪怕一分一秒都是煎熬。

夜风扫过后院的柚子树，树叶"沙沙"作响。林陌桑穿了一身黑衣，在无光的夜晚很难辨认出身形。现在已经是凌晨三点，她将自己关在房间里研究了一晚上别墅施工图，终于找到了突破口。

林陌桑拿着工具箱站在别墅后院，打量着钟纤霖房间的窗口。她曾想过从窗口突袭，但赖远辰说钟纤霖几乎不开窗，窗上也有三道锁，从外面是打不开的。玻璃也是特制的防弹玻璃，别说锤子，哪怕爆破都不一定能击碎。可是如果不开窗，房间里的人要怎么透气呢？

林陌桑抬头看向房顶，夜色中，通风口正转动着风叶。

"感谢中央空调。"林陌桑微笑着自语。

林陌桑戴着口罩，拿着锤头，一脚踹开钟纤霖房间的空调口的时候，已经是凌晨四点。隔板"啪"地掉落在地上，熟睡中的男孩被这一声猛然惊醒，措手不及地从床上滚了下来。林陌桑只听到"稀里哗啦"的声响，像是什么倒塌了。

钟纤霖跌坐在成山的碗面之间惊声尖叫。

"啊——"

林陌桑被钟纤霖过激的反应吓了一跳，拿着锤头迅速向他靠近："你别紧张，我只是……"

"你别过来，你再动我不客气了！"

林陌桑还没来得及回应，一个恍神，就感觉自己被什么压在了地上。沉重的铁链缠绕上了她的双手双脚，整个人被固定在地板上动弹不得。

她完全没看清这些铁链是哪里来的，也没看到钟纤霖有捆绑她的动作，他到底是怎么做到的？

此时，房间的顶灯亮起，林陌桑被光线刺得眯起了眼睛，好一阵才看清钟纤霖的模样。

男孩长着一张微圆的娃娃脸，看不出确切年纪。全身裹在奶牛连体睡衣当中，显得憨厚而笨拙。林陌桑此时才发现，钟纤霖手上正拿着她刚刚带进来的锤头。

"他什么时候从我手里拿走的？"林陌桑几乎是毫无知觉地就被夺走了手上的工具。

"你你你！"钟纤霖颤抖着指着林陌桑大骂道，"强盗，变态，女流氓！"

林陌桑张了张口刚想解释，钟纤霖就如临大敌一般，迅速打开房门上的八道锁。开到第四道的时候，门外忽然传来赖远辰的敲门声音："怎么了？发生什么事了？"

钟纤霖一个冷战，又迅速把刚刚打开的锁合上。锁好了门，钟纤霖刚刚松了一口气，就听到林陌桑说道："我是想跟你谈谈……"

林陌桑还没说完，就看到钟纤霖倒吸一口冷气。他差点忘记了自己腹背受敌。

天啊，竟然被敌方夹击了！

钟纤霖贴着离林陌桑最远的墙边蹿了个来回，然后爬到了衣柜顶上，蜷缩着身体像受惊的幼猫一般紧紧盯着她。

"你断我的水，断我的电，还堵我的外卖口。"钟纤霖委屈地咬着嘴唇两眼含泪，"让我吃了一个星期红烧牛肉口味的泡面……"

虽然这件事是钟纤霖自己的失误。之前电商新春打折，他就买了一年份的红烧牛肉味泡面，现在一想起来那个味道就想吐。他原本打算网商送券买点别的口味的泡面，结果还差几天就是促销季了，林陌桑就堵了他的外卖口，使他不得不又捡起了唯一的食粮。

"太阴险，太可恶了！果然女生是世界上最可怕的生物！"钟纤霖刚说完，一道巨雷就劈了下来，吓得他抱住了脑袋，"我错了我错了，对不起，饶了我！"

门外的赖远辰显然也注意到了雷雨将至的信号，从敲门改为拍门："林陌桑是不是在你那里，你快放她出来，要下雨了！"听不到钟纤霖的回应，赖远辰改口叫道："陌桑，你在里面吗？赶快离开这里，钟纤霖在下雨时很危险，快离开！"

"我在！"林陌桑应声回答，让赖远辰安心，"我现在还没办法离开。"

下雨时他很危险？林陌桑看向衣柜上方，哆哆嗦嗦抬着屁股装鸵鸟的钟纤霖……能有裴西林危险吗？

"有事以后再谈，等这场雨过去！先离开钟纤霖！"

"我……我从通风口进来就被钟纤霖锁了，现在动弹不得。"

听到屋外"哗哗"雨声的同时，林陌桑看到钟纤霖忽然瘫软在了衣柜顶上，一动不动。

林陌桑叫了一声钟纤霖的名字，就见他甩着面条一般细瘦的四肢从衣柜上滚了下来。"咚"的一声，似乎摔得不轻。林陌桑艰难地坐起身，想看看钟纤霖有没有事，奈何链子太短，只能跪坐在原地。

"喂，你没事吧？"

钟纤霖趴在地上许久，忽然打了个嗝，然后慢慢悠悠地从地上爬了起来。与先前不同的是，钟纤霖的两颊多了两坨红晕，眼神朦胧地看着林陌桑笑，丝毫不似之前躲躲闪闪的态度。

林陌桑见钟纤霖没有像裴西林那样兽化，不禁松了一口气，大概是赖远辰多虑了，看起来也不是很危险啊。

"你怎么了？"林陌桑看着钟纤霖脸上不寻常的绯红，以为他生了病，关心道，"你哪里不舒服吗？"

"嗯，不舒服。"

钟纤霖晃晃悠悠地站起身，从冰箱里拿出一罐啤酒，拉开拉环就灌进了嘴里。"咕咚咕咚"几口下去，钟纤霖像是打了兴奋剂一般将易拉罐一摔，砸在墙上又回弹落在了地上。

"人家真的不舒服！"钟纤霖嘟着嘴，又拿出一罐啤酒，"啥也别说了，一起喝！"

林陌桑看着摆着小臂向自己跑来的钟纤霖，全身汗毛都竖了起来，这是什么情况？

"赖老师！赖老师！钟纤霖他……"

林陌桑半天没有找到合适的形容词，钟纤霖就已经逼近，一根手指按住了她的嘴唇。门外悄然无声，林陌桑又挣脱不开锁链，一瞬间陷入了莫名的恐惧当中。林陌桑被逼得向后退了几步，却被锁链束缚，无法再退。

"来啊！喝啊！"

"不不不，我还没成年不能喝酒啊！"

钟纤霖摇着手指，将啤酒抵在林陌桑唇边："天知地知，你知我知，嘿嘿嘿。"

"真不行。"

林陌桑闭紧了嘴，摇着头坚决不从。钟纤霖不高兴了，一脸受了欺负的模样，可怜兮兮地抽了抽鼻子。

"来嘛。"

不等林陌桑反应，钟纤霖就一把捏住了林陌桑的鼻子，硬逼着她张嘴。林陌桑闭气不从，心里默默坚守原则底线。无奈钟纤霖对着她打了个酒嗝，林陌桑被熏得破了功，张嘴大吸一口气，趁着钟纤霖还未动作，先下手为快，一巴掌扇了过去。

钟纤霖惊讶地捂着自己被打的半边脸愣了半晌，然后双眼含泪满目深情地拉起林陌桑的另一只手："来，左边也打一下。"林陌桑被钟纤霖抓着手，在他另一边脸上也打了一下。钟纤霖像是深受感动，捂着自己绯红的脸颊："啊，女孩子果然是世界上最美好的存在！"

林陌桑毛骨悚然地将手在衣服上蹭了蹭，起了一身鸡皮疙瘩，钟纤霖像绿巨人一样秒变脸也就算了，这都是什么古怪的癖好？

"接下来，我们就进入正题吧！"钟纤霖奸笑着拿酒瓶凑近林陌桑，"嘿嘿嘿，嘿嘿嘿，嘿嘿嘿……"

"我明明……明明是来谈正经事的，为什么会变成这样？"林陌桑在心中呐喊。

林陌桑极力向后仰，躲避钟纤霖的靠近，已经将锁链拉到了最大限度。眼看着钟纤霖越靠越近，林陌桑已经无处可逃，索性绝望地闭上了眼。

第七章

你的名字里有我的姓氏

赖远辰挥着斧子将钟纤霖的房门劈开一个裂口，他从裂缝中向屋内看去，就看到林陌桑一脸生无可恋地被锁在地上，钟纤霖正趴在她身上呼呼大睡。

"赖老师……你可以快点儿进来帮忙把他移开吗？"林陌桑的腿被压在这个和自己差不多高的男生身下，艰难地扭动着身体，"真的……好沉，我快喘不过气来了。"

所以，到底发生了什么？

林陌桑扶着额头不想再提，总之在钟纤霖企图给她灌酒的时候，他睡着了。

阿弥陀佛，谢天谢地。

赖远辰终于从破烂的门缝中挤进了钟纤霖的房间时，雷阵雨已经停歇。他看着手中的斧子哭笑不得，人生似乎经历了一个质的突破，他想都没想到自己会有这样逼不得已动武不动脑的一天。

赖远辰将钟纤霖拖到了床上，林陌桑才彻底放松瘫软在地上。无奈铁索牢固，两个人也无能为力，只能等钟纤霖醒来后解除。

"不是说你们的能力不会对我生效吗？"林陌桑拽了拽手腕上的铁链，"那为什么钟纤霖却可以？"

赖远辰一边用纱布帮林陌桑裹住手腕脚腕，以防她活动中被铁链磨伤皮肤，一边回答道："其实钟纤霖的能力不是'锁'，是一种没有攻击性的能力，只是锁让他更有安全感罢了。而且他确实在中国古机巧术上有些天赋，他的锁不需要钥匙，依靠的是奇门遁甲的机关。"

林陌桑知道中国的奇门遁甲术其实是一种非常难懂的物理学，小时候听父亲林雨声在古建筑研究中讲过，只是她那时年纪太小根本听不明白。

"所以钟纤霖大学是学物理的吗？"林陌桑问道。

"他……"赖远辰看了一眼蜷缩成一团的钟纤霖，"他没上大学。三年前从连城高中退学了。"

"连城高中？"林陌桑算了算年纪，"敢情他还是我学长？"

赖远辰点了点头："不过就算他没退学，你入学的时候他也应该毕业了。"

林陌桑看向钟纤霖，不禁又想起他刚才的"精彩"表现，揣测道："他退学，该不会是因为下雨的时候，对学校女同学或者女老师做了什么不该做的事情吧？"

"如果是这个原因，大概现在的情况会更好吧。"赖远辰莞尔间又无限叹惋，"可惜事实恰恰相反，他其实有些恐女症，至于退学的原因……"

只是眨眼的工夫，赖远辰的嘴就被胶布堵住了。赖远辰撕下嘴上的胶布，无奈地向床上看去。钟纤霖不知何时醒了，床上早已没了他的踪影，他此时正缩在衣柜顶上暗中观察两人。

"你既然醒了，就把陌桑身上的锁解开吧。"

"不。"

"那你是准备一直和她共处一室吗？"

"不！"钟纤霖苦恼地抓乱了头发。

"所以，"赖远辰双手环胸审视着钟纤霖，"你到底解不解？"

钟纤霖看看赖远辰又看看林陌桑，最后无奈地低声说道："那你们要把我的门修好。"话音刚落，林陌桑就感觉手腕脚踝上的铁链脱落了，完全不晓得钟纤霖施了怎样的"魔法"。赖远辰将林陌桑扶了起来，林陌桑刚活动了一下脚踝，房间的八道锁就打开了。

"出去。"钟纤霖又往衣柜顶看不到的角落缩了缩，"你们两个。"

"等一下。"林陌桑并不打算就这么离开，"你可以把裴西林……就是地下室黑麒麟身上的锁也打开吗？"

钟纤霖露出一双眼，不解地看向林陌桑："他会伤人。"

"他现在对我的命令言听计从，不会伤人的，所以不需要再锁着他了。"林陌桑急切地解释道，"而且大家长也同意了释放他，所以你可以解开那些铁链吗？"

"大家长同意？"钟纤霖半信半疑，"我没有接到任何通知。"

"大家长……默许。"林陌桑只能纠正自己刚刚的说辞。

"不行。"

"为什么？"林陌桑见钟纤霖拒绝回答于是急了，"你要是不答应，我就不离开这里。"

林陌桑隐约觉得钟纤霖的恐女症似乎很严重，严重到害怕和自己共处一室，只好试着以此为条件威胁钟纤霖。

"你！"钟纤霖像是要哭了一般，发出嗡嗡的鼻音，"你果然和那些女生一样讨厌。"

承诺在先，可她的能力却太弱小，除了这些阴损的手段，找不到第二种方法。她又何尝不讨厌这样的自己？只是林陌桑不能松口，因为裴西林还在等着她。

"开锁或者被我骚扰，你选什么？"

"女流氓！"

钟纤霖喃喃抱怨的同时，林陌桑只觉得眼前一闪，不知道发生了什么，只觉得脸上痒痒的。赖远辰看着林陌桑的脸，哑然失笑。

"我可以自愿解开他身上的锁，也可以用你看不到的速度去一个你再也找不到我的地方。所以不要逼我，我最讨厌别人逼我。"

在钟纤霖的警告中，赖远辰欲言又止。他看着对峙的两个人心下为难，他知道林陌桑救人心切，也知道这样的法子对钟纤霖行不通，于是只好用上缓兵之计：

"定做一扇新的门要至少一周的时间。不如你们打一个赌，如果林陌桑让钟纤霖自愿走出这个房间，那么钟纤霖就解开裴西林身上的锁，反之林陌桑再也不许骚扰钟纤霖，如何？"

钟纤霖不置可否，而是狐疑地看着赖远辰："这个女流氓什么都不懂就算了，你怎么也要帮着黑麒麟，他会杀了我们啊。"

"至少他现在没有伤害过我们任何一个人，不是吗？"赖远辰反问道，"况且我们现在做的这些事，和当年那些这么对你的人有什么区别？"

钟纤霖沉默半晌，将头缩回了奶牛睡衣当中，闷闷地说道："我知道了，就一周。"

虽然钟纤霖松了口，林陌桑却无法感到轻松。她随赖远辰走出钟纤霖的房间，愁眉紧蹙，完全不知道如何入手。

"物质诱惑吗，他似乎也不缺什么。要不然找他爸妈，父母他总要出来见的吧……"

林陌桑正苦恼着，却见赖远辰在一旁忍俊不禁。"你笑什么啊？"赖远辰不答，指了指洗手间："你最好去洗把脸。"林陌桑看了看时间，也确实到了洗漱上学的时候。她略带疲惫地走进洗手间，瞥到镜中的自己时一下子惊醒了。

"这是什么？"

赖远辰靠在洗手间门口喜不自禁，林陌桑扒着镜子，怒不可遏地打量着脸上的字迹。印堂一个"流氓"，两颊一边"坏"一边"蛋"，林陌桑咬牙，用脚指头想都知道是谁的杰作。

"钟纤霖你给我出来！"林陌桑拿着毛巾用力擦着额头，"为什么额头上的两个字擦不掉啊！"

房间内的钟纤霖偷偷做了个鬼脸，嘿，就不告诉你。

两颊和额头的字迹不是用一种笔写的，"坏蛋"勉强用酒精擦了，但是额头上的"流氓"无论用什么方法都会留下可以辨别的印记。

林陌桑实在没有办法，只好绑了个头巾去学校上课。

卓景然在走廊遇到林陌桑，觉得她今天的造型实在不符合她平时的风格，于是以武力硬扯了她的头巾，看到她头上的字，差点儿没笑破肚皮。

卓景然抹着笑出的眼泪感叹："你是强抢了哪家少年，落得脸上刺字的惩罚啊？放古代，你怕是还要被游街示众吧。"

"你闭嘴！"林陌桑本来就够烦的了，结果卓景然还在这儿说风凉话。

中午放学的时候，卓景然又幸灾乐祸地进了三班。他靠坐在林陌桑桌子旁，不知道从哪里掏出一小管橄榄油递了过去："试试？"

林陌桑死马当活马医，没想到还真擦掉了头上的两个字。

"谁这么缺德拿油漆在你头上写字啊？"卓景然看着林陌桑泛红的额头，不禁觉得可怜，"恶作剧也搞得太大了点儿。"

林陌桑一脸怨气，阴郁地答道："钟纤霖。"

"你见到他了？"卓景然自加入家族以来，都没见过这个宅男，"怎么样，长得没我帅吧？"

林陌桑直翻白眼："你能要点儿脸吗？"

"要啊！宝贵着呢。"

卓景然虽然没见过钟纤霖，但大名还是听过的。作为重点理科班的重点学生，卓景然常常被拿来和往届学生做比较。他们班的物理老师自视清高，连卓景然都看不上，对钟纤霖却念念不忘。说实话，心里不嫉妒那是假的。

"他为什么往你脸上写字啊？"

林陌桑将夜袭钟纤霖的事跟卓景然讲了个大概，卓景然听到最后关心的重点却从钟纤霖身上转移了出去，拍着桌子义愤填膺道："你干吗非要为那个小子尽心尽力，你欠他什么了？"林陌桑知道卓景然一直不满裴西林，也不过多辩解："总之赌约已经立下，就看这一周内能否找到突破口。"

卓景然满脸不悦，双手环胸说道："我是不会帮你的。"

"你问我所以我讲给你听，我没说让你帮我。"

"你！"卓景然咬牙，似乎更生气了，"你这个人是个木头吗？"

卓景然说罢摔门而去，林陌桑不明所以，只觉得卓景然这家伙喜怒无常，简直不可理喻。

晚上林陌桑没有直接回家，而是先去医院看望了秦连臻。

秦连臻明天出院，林陌桑要上课没办法赶到，只好今天提前来为他庆祝。之前林陌桑也来看望过他几次，只是秦连臻失去了那段记忆，两个人常常聊不了两句就陷入尴尬的沉默。好在秦连臻是个心大的乐天派，觍着脸说道："要不你明天请我去赖老师那里吃个饭，也许我就一下子恢复记忆了。"

林陌桑赔笑几声："吃饭行的，记忆就别勉强了。"那边费了老大劲儿让您失忆，您要是"噌"一下想起来了，这事儿还嫌不够多吗？

"那我明天就登门和赖老师小聚一下。说起来，他最近常来医院看我，我也要感谢一下老师的关怀，你说是不？"

感谢别人，于是去别人家蹭饭？什么神逻辑？

林陌桑强忍着内心的吐槽，点头应了下来，心下却不禁感慨，如果秦连臻知道自己是因为赖老师才躺在医院，说不定不仅不会惊恐难过，还会开心地飞起来呢。偶像的力量有多伟大，看看粉丝就知道。

第二天林陌桑放学回到别墅，秦连臻已经在门口恭候多时了，丝毫不像大病初愈的样子。

"赖老师晚上有堂实验课，说会晚点儿回来，让我们先吃。"

秦连臻说罢就帮着林陌桑将晚上的食材提了进去，林陌桑看着秦连臻熟门熟路的样子，敢情真把自己当赖老师的关门弟子啊。只是秦连臻刚进门就被破了个大洞的房门吓了一跳。

"这是……"秦连臻指着钟纤霖的房门，"为了通风？"

林陌桑一言难尽："唔……毕竟夏天快到了。"

林陌桑主厨，秦连臻不好干坐着，就帮林陌桑打下手。

林陌桑不禁打量着秦连臻脖子上的伤口，竟然一点儿疤痕都没留下？现代的医疗技术应该不至于这么短时间内，将那么严重的伤口治愈到完好无损，一定是龙九子使用了什么特殊能力。林陌桑心中犹疑，不知道"家族"中还有多少不为人知的神奇能力。

林陌桑想着别的事情，手下习惯性地装盘分出了三人份的饭菜，秦连臻看着多出的餐盘，问道："要给赖老师的表弟的吗？"

秦连臻这一问提醒了林陌桑，她原本想留一份给裴西林，但是地下室的情况一时也不好跟秦连臻解释，只能等他走了再送进去。既然秦连臻都开了口，林陌桑也不好不问，她冲着走风漏气的房门喊道："钟纤霖你吃不吃，不吃我喂狗了！"

秦连臻手里的勺子顿了顿，诧异地看向林陌桑："你刚才喊谁？"

"就是赖老师的……表弟。"林陌桑知道赖远辰与钟纤霖只是义子兄弟，并没有血缘关系，但是对秦连臻只能这样介绍。

"不是，我是说名字。"

"钟纤霖啊。"

"哪个钟纤霖？"

不等林陌桑回答，秦连臻霍然起身，向钟纤霖的房间走去，然而在离门一步之遥的地方，房门的破洞忽然被衣柜堵住了。

面对突如其来的阻拦，秦连臻先是愣了半响，然后咬着牙冷笑了一阵。

"真是你啊。"秦连臻漠然说道，"一点儿消息都没有，还以为你死了。"

"你们认识？"林陌桑问道。

"算是吧，同届同学。"秦连臻轻描淡写地说道。

秦连臻坐回原位继续吃饭，可口中却味如嚼蜡。

秦连臻一口水灌下，但浇不灭心中的怒火，起身对着钟纤霖房间的方向大骂："你知道你姐姐寻人启事贴了多少张吗？你就这么心安理得躲了三年，当别人的表弟？"

秦连臻起身在客厅踱了两圈，似乎想明白了什么："是啊，表弟。我早该想到的，赖老师跟你姐姐……我早该想到你在这里的。"

钟纤霖在房间里默不作声，似乎秦连臻口中说的并不是他。林陌桑不知两人有什么宿怨，但能从秦连臻激动的情绪中感觉出，两个人应该不止同届同学这么简单。

"事情已经过去那么多年了，那群人也已经毕业了，你到底在躲什么？"秦连臻始终得不到回应，独角戏演久了反而冷静下来，"我……我那个时候没有帮你是我的错，你可以来打我骂我惩罚我，但不要这样惩罚你姐姐，她是无辜的。"

秦连臻说罢埋下脸沉默了许久，然后提起书包对林陌桑说道："对不起，我今天先回去了。等赖老师回来，麻烦你跟他说一声，说我……说我不舒服。"

秦连臻临走前看了一眼依旧被堵着的房门，轻声对林陌桑说道："那家伙以前最

喜欢吃连城小卖部的白云汉堡，外卖不送的话，这个家伙应该很久没吃到了……"

林陌桑起初没能明白秦连臻没来由忽然冒出来的一句话。第二天，她路过学校食堂的时候，看着勾肩搭背一起去买零食的学生，隐隐觉得那是秦连臻委婉的、无声的请求。

——"请帮我好好照顾他。"

心中想着钟纤霖，却拉不下脸来关心，所以才提起他爱吃的东西。

林陌桑认识秦连臻这么多年，即便请求未出口却也心照不宣。况且攻下钟纤霖本就是她的目标，秦连臻或许提供了一个好方向。

林陌桑这么想着，于是硬着头皮冲进了小卖部。因为林雨声从小限制林陌桑吃零食，以至于她长大后也对零食没什么特别偏好，所以几乎没有来过学校食堂的小卖部。

林陌桑一进去就吓呆了，如果不是看到学生最后都交了钱，她不禁以为这群人是组团来打劫的。

这才上了两节课，这群人是有多饿啊？

林陌桑挤进人群说道："请给我一个，不，两个……"只是白云汉堡还没喊出口，就被后面冲上来的学生拽到了后面。

眼看着白色包装的汉堡被插队的人抢了去，林陌桑就觉得一股气堵在心口，讲不讲道理，讲不讲文明？

与林陌桑同病相怜的女生显然比她还要着急。女生紧紧攥着一堆零钱，眼睛一直盯着柜台。只见上面的汉堡越来越少，无奈身材矮小根本挤不进人群，只能踮着脚伸长脖子张望，像一只迫不及待的小松鼠。

"怎么办？怎么办？买不到她们一定又会……"女孩忐忑得直咬嘴唇。

林陌桑见女生看着最后仅剩的五个汉堡，像是快要哭出来，心中越是觉得插队的人可恶。

林陌桑一咬牙，挤过熙攘的人群，一把拽住了刚刚插队的女生。

原本嚣张跋扈的女生被后拽的衣领勒住了脖子，瞬间火气就涌了上来，回头就开口大骂："谁拽我？"还带了一连串脏话。

"先来后到懂不懂，去后面排队。"林陌桑拉过松鼠女孩，"她在你前面排了很久了，至少要等她买完才是你。"

松鼠女孩哆哆嗦嗦地一直摆手："不不不，没事的。"

　　林陌桑气结，刚刚不知道是谁一脸天要塌下来的样子。

　　松鼠女孩战战兢兢地看了插队的女生一眼，拉着林陌桑说道："她是九班的圈姐……"林陌桑不知道松鼠女孩在怕什么，于是反问道："圈姐？"

　　圈姐笑了一下，向林陌桑走去，其他学生纷纷让开一条路。

　　"知道我是谁，还跟我叫板，你老几啊？"圈姐看了一眼松鼠女孩，"给你们班那几只猪跑腿，还学会找靠山了？"

　　松鼠女孩不敢抬头，圈姐推了一下她的头，觉得没趣，盯着林陌桑："她买什么，我一个也不会给她留，全要了。你们爱排队，随便，反正我这是买完了。"

　　圈姐说罢叫了两个男生，把柜台上所有汉堡都装进了塑料袋里。

　　林陌桑没想到在全市一等一的重点高中里，她还能联想到"恶霸"这个词。学校怎么会任由这种人为虎作伥？

　　林陌桑刚想开口阻拦几个男生，就被一只手臂拦住了。

　　林陌桑转头，就看到了在她身后一步的卓景然，还有跟在他旁边的罗越。卓景然挤了挤眼，摇了摇头，轻声说道："你别说话，我来解决。"

　　罗越先凑上去跟圈姐打招呼："圈姐，我们队里那几个可就等着这几个汉堡才肯继续训练啊。"林陌桑见两个人似乎相熟，聊了两句，圈姐就让其中一个男生把袋子给了罗越。

　　罗越提着袋子，手一抬敬了个礼。

　　卓景然也点头致谢："今天谢谢了，改天请圈姐你们喝奶茶啊。"说罢就拉着林陌桑往门外走。林陌桑挣扎几下脱不开，只好将愣在原地的松鼠女孩一起拽了出来。

　　离开是非之地，罗越拿出袋子里的三个汉堡回了篮球队。

　　卓景然把剩下的给了林陌桑："从来不见你去买零食，最近勇于突破，改变自我啊？"

　　林陌桑见一旁的松鼠女孩一直盯着那袋子汉堡，也不好不承卓景然的好意，于是拉开袋子对松鼠女孩说道："你要几个？"

　　松鼠女孩见袋子里有五个汉堡，刚刚竖起四根手指，又不禁看了一旁的卓景然一眼，忙低下头收回手说道："三个。"

　　林陌桑拿出三个塞给松鼠女孩。

　　松鼠女孩捧着汉堡连声道谢："我叫王湾湾，是七班的。"说罢又看了卓景然一眼，迅速低下头说道："今天谢谢你们，如果买不到我就要出大事了，是你们救了我。"

王湾湾将一把零钱一张张数清递给林陌桑，然后紧紧抱着汉堡向教室跑去。

林陌桑把钱转交给卓景然："刚才干吗拦着我啊？明明是他们不对。"

"不拦着你，你要干什么，跟圈姐打架？"卓景然看着林陌桑一脸正气凛然的模样，竟然觉得有点儿可爱，"且不说她不兴打架专玩阴招，就算你真跟人家打，打得过吗？"

"我们可以讲道理。"林陌桑说着也觉得没了底气，毕竟秀才遇到兵，有理说不清，不可能跟不讲道理的人讲清道理的，"可是她们不能总这样吧？"

"你以前是两耳不闻窗外事吗？"卓景然想了想也不意外，林陌桑真有可能是那种人，于是解释道，"圈姐这样的，每一个学校都会有，她也不是特例。就好像你刚才帮的那个女生，也是这个学校的常态，每个班都会有这么一个老好人或者受气包，只能被圈姐这样的人使唤或欺负。"

"那他们要怎么活？"林陌桑想起王湾湾刚才战战兢兢的模样就觉得揪心。

"怎么活？"卓景然想了想，"忍耐或者离开，只有这两种方法。"

林陌桑心下一凉，问道："没办法改变吗？"

"其实如果不是一个愿打一个愿挨，早就爆发了，你明白吗？"卓景然也不想再多解释，"反正你别瞎掺和，到时候惹到自己身上来就麻烦了。"

卓景然说罢从林陌桑身前的袋子里拿出一个汉堡，刚准备撕开包装袋就被林陌桑抢了回来。

"你做什么？你一个人要吃两个啊？"卓景然心里委屈，帮了她结果连个汉堡都吃不到。

"这不是给我自己买的。"

"那给谁啊？"

"钟纤霖。"

卓景然一听立刻撇起了嘴，又是他。

"那他也不能吃两个吧。"

卓景然不甘心又去抢，林陌桑向后一退，他就扑了个空。

"还有一个我要给裴西林。"林陌桑原本就准备多带一个给他，"他都没吃过。"

卓景然一听脑袋都要炸了，敢情他英雄救美还给别人做了嫁衣，他这是什么命啊！

"不行！"卓景然严肃拒绝道。

林陌桑才不管，将早就准备好的钱往卓景然怀里一塞拔腿就跑。林陌桑一溜烟不见身影，卓景然都傻了，怎么这种时候就不见她硬气了？

林陌桑边跑边想："我跑什么呢，又不是没给钱。"

晚上林陌桑回到家，先将一个汉堡从钟纤霖的外卖窗口送了进去。

她在客厅一边打扫一边观察着钟纤霖房间的动静，期待他的反应，然而好像并没有什么反应。堵着破洞的衣柜没有移开，房间内也没有任何响动。

林陌桑叹了口气，她似乎失败了。

想来也不会那么简单，钟纤霖三年不迈出房门一步，她怎么可能用一周时间就让他走出来呢？不过说起来，林陌桑也不禁好奇，到底是什么原因让钟纤霖退学，并躲在这里闭门不出？上次赖远辰说到一半就被制止了，大概是什么不光彩的经历。

赖远辰回到家，林陌桑还是忍不住问起了缘由。毕竟一周的赌注对裴西林太重要了，她不能放过任何可能达成目标的可能。

赖远辰犹豫地看了一眼钟纤霖的房间，然后忽然起身凑近林陌桑，低声说道："你周六有空吗？"

两个人不过相距一拳的距离，林陌桑不禁向后仰了仰身子，却觉得胸口的心脏停在原地没动，像是快要跃出身体一般。她看着赖远辰深陷的眼窝和纤长的睫毛，不禁有些走神，忽然觉得他有着西方人的眉眼和东方人的气质。等到赖远辰挑眉发出一声"嗯"，林陌桑才脑子空白地点了点头。

"那周六跟我去吃个饭，顺便把我知道的一切告诉你，行吗？"

林陌桑迅速点了点头，这有什么不行的，一万个行啊！况且和赖老师单独吃饭的机会……林陌桑幻想到一半，就看到餐桌对面赖远辰神情自若的模样。

呃，吃饭的机会好像天天都有，这么一想忽然不知道自己到底兴奋什么了。

林陌桑洗完碗，端着餐盘去了地下室。裴西林看着额外的"加餐"，不禁问道："这是什么？"

"我们学校小卖部销量第一的白云汉堡。"林陌桑献宝似的介绍道，"我想你应该没吃过。"

林陌桑将汉堡加热了一下，于是原本普通的面包夹肉散发出不一样的诱人气息。

裴西林不禁吞咽了一下口水，好奇地捏起两片面包，却迟迟没有下口，试探着问道："这是……今天大家的晚饭？"

"不是啊。"林陌桑指了指餐盘里其他的东西，"这些才是，汉堡是特别给你的。"

"特别给我？"

"对啊，卓景然想要我都没给他。"林陌桑笑了笑，"为了躲他，我可是拿了就跑。"

林陌桑原本以为裴西林也会笑，却恰恰相反，他低着头，飞速地抬眼看了林陌桑一眼，就狼吞虎咽地将汉堡塞进了嘴里。

"哎，你慢点吃，没人跟你抢的。"

林陌桑说话间，裴西林已经吃完了，正舔着手指上的沙拉酱。

"好吃吗？"

"嗯。"

林陌桑两手支着下巴，看着他笑起来，像是自己也吃到了什么美食。

裴西林看到她的笑容，不禁侧过脸移开了视线，心不在焉地舔着手指。

林陌桑无奈，拉住他的手："别舔了，指甲那么长，很脏的。"

在赖远辰的帮助下，裴西林会被迫接受林陌桑的命令，一周洗一次澡。只是头发指甲这些他不让动，赖远辰也没管，如今林陌桑才意识到这些细节。

于是等裴西林吃过饭，林陌桑就拿来指甲刀，与裴西林并排而坐教他剪指甲。

其实林陌桑渐渐发现，有些事情裴西林不是学不会，就是不想学于是耍赖。所以自己剪完左手就罢工了，林陌桑也没办法，只当体谅他左手笨，帮着剪右手的指甲。

林陌桑贴着裴西林的右侧，一手拉着他的手，低着头认真修剪。

裴西林从来没有这么近地靠在一个女孩身旁，他没有对母亲的记忆，被囚禁以来更没有与同龄女生相处过。

这种感觉很奇妙，两个人像是手挽着手，裴西林只要稍稍倾身，下巴就能靠在林陌桑的肩膀上。可是他终究没敢这么做，只敢凑近嗅一嗅林陌桑的头发，他觉得上面有一股香味。与他洗澡时用的香波不一样，似乎更好闻更舒服，让他靠近了就不想离开。

"我爸说我原本应该有个弟弟，但是很不幸没出生就夭折了。"林陌桑一边剪指甲一边说道，"我一直幻想我弟弟什么样，后来看到你，觉得他应该跟你差不多。"

明明什么都不会，却还不服管教。可是有时候如果听话，又觉得特别乖特别可爱。

"而且你的名字里也有个'林'，我想应该是你和我们家的缘分。"

林陌桑将裴西林的手反过来，在掌心里写着，一横一竖，一撇一捺，一横一竖，一撇一捺。裴西林觉得痒，想要收回手，可是看到林陌桑的笑脸又忍住了。

"都是这个'林'，裴西林的'林'，林陌桑的'林'。你的名字里有我的姓氏。"

裴西林觉得眼前的这个人一定有魔法，明明手指只是在他的掌心滑动，他却感觉到心底一阵痒。像是冰冻许久后的身体逢暖，血液加速流动的痒，像是干渴许久的喉咙逢水，不禁想饮更多的痒。

可惜这止痒的时光短暂得可怜，还不等裴西林回味就结束了。

林陌桑起身，裴西林忽然急切地说道："脚趾甲还没剪。"林陌桑回手就在他脑袋上削了一下，又腰说道："我不是你的保姆，刚才不是教过你怎么剪了吗，自己剪！"林陌桑说罢将指甲刀扔在裴西林怀里，向门外走去。裴西林看着指甲刀，心中有几分失落。

林陌桑走到门口，身后的裴西林忽然喊了一句："我不和别人分的。"

"什么？"林陌桑不解地转头，只见裴西林眼中熠熠生光。

"给我的，我不会和别人分的。"

他什么都没有，一旦拥有，只想独占。就像那个汉堡，给他的，他一口也不会分给别人。

过去他有过太多次被剥夺的经历，哪怕是自由都掌控在别人的手中。有时他觉得自己活着，就像地下室通风口落下的月光，看得见，却抓不住，像是一场过于残酷而有些不真实的梦。

他不想做梦，他想有一些可以实实在在拥有的东西。

只要拥有，他发誓会用生命珍惜。

可是林陌桑不像萧宵，她没有读心术，无法解读裴西林的内心。只能莞尔一笑，安慰道："放心，不会有人和你抢的。"

林陌桑不曾想过，那一天的对话，会成为日后她与裴西林之间矛盾的种子。这时她还一门心思都在周六与赖远辰的"约会"上，穿什么衣服梳什么发型，担心改变太大暴露心思，又担心没什么改变错过一次当主角的机会。

然而当天林陌桑才发现，自己根本不是主角，只是个陪客。

"花宇下周三生日，陪我给她选个礼物。"赖远辰拜托道，"作为谢礼，中午请你吃大餐，行吗？"

这有什么不行的呢？林陌桑无奈地笑了笑，她也只能答应了啊。

两个人一路逛了几家精品店，花宇不在场，却俨然成了两个人话题中的主角。花宇喜欢什么颜色，喜欢什么花，喜欢什么卡通人物……赖远辰对花宇的了解，细致入微到他可以推测出花宇面对某一样物品时的反应。

"那你还让我帮你挑什么呢？你明明知道她喜欢什么。"林陌桑心中这么想着，却没能说出口，而是问道："如果我选的花宇姐不喜欢怎么办？"

"我对她太了解了，所以每次送礼物她都没什么惊喜。"赖远辰苦恼地说道，"我想你应该会想到不一样的东西。毕竟你总是给我带来惊喜。"

"是吗？"明明是夸奖，林陌桑却开心不起来。

原本她以为赖远辰是不够了解女孩，才请她做参谋，这结果意外到让她有些狼狈。林陌桑索性也不愿再消磨心力，在发饰柜台上扫了一眼，指着一枚樱桃发卡说道："这个不错。"

红宝石镶嵌，做工精致，设计也别出心裁。林陌桑看了一眼标价，不到四位数，既不奢侈也不廉价。

赖远辰请服务员将发卡拿出来反复打量，林陌桑心不在焉，转眼就被赖远辰当了模特。

"这位小姐的发色很黑很纯，配这种正红色的发卡更好看。"服务员见赖远辰拿着发卡在林陌桑头上比，还以为是在为林陌桑选礼物。

林陌桑知道对方误会了，于是问道："花宇姐是什么发色？"

赖远辰不禁笑了笑，他知道林陌桑是在撇清自己的身份。

"这个给我拿两个吧，其中一个包礼盒。"

林陌桑愣了一下，难不成花宇平时梳双马尾？

她狐疑地看了赖远辰一眼，我们为人师表的赖老师其实是个双马尾萝莉控？

林陌桑犹疑间，赖远辰已经拿过服务员手中未包装的发卡，抬手别在了林陌桑头上。只是别的不好，反而戳了林陌桑的头皮。林陌桑痛得叫了一声，赖远辰又连忙将发卡拽了下来，结果拽到了林陌桑的头发。

"你要干什么啊……"林陌桑捂着头不明所以。

赖远辰捧着樱桃发卡，见上面还钩着几根头发，不禁窘迫地说道："我其实本来是想送你的。"结果他没掌控好技巧，反而闹了一场乌龙笑剧。

　　林陌桑愣了愣，刚想拒绝，赖远辰就堵住了她的话："你别说不要，这上面还有你的头发呢。"赖远辰揪起一根黑发，故作严肃地说道，"只要有了这根头发，就可以检测出你的DNA（基因），到时候你想不认都不行了。"

　　林陌桑哭笑不得，这都什么跟什么啊。

　　"我只是觉得，生日礼物要独一无二，如果花宇姐知道我也有一个，一定会生你的气的。"

　　"她啊，才不会。"赖远辰笑了笑，"她如果看到，你就说这是最近的流行款。她绝对会更高兴，夸我也会赶潮流了。"

　　林陌桑挠了挠刚被扯乱的头发，着实搞不清这两个人是怎么样的相处模式，总觉得哪里怪怪的。

　　"不过我也应该碰不到花宇姐……"无论客观还是主观来说，林陌桑都不太想见到对方。

　　"如果你要了解钟纤霖的事情，最好还是见一见她。"

　　林陌桑不解地看向赖远辰。

　　"因为花宇是钟纤霖的姐姐。"

走不出的是画地为牢

第八章

花宇原本不叫花宇，而叫钟昕露，与钟纤霖是相差八岁的亲姐弟。

只是两个人很小就跟随离异的父母，一个前往英国，一个留在国内。留在国内的钟纤霖，十六岁那年父亲逝世，母亲在国外再婚无法接管他，于是姐姐花宇就回国成了他的监护人。

"因为钟纤霖伤了一个女生，花宇作为家长被叫到了学校。那时候她也才二十四岁，刚刚硕士毕业，根本不知如何处理这样的事。学校那边让钟纤霖写忏悔书道歉，花宇也就只能随校方的意思让他道歉。可是钟纤霖却抵死不认错，以至于后来拒绝去学校。姐弟俩大吵一架，那时候我听说了这件事，又从两个人的合照中看到了钟纤霖身上椒图的印记，于是将他带去了本家，确认了他龙九子的身份。这一年钟纤霖正式加入家族，也因此跟花宇彻底决裂。大家长命我负责照顾他，于是我就让他住在了别墅当中。"

三年前发生的事情，赖远辰如今转述却依旧觉得历历在目。

"花宇姐知道钟纤霖在你这里吗？"林陌桑问道。

"知道。"赖远辰点了点头，"所以她从来不去我那里，因为她知道钟纤霖不想见她。"

"钟纤霖伤了人，本身错就在他，不道歉也就罢了，为什么还要怪在花宇姐身上？"

林陌桑觉得那天秦连臻说得对，钟纤霖就是在以封闭自己的方式惩罚他的亲人。她不能理解花宇为什么要这样放任钟纤霖，让他辍学闭门不出，甚至还"躲着"不去见他。

"一开始我们所有人都像你一样，觉得这是钟纤霖的错。伤确实在女孩身上，他也承认自己是那个施暴者。一般人为了减轻自己的责任，一定会为自己辩解，可是钟纤霖却像是放弃了争辩的权力……因为真正的受害者其实是他。"

林陌桑拧眉："什么意思？"

"在他将那个女孩推下楼之前，他已经被她以及她的朋友们使唤了一年，写作业、作弊、端茶倒水，她们让钟纤霖买东西却从不给钱，而钟纤霖每天还要忍受她们的打骂和侮辱。"

在赖远辰的话语间，林陌桑不禁吞咽了一下口水，想起那天她问卓景然的话。每天充当着老好人、受气包的人，他们要怎么活？

卓景然答道，忍耐或者离开，只有这两种方法。因为太痛苦，所以在无法忍耐的情况下，选择了离开。

"在那个女孩逼着他滚下楼的时候，他反手将对方推了下去，那是钟纤霖唯一一次反击……"

赖远辰还没说完，林陌桑忽然双手撑着桌子站了起来。前来上菜的服务员被这举动吓了一跳，赖远辰忙安抚对方，将托盘接了过来。

林陌桑低着头，死死抓着桌角，赖远辰看着她紧蹙的眉头，伸手轻轻拍了拍她的胳膊。林陌桑深吸了一口气才坐了下来。如果不是之前见到王湾湾与圈姐，林陌桑恐怕不会这么深切地感受到钟纤霖的处境。

"先吃饭吧。"

赖远辰为林陌桑切好鹅肝，然后把盘子换了过去。虽然他在英国读书，但"仰望星空"一类的黑暗料理大多数人无法享受，于是带林陌桑来了F市最好的法国餐厅。

一切都好，水晶吊灯下是精致的餐食，耳边是法国歌手KerenAnn悠扬的歌声，然而林陌桑握着手中的刀叉却食不下咽，脑中全是那天钟纤霖抱着头说"对不起，对不起，我错了"的画面。

"为什么他不说？为什么他不解释？"林陌桑强忍着情绪问道。

"因为没办法说。"赖远辰无奈喟然，"向同学求助，那些人怕受牵连也不会管；向老师求助，老师只会当他小题大做，毕竟一个大男生怎么会被女生欺负；向家长求助……"

林陌桑了然，唯一能够施以援手的花宇，却与误解钟纤霖的人站在一起。没人站在他这边，他还能说什么呢？唯有沉默。

"时间久了，他也就不想再提，毕竟被女生欺负也不是什么光彩的事情。"

林陌桑攥紧了手指，为钟纤霖愤懑不平："就这样算了吗？"

"还能怎样呢？"赖远辰失笑。

"那些人是谁？至少要道歉不是吗？"

赖远辰没有回应，只是这么看着林陌桑。目光中的歉意、无奈、愧疚已经告诉了林陌桑答案。三年过去了，始作俑者已经安然毕业，而受害者以封闭自己的方式抵御可能受到的伤害。

这是唯一的结局，也是现实给出的最终答案。

原本是浪漫的烛光晚餐，林陌桑却感到前所未有的沉重。一切暴力最初只是暴力，但是如果当下没有主动反击，没有施与保护，就会变成无法挽回的伤害。

晚上回到家，林陌桑坐在钟纤霖房间外许久。就这么抱着膝盖坐在地上，看着堵得严严实实的缺口。这门可以被工具强行打开，但是钟纤霖总有办法堵住，不让别人窥探。她用骗、用哄、用利诱，也许可以让钟纤霖走出这扇门，可是他走得出他心里那间黑暗的房间吗？

那个没有人问津，只有他一人舔舐伤口的禁地。那是他的保护伞，也是他的孤独。

"我可以帮你做些什么吗？"林陌桑轻轻敲了敲门，"钟纤霖，我可以帮你做些什么吗？"

什么都可以，只要能让你好过一些。虽然已经晚了。

长久的寂静过去，林陌桑以为这又是一次没有回应的问答时，门缝忽然出现了一张小小的字条。林陌桑捡起字条，上面用清秀的字体写着："卫龙辣条、小熊薯饼、芝心米果卷、手抓饼夹里脊肉……"

一张纸上写满了只能在连城小卖部买到的零食。

林陌桑看着长长的清单，不禁汗颜，敢情把她当校园代购了吗？

也罢，毕竟刚才是她主动提出要为钟纤霖做事的。林陌桑起身，忽然发现门缝中又递出一张字条，一张纸还没写够？

林陌桑腹诽着捡起那张纸，却发现纸上只有两个字。

"谢谢"。

林陌桑看着那两个字久久没能迈动步子。她盯着那扇被堵住的门，试图揣测门里那个少年的神情，是羞涩腼腆的，是谦逊温和的。

明明是一个善良礼貌的人，为什么要遭受这样的对待？

林陌桑觉得心头有什么在涌动，她将字条握在手心，压制着涌至鼻尖的酸涩。她做不到就这么不闻不问，做不到看往事时过境迁，她一定要找到始作俑者，辨明什么是对什么是错。

只是那时校方没有追究霸凌者，如今当事人也毕业离校，更无从查证。不过可以确定的是，当时被钟纤霖反击的女孩一定是其中一员。林陌桑从秦连臻那里问到了那个女孩的名字——季洁，然而她在学校档案室翻了一下午的毕业生校友录，都没有找到季洁的任何信息。

林陌桑垂头丧气地走出档案室，眼前忽然闪过一个人影，对着她大喝一声。林陌桑吓了一跳，本能地给了眼前的人一拳。卓景然哀号着捂住右眼，疼得半天说不出一句完整的话。

"你你你……怎么和一般女生的反应不一样呢？"

卓景然埋伏吓人，虽然自作孽不可活，但林陌桑还是撇撇嘴道了歉。

"我下课去你们班逛了两圈都没看到你人影，躲这儿干吗呢？"

林陌桑白了他一眼，把秦连臻写给她的信息递给了卓景然。

"按道理跟秦连臻一届的同学应该已经毕业了，但是校友录上就是翻不到她的资料。"

卓景然看着那张薄薄的纸沉默了一阵，才说道："你找她干什么？"

林陌桑将钟纤霖的事情转述了一遍。其实她也不知道到底要找季洁干什么。当年季洁受伤，其实已然算是欺负钟纤霖付出的代价，林陌桑也没有理由再要求她向钟纤霖道歉。

"算了吧。"卓景然说着将手中的纸团起扔进了垃圾箱。

"哎，你干什么啊？"

林陌桑说罢要去捡，却被卓景然拉住了胳膊。

"这个季洁如果和之前毕业的是一届的话，我知道她是谁。"卓景然略显烦躁地抓了抓头发，"不久之前，你也见过。"

见林陌桑迟疑，卓景然叹了口气："圈姐本名就是季洁，之前因为伤病休学一年，现在读高三。"

林陌桑百感交集，她宁愿季洁已经考上大学，重新开始了一段新的人生，也不愿她就是圈姐。

"她为什么还是那个样子？"

吃一堑长一智，钟纤霖将她推下楼还不足以让她悔改吗？

"她为什么完全没有变……"

可是钟纤霖却失去了朋友，失去了大学，甚至失去了与人交往的勇气。

"世界不会朝着你想的方向发展，所以有些事你也别太固执。"卓景然劝诫道，"那个宅男，还有那个狗子，你差不多就行了，别什么都往自己身上揽。不说别人，单是龙九子个个身上都有麻烦有痛苦，你难道每一个都要管、都要救？"

"如果可以，不能都救吗？"林陌桑反问道。

卓景然气结，他是怕她累死好不好？

"林陌桑，遇到弱者愿意出手那是善良，但是想管全天下的弱者，那叫自以为是！"

卓景然话说得重了，见林陌桑半晌没有反驳他，不禁有点儿后悔。他知道林陌桑是好意，可是他才不管其他人要死要活，他只想林陌桑好好的，别惹麻烦事上身。

卓景然"哎"了半天，关心的话终究说不出口，于是烦躁地转身走了，走出两步还不忘回头警告："你别去找圈姐啊，听话。"

林陌桑大概天生逆鳞，卓景然不让她去她偏要去。

高三班级都在教学楼顶层，面对还有不到五十天的高考，严肃凝重的气氛与楼下迥然不同。

林陌桑站在高三（7）班门口，远远地看到圈姐坐在最后一排伏案做题，一改那日嚣张的模样，显得沉稳而安静。

"帮我叫一下季洁可以吗？"

林陌桑委托的同学还没开口，圈姐就似乎有所感应抬起眼看向她，露出一个不明意味的笑容。

顶层的露天走廊鲜少有人走动，圈姐靠着墙，歪头打量着林陌桑："有话快说。"

"你还记得钟纤霖吗？就是那个……"

林陌桑还没说完，圈姐忽然直起身子转身就要回教室。林陌桑连忙拉住了她。圈姐甩着林陌桑的手："你到底想干什么？"

林陌桑连忙解释道："钟纤霖他因为过去那件事，一直闭门不出，非常害怕与女生交流……"

"关我什么事？"圈姐将胳膊从林陌桑手中拽出来，"又不是我把他关起来的。"

"你能不能去见见他，或者给他打个电话，实在不行写封信……"

"做什么？"圈姐打断林陌桑，"让我开导开导他？让我原谅他，或者他原谅我？"

林陌桑刚想点头，圈姐就说道："凭什么？"圈姐撩起额发，一道隆起的伤疤触目惊心。

"我腿上现在还打着钢钉，疗养复健花费了一年多时间。我走不了远路，出不了远门，连报考的学校都因为身体原因被限制。我也没有像他一样自暴自弃，你觉得到底是谁的问题？"

"你伤在身上，他伤在心里，如果当初不是你欺负他……"

"等等，别给我乱扣帽子。"圈姐笑了笑，带着几分讽刺的意味，"他残疾，体弱多病，还是智障？一个大男生会被我欺负？真相是什么你清楚吗，就来这里质问我？"

见林陌桑语塞，圈姐更是信心满满毫无畏惧，摇着头向教室走去。

"虽然我不知道真相的细节，但是事情既然已经过去，还是希望你能健康快乐。"

林陌桑在圈姐身后说道，圈姐放慢步子微微侧头。

"可是如果这份快乐凌驾于别人的痛苦之上，逼迫所有人离你而去，你还能快乐多久呢？"

圈姐看了林陌桑一眼，冷厉的目光非怒非笑。并没有意料中的反唇相讥，季洁转身进了教室。在一旁听了大概的同学，不禁为林陌桑感到担忧，劝说道："高考前你最好别跟圈姐对着来了。"

林陌桑并不为自己担心，她忧虑的是，理想中的道歉信是必然拿不到了。不知还有没有其他方法可以弥补。

林陌桑这么想着，就见抱着作业本的七班班长走了出来。她不禁心思一动，问道："能让我看一下季洁的作业吗？"

林陌桑翻看着圈姐的作业，暗自记下她的笔迹。林陌桑觉得这大概是她唯一能为钟纤霖做的了。

接下来的几天，林陌桑几乎买遍了学校小卖部的零食。钟纤霖的清单渐渐变短，但两个人的赌约却毫无进展。于是每一次面对裴西林，林陌桑都感到愧疚与无力。

"如果最终失败了，我会一直陪着你的。"

再硬的钢筋也可以被断开，这些锁无法开启，那就使用其他暴力的手段。总之她会一直陪着裴西林，尝试所有方法，直到还他自由。

"只陪着我？"裴西林问道。

林陌桑没有细究字眼之间的区别，点头答应："只陪着你。"

赌约截止这一天，刚好是花宇的生日。原本定在酒店举行的宴会，不知为何忽然改到了别墅。

周三晚上一放学，别墅已然张灯结彩。林陌桑刚进门，赖远辰就将手中做到一半

的沙拉交给她："我去接花宇，一会儿来人帮忙招待一下。"

秦连臻下午没课，已经帮忙布置了一下午会场。

秦连臻见林陌桑还穿着一身校服，不禁催促她上楼换衣服："你穿这一身，不知道的人还以为赖老师雇童工呢。这边我来，你上楼打扮打扮，怎么说也是个宴会，不能给花宇姐丢人。"

林陌桑看了看自己的校服腹诽道："我怎么就丢人了啊。"

林陌桑鲜少出席这样的场合，衣柜里挑挑拣拣就那么几件，最漂亮的裙子上回跟赖远辰出门已经穿过。林陌桑看着衣柜犯愁，索性随便选了一条裙子。林陌桑平时懒得打理头发，都是扎着马尾，如今为了"不丢人"，她花了些工夫编了个蜈蚣辫。

林陌桑在镜子前照了照，似乎朴素了些。她很少买装饰品，无论项链还是发卡，最华丽的一个还是昨天赖远辰送的。红色的樱桃发卡乖乖躺在黑色的绒布盒子里，林陌桑犹豫再三，还是取出发卡别在了发尾。既然送礼的人都说了没关系，她又何必纠结？

林陌桑走下楼的时候，已经陆陆续续来了一些人。

参加生日会的人不多，除了秦连臻，林陌桑几乎都不认识。听秦连臻说，这其中三教九流都有，他也说不清来历。

"你呢？你是因为赖老师认识花宇姐的吗？"林陌桑问道。

"我啊……"秦连臻不禁看了一眼钟纤霖的房间，"我是因为那家伙。"

高一的时候，他算是与钟纤霖走得比较近的同学，钟纤霖出事之后，班主任就让花宇找到他了解情况。

"是我将季洁她们欺负钟纤霖的事情告诉花宇姐的。"

当时他没有及时伸出援手，出于愧疚，只能为钟纤霖将没能说出口的委屈转达。

林陌桑犹豫地说道："其实后来我有找过季洁……"

"你怎么找到她的？"自从季洁休学后，秦连臻就再没有她的消息。

"你们毕业之后，她转入了连城高三，现在在备战高考。"

"啊，难怪。"秦连臻想了想，"她大概是有意避开我们，以前她就很好面子。"

"说实话，有一点我也很奇怪，钟纤霖一个男生怎么会被这些女生欺负？"那天圈姐质问她，她答不上来，也找不到可以说服自己的理由。

"这个啊，钟纤霖性格懦弱是一方面。"秦连臻顿了顿，叹了口气，"另外，其实他一开始也是甘愿的。"

"甘愿？"林陌桑不解，甘愿被欺负？

秦连臻笑了笑，不答反问："你不觉得季洁其实长得很漂亮吗？"

"啊？"

林陌桑还没想清楚，就被闯空门的卓景然打断了。

"林陌桑，我要饿死了，你……"

卓景然喊到一半，才发现客厅里还有其他人，于是急忙住了口，端出一副彬彬有礼的完美少年模样。

卓景然逢人便微笑着颔首问好，一路问到了林陌桑身边。

秦连臻见卓景然来，就将厨房的事情交给了他和林陌桑，自己去招待宾客。

秦连臻一走，卓景然就蹭着林陌桑的胳膊："哎，有吃的吗？我快饿死了。"

"你怎么不跟我点头微笑？上来就像个要饭的。"林陌桑调侃道。

"你！"卓景然故作委屈，"我把你当自己人才这样，你懂不懂？"

"你这自己人真不敢当，还是请你把我当陌生人吧。"

热脸贴冷屁股也不是第一次了，卓景然如今也不再计较。见惯了林陌桑穿校服，卓景然不禁打量起她这身新造型，最后目光落在了发尾的樱桃发卡上。卓景然心想，这丫头终于开窍知道打扮了？卓景然上下打量着林陌桑，唔，打扮一下也不至于那么丑嘛。

"怎么了？"林陌桑见卓景然一直盯着自己看，不禁抹了抹脸，"我蹭到什么东西了？"

"没有。"卓景然引开话题，"你给花宇姐准备了什么礼物？"

"我……我烤了一些饼干。"

林陌桑其实并没有接到花宇的生日邀请，但是既然赖远辰提起，她也不能当作不知道。只是她实在没什么闲钱，礼物买得太便宜也不好，倒不如礼轻情意重。

卓景然眼尖，一眼就看到了橱柜下面的袋子。不等林陌桑反应，卓景然已经掏出里面的盒子，塞了一块饼干到嘴里。

"卓景然，你能要点儿脸吗？"

林陌桑说着抢回袋子，庆幸自己烤了三盒，卓景然只开了一盒。

"哎，你以前做过饼干吗？"卓景然嘴巴着嘴，觉得这饼干口感略微粗糙了些。

卓景然这么一说，林陌桑不禁心中忐忑："不好吃吗？"

卓景然委婉地说道:"你还是中餐做得好一点儿。"

林陌桑的确是第一次做甜品。学做饭是为了不依靠父母活下去,但是饼干蛋糕这些生活调剂品,她几乎没有尝试过。况且她不爱吃甜食,也就没什么研究。

"其实也不是难吃,只是你可能不知道花宇姐有个爱好就是烘焙。"

这意思不言而喻,班门弄斧捉襟见肘。林陌桑看着手中的袋子,要不然不送了?

"不过这贺卡倒是写得不错。"

林陌桑这才发现,卓景然将放在袋子底下的贺卡和信封一起拿了出来。卓景然看完贺卡,又拿起另一封信打量,还没开封就被林陌桑一把抢了回去。

"季洁?"

卓景然看到封面上的署名,一时无法反应。

"那是什么,为什么署名是季洁?"卓景然气急败坏,"不是让你别去找她吗?"

"你不用管。"

"那里面写的什么,道歉信?不可能,季洁才不可能道歉……不对,别说道歉,信都不可能写,她平时连微信都懒得打字更何况写信。那封信从哪里来的?"

林陌桑拒不回应。

卓景然虽然个性简单直接了些,智商却不低。联系前后细节,已然想到了唯一的可能:"你伪造了一封道歉信?"

一击即中,林陌桑被识破,有些狼狈。

卓景然无奈:"林陌桑,你到底是聪明还是傻啊?"

"总之,请你保守秘密,其他的我自己处理,可以吗?"林陌桑请求道。

卓景然满目纠结欲言又止,只当是默认。

晚上七点半的时候,赖远辰将花宇接到了别墅。

这是林陌桑第一次见到这位久有耳闻的人。花宇进门的一瞬间,林陌桑有种看到明星的错觉。

本身眉目已足够惊艳,一身白色的礼服更显优雅。个子比林陌桑想象的更高挑,穿着高跟鞋时仅与一米八的赖远辰相差半头。一头栗色波浪长发,在耳边绾起,林陌桑一眼就看到了那枚樱桃发卡。

在场的人纷纷向寿星道贺,唯有林陌桑愣愣地站在原地不知所措,似乎只有她与这位主角是第一次见面。然而花宇却没让这份尴尬持续多久，率先向林陌桑走去，弯腰与她视线平齐，礼貌地问好。

"林陌桑对吧？远辰时常跟我提起你，见到你很高兴。"

花宇说罢轻轻拥抱了林陌桑。两颊相碰的时候，花宇身上一股温柔的香气扑面而来，似乎是阳光下的海芋，清新而素雅，让林陌桑的脑子一片空白。

直到花宇离开去取蛋糕，林陌桑还没能从刚刚的震撼中回过神来。

赖远辰曾说过花宇拿了两个硕士学位，如今博士在读。林陌桑还以为她会像是父亲林雨声带的那些研究生一样，一副潜心钻研学术的朴素模样，万万没想到她几乎可以用"完美"来形容。

生日蛋糕是赖远辰准备的，于是花宇亲自烤了一个蛋糕分给宾客吃。花宇在客厅中央的桌子旁切蛋糕，人们自然而然围了过去，林陌桑也拿了盘子过去帮忙。

"哎，今天这枚发卡很别致啊。"

闲聊中有人插了一句，林陌桑的心"咯噔"一下，抬头才反应过来对方问的是花宇。

"哦，某人送的。"花宇瞥了赖远辰一眼，"不能辜负他的'少女心'啊。"

"哎哟喂，这狗粮撒得措手不及，我吃！"

众人纷纷调侃着，唯有林陌桑全程沉默。直到花宇将一块蛋糕分到她手中，她才恍然想起自己置身何处。

林陌桑看着手中的蛋糕不禁自嘲，她先前还担心相同的发卡会引来尴尬，如今看来不过是庸人自扰。因为根本没人会注意到她跟花宇拥有一件相同的饰品。

或者说，她本来就不是能跟花宇比较的对象。

林陌桑含了一口蛋糕在口中，香甜温软，入口即化，果然和自己做的东西有天壤之别。

卓景然端着蛋糕凑到了林陌桑身旁。其实他早就发现花宇头上那枚发卡与林陌桑发尾的一样，但又不知道从何问起，倘若问了似乎会显示出别样的关心。卓景然内心纠结着，一开口就失了本意："哎，你快跟花宇嫂子学学。"

"蛋糕吗？"林陌桑轻轻应了一声，"是很好吃。"

"谁让你学这个，你真把自己当厨师啊。"卓景然抬了抬下巴，指向花宇的方向，"'F大林志玲'的外号可不是吹的，看看人家怎么说话，怎么笑的，就像这蛋糕，又甜又软。"

"哦。"

面对林陌桑冷淡的回应，卓景然不禁有些来气："同样一枚发卡，戴在你身上就没人觉得好看，你就不反思一下原因吗？"

林陌桑沉下了脸，说道："我没想让谁觉得好看。"

"林陌桑你真厉害，你是女生吗？"

卓景然不是质疑她的性别，只是实在想不通怎么会有女生的个性这么强硬。一根筋到底，不懂撒娇不懂示弱。他觉得林陌桑样样都不差，长得不丑，脑子聪明，心地善良，却不懂得表现出自己的魅力。虽说璞玉是玉，但是世界上大多人只会被光鲜亮丽的石头吸引。

"每天板着一张脸，又臭又硬，谁会喜欢你啊？"

本来今天的心情就已经非常糟糕，卓景然还火上浇油，林陌桑也被激怒了，回道："我也没求着你喜欢我，我就是又臭又硬，碍着你什么了？"

林陌桑说罢不禁朝赖远辰的方向看了一眼，虽然她希望被喜欢的人，不曾将目光落在她身上。

秦连臻见两人之间气氛不对，于是走了过来和事。他走近才发现林陌桑发尾上的红色发卡好像和花宇戴的一样，不禁问道："你这枚发卡……"

哪壶不开提哪壶？林陌桑倍感心累，拿了一块蛋糕躲去了地下室。

"她去地下室干什么？"秦连臻不明所以。

卓景然胸口发闷，直接甩了两个字："喂狗！"

"地下室养了狗吗？"

秦连臻好奇地向那边张望，卓景然这才清醒过来，一把拉住了刚想迈步的秦连臻。

"别看了，咬人。你，去厨房上菜。"

秦连臻愣愣地走向厨房，一时没反应过来，眼前指挥他的人其实比自己还小三岁。

林陌桑在地下室看到裴西林的那一刻就后悔了。

这种场合她本该为花宇庆贺，又或者专注于与钟纤霖的赌约。可是她被自卑感和屈辱感笼罩，又被卓景然气昏了头，竟然在这种关键时刻躲到了"避风港"。

裴西林似乎已经等待了许久。

林陌桑一进门，他的目光就锁定在她身上没有离开过。自从林陌桑"接管"他之后，赖远辰和萧甯都很少再来地下室。所以最近这段日子，林陌桑成了他最熟悉的人。每一根头发，每一丝情绪，他都能敏锐地判断出林陌桑与之前的不同。

她不开心。

虽然有所感应，裴西林却没有追问原因，而是侧耳听着室外喧闹的声音。

"外面在干什么？"

林陌桑将蛋糕放在裴西林面前，说道："给花宇过生日。"

"花宇是谁？"

裴西林嗅着面前的蛋糕切块，漫不经心地问道。林陌桑素来不喜欢谈起花宇，所以裴西林对这个人并没印象。

"一个很漂亮很优秀的人。"

裴西林的目光从蛋糕上剥离，看向林陌桑，似乎在探寻她这句话的真伪。

"你更漂亮。"

听到裴西林这么说，林陌桑不禁一愣，抬眼看向他。少年的模样异常认真，并不像是安慰或是谄媚，似乎在执着地争辩某个真理。

"如果我们两个站在一起比较，你大概就不会这么觉得了。"林陌桑将辫子拨到身前，捧起那枚樱桃发卡，落寞莞尔，"我现在终于明白什么叫作'自取其辱'。"

裴西林凑近嗅了嗅那枚发卡，不禁蹙起了眉："不喜欢就扔掉。"

"不能扔。"林陌桑犹豫了一下才解释道，"这是一个对我很重要的人送给我的礼物。"

"爸爸妈妈？"裴西林猜测着这个"重要的人"。

林陌桑摇了摇头。父母的确也是她生命中重要的人，赖远辰却不一样。她不想细究这份"重要"的区别，因为抽丝剥茧的真相只会让她更难堪。

"不过我对他来说，与其他人没什么不同。"

发卡可以有两枚，那么关心、温柔还有笑容，也不可能是独属于她一个人的。她一直觉得自己是汪洋中迷茫的船，而赖远辰是灯塔。她眼里只有引领她前进的灯塔，却忘记灯塔是所有人的方向。

裴西林看着林陌桑沉闷的神色，黯淡的瞳仁中已然没了他的身影。裴西林扯起锁链，伸手扶了一下林陌桑的下巴，让她正视自己。

"因为他，所以不开心？"

林陌桑既没有承认也没有否认。其实确切的来说，她是恨自己无能、怯懦、不够好，却还痴心妄想。

"没事，不说这个了。"

林陌桑强拉回积极的情绪，双手送上奶油包裹的蛋糕。

"花宇姐做的，尝尝看，很好吃的。"

一贯馋嘴的裴西林这次却迟迟没有动手，甚至只瞥了一眼，就又将目光放在了林陌桑身上。

"只有我有吗？"裴西林问道。

"这一块是专门给你的。"林陌桑纠正道，"别人的生日蛋糕都是大家一起分享的。等你过生日，我送你一个'只有你有'的蛋糕。"

林陌桑说着忽然想起她不知道裴西林的生日。

"你什么时候过生日？"

裴西林沉默不语，林陌桑以为他不记得自己的生日，于是补救道："你可以跟我一起过。不过我是冬天生的，距离下一个生日还有很久……"

"我不和别人分的。"裴西林打断林陌桑。

"纠结这个干什么。"林陌桑叉起一块蛋糕递向裴西林，"不过一块蛋糕，自己独享和别人分一分也没有什么区别不是吗？"

林陌桑哄劝着，试图用蛋糕的香甜气息让裴西林妥协。然而她刚将叉子递到裴西林嘴边，就被他一掌打掉了手中的蛋糕。

"不是我一个人的，不要也罢。"

蛋糕掉落在地上，滚动间奶油蹭出一条狼藉的痕迹。林陌桑满怀不解地看向裴西林，少年并无歉意，反而与林陌桑四目相对毫不示弱。

"你到底想要干什么？"

无论今天受到怎样的屈辱与难堪，都不如裴西林这一击让林陌桑感到难过。

裴西林听到林陌桑声音有些哽咽，心中一慌，张了张口却不知如何打破僵局。裴西林握拳在地上捶了一下，铁链在动作间"哗哗"作响，瞬间惊醒了林陌桑的神经。

林陌桑原以为，裴西林在渐渐改变，如今才发现他不过是配合自己演出这些温情戏码。裴西林想要什么，她不是最清楚的吗？一个汉堡，一块蛋糕，不过都是无济于事的安抚。她能哄他一次，却安慰不了他第二次。

"我答应给你自由，就一定说话算数。"

第九章

请你离开这个家

林陌桑将伪造的道歉信，从外卖窗送进去的那一刻，并没有松一口气，反而感到无尽的心慌。她本来准备了一段劝慰开导的话，如今却一个字也说不出口。

倘若她不是被裴西林逼着走到这一步，她还可以理直气壮地说："你看季洁已经道歉了，你也可以走出过去，重新开启新的人生……"

毕竟她伪造这封信的初衷是希望钟纤霖好过一些。可是现在却像是打着"为你好"的幌子，不过是想引导钟纤霖走出房间，最后为自己赢得赌注。

即便出于真心，一旦动机不纯，所有行为就都带了威逼利诱的意味。

林陌桑蹲在外卖口外兀自懊恼，为什么她把一切搞得一团糟？

林陌桑回到客厅时，花宇刚刚吹熄蛋糕上的蜡烛，在人们的祝贺中笑靥如花。一旁的赖远辰温柔地注视着花宇，画面美好，仿佛世间真意本该就是如此。

林陌桑站在人群外围，耷拉着脑袋，已然是个败将。外面夜色沉沉，还有四个小时今天就会过去。自花宇来到后，赖远辰再也没有与林陌桑说过一句话。她想，他大概早已忘了他提议的那个赌约吧。似乎全世界只剩下林陌桑，接受那一分一秒的凌迟，等待时间对她的失败进行判决。

"今天将大家聚集在这里，其实是有另外一件事要宣布……"

花宇说话间看向赖远辰，引来朋友们的起哄："结婚！结婚！结婚！"

"那是下次要宣布的事。"花宇婉转地化解尴尬，"这次……是我要向大家告别。"

一旁的赖远辰始终沉默着，似乎早已知道花宇的决定。

"下周我将前往伦敦深造，未来大概会留在英国。因为母亲身体不好，不希望跟我分离太远，所以权衡左右，最终做了这样的选择，抱歉这么晚才正式通知大家。"

一时没能明白状况的秦连臻不禁插了一句："你这是要和赖老师分手？"

赖远辰无奈扶额，解释道："其实我是F大的外聘教授，原籍在剑桥。"

在场的人其实大多都知道赖远辰是中英混血，家乡在英国而非中国。当然这其中不包括秦连臻，以及林陌桑。林陌桑赫然抬头看向赖远辰，目光相触的瞬间，赖远辰移开视线："不过我暂时会留在国内。"

"我相信大家会帮我看好他的。"花宇开玩笑道。

"有了你，他还看得上谁啊！"

花宇的朋友们应和着。赖远辰在喧闹间，看了花宇一眼，花宇点了点头。

　　"还有一件更重要的事情。"

　　人们安静下来，为花宇让开一条路，看着她走到一扇破裂的门前——那是钟纤霖的房间。

　　"所以，你要不要跟我回家？"

　　花宇问出这句话的时候，在场的人大多不明所以。林陌桑心中猝然一顿，在所有人都注视着花宇时，她的目光越过人群看向了赖远辰。

　　"你今天走出这个房间，我就当你答应。"花宇默认钟纤霖听到了刚才的话，"反之，我再也不会来找你，从此也没有一个叫钟纤霖的弟弟。"

　　花宇看了看表，继而说道："现在距十二点，还有不到四个小时，我等你到十一点五十九分。"

　　在场的人都是花宇的知心朋友，知道这是花宇的家务事，于是送上祝福，寒暄几句后，三五相伴相继离开。最后只剩下林陌桑、赖远辰、卓景然以及秦连臻四人陪着花宇等待。

　　晚上十一点半的时候，钟纤霖的房间仍没有任何动静。秦连臻忍不住问道："刚才的话你确定他听到了吗？也许他正好在玩游戏，没听到呢？"

　　赖远辰指了指客厅吊灯："那里有一个二十四小时的摄像头，这个房间发生了什么，他一清二楚。"

　　卓景然不禁瞪大了眼："你知道还不拆了，不怕他偷偷监视你啊？"

　　"我们这样逼他……"秦连臻犹豫地说道，"他会不会一气之下躲到我们找不到的地方？"

　　"他要躲，也要先走出这个房间。只要走出来，他就输了。"

　　温润的水变作了冰凌，赖远辰的语气似乎比往日多了一分坚定。

　　"就算他打算熬过十二点，不跟花宇走，我明天也有办法把他赶出这个家。"

　　自那天立下赌约，赖远辰就已经做好了一切备案。即便穷途末路，他也可以用卑劣的手段，控制钟纤霖的心神达到目的。

　　只不过那是下下策，毕竟"兄弟阋墙"会让他们受到惩罚。

　　"所以放心，我们志在必得。"

　　赖远辰说罢笑着向林陌桑眨了眨眼，仿佛还是以前那个春风一般的人。

　　花宇坐在一旁观察着两人，思虑了一阵，忽然笑了。

　　"你求了我一周，让我把生日会改到这里，是为了让我和你们一起欺负我弟弟？"花宇没有一丝埋怨或愠怒，反而带了一点儿欣慰看着赖远辰，"你终于'变坏'了啊。"

赖远辰愣了愣，低垂下了眼睑，说道："抱歉。"

"你没什么错，错的是我。当初没有相信钟纤霖，以至于错过了解决问题的最好时机。他不接受我的道歉，我就用纵容他的方式一直拖延。"花宇无奈地笑了笑，"只是我没想到，跟我提出这种解决方法的人会是你。我一直以为你跟我是相似的人……或者我们原先是相似的，只是你因为一些人一些事改变了。"

赖远辰没有回答，而是看了林陌桑一眼。

他有时不禁扪心自问，林陌桑除了龙神赐予的能力，几乎羸弱到无法与任何一个龙九子抗争，可是为什么她会如一颗细小的石子，激起这沉闷湖水的波澜？

当时钟纤霖的事，赖远辰心里其实也抱有侥幸，他希冀时间是良药，来慢慢治愈伤口。可是时间发酵，只让无解的僵局变成无解而又沉默的僵局。

大多人如他，明白明哲保身的意义，一直做着众人眼中不伤人不愤世的君子。可温润如水，又何尝不是流水无情？而林陌桑从来不会等待别人去解决问题，凡是她触手可及的，她都会尽力而为。心中秉承着对正义世界的信念，即便会受到伤害，也绝不选择沉默。

这样的人过刚易折，却也因此弥足珍贵。

既然当初承诺要支持林陌桑，那么他就会做她的刀，她的剑，帮她斩断那些难解的结。保护这份他早已丧失的少年意气，保护这个与世界的不义孤军奋战的女孩。

赖远辰起身走到钟纤霖房门前，看了一眼墙上的挂钟，还有一分钟。

"钟纤霖，"秦连臻看着逼近的时限，不禁喊道，"你再不出来，花宇姐就要走了！"

"六、五、四、三、二……"

林陌桑看着午夜十二点重合的指针，最后的光在指针的阴影中消散了。赖远辰显然也没想到钟纤霖会如此固执，逼他不得不使出卑劣的手段。

花宇黯然："果然还是与三年前一样吗？"

花宇的一句话似乎敲开了林陌桑的心扉。是啊，事情已然过去三年，季洁已经重新开始，为什么钟纤霖却无法走出过去？

"等一下。"林陌桑叫住花宇，对赖远辰说道，"我再同钟纤霖说几句话。"

赖远辰点了点头，让开身，林陌桑上前。

"钟纤霖，你能告诉我你当初为什么会被欺负吗？"圈姐质问她的问题，她始终没有得到答案，"你无伤无病，四肢健全，聪明优秀，为什么会成为那些人取乐的对象，你能告诉我原因吗？"

林陌桑用力敲着堵在破口的柜子，柜子发出"咚咚咚"的响声，似乎连着地板也在震动。

"这所房子真的能保护你不受欺负吗？如果它真的能保护你，你就不会被我们逼到现在这种地步。其实无论在哪里，你的境遇都不曾改变，你永远是站在被动位置的人。钟纤霖，这三年来为什么完全没有改变，你能告诉我原因吗？"

林陌桑继续敲着柜子，掌侧因为持续撞击而发红。赖远辰蹙起了眉，试图去拉住她的手。

"如果你连自己都赢不了，你赢了我们有什么用？"

林陌桑不顾赖远辰的阻拦，像是要凭借自己的力量打穿这道屏障。

"你不成长，不学着保护自己，即便拥有铜墙铁壁还是一样的弱者。我尊重你的选择，但绝不支持你的逃避。"

门那边依旧一片沉默，花宇起身说道："时间到了，我走了。"

"等一下，再等一下，花宇姐！"秦连臻阻止道。

林陌桑狠狠砸在柜子上，质问道："钟纤霖，你要永远当个懦夫吗？"

秦连臻看着紧闭的门，一如钟纤霖紧闭的心扉。如果当年不是他"见死不救"，如今的钟纤霖会是现在这个样子吗？秦连臻不禁低垂下头，红了双眼："对不起。"

林陌桑的声音在质问中有几分嘶哑，她润了润干涩的喉咙，仿佛带了哭腔："回答我！"

花宇拉住林陌桑的手："算了。"

花宇抬手摸了摸门上被砸破的缺口："我们今天逼你，是因为不想放弃你。如今十二点已过，我决定放手了，钟纤霖。"

花宇向大门走去，林陌桑想要挽留，却被赖远辰按住了肩膀。

此时钟纤霖的房间忽然发出"咚"的一声巨响，像是迟到已久的回答。

"别放弃。"

花宇忽然被一双手桎梏了前进的身体。

"我把那个钟调快了三分钟，还没到时间。"

熟悉的声音让花宇不禁红了双眼。

"所以，别走。"

花宇微微侧头，就看到身后抱着她的钟纤霖。三年未见，他不仅长高了许多，还变胖了。这个家伙，看来从来没在吃喝上亏待过自己。

"生日快乐。"

"唔。"

众人怔然间，才发现钟纤霖的房门不知何时开启。林陌桑看着相拥的姐弟，对着赖远辰莞尔一笑，这大概是最好的结果。秦连臻在一旁感动得直吸鼻涕，傻兮兮地兀自鼓掌。唯有卓景然不禁别过了头，他最受不了这种煽情的戏码。

钟纤霖环顾四周，感觉到聚焦在他身上的目光，不禁瑟缩着向花宇身后躲了躲。

"那个……"

在场的人都摆出一副洗耳恭听的郑重神色，期待着钟纤霖重见天日的首次发言。

"蛋糕还有吗？"

"哈？"卓景然以为自己听错了，不禁发出一声疑问。

"蛋糕你们都吃光了？"钟纤霖焦急地又问了一遍，"一块也没有了吗？"

林陌桑扶额，原来一块蛋糕就能让他出门，他们何必搞这一场大戏？一旁的秦连臻忍不住大笑起来，笑到最后忽然冲上去抱住了钟纤霖，哽咽着说道："对不起，当初我……"

"哦，没事，我已经惩罚过你了。"钟纤霖颇为嫌弃地推开秦连臻，"那个怪物欺负你的时候，我也没管你，哼。"

"那个怪物？"

秦连臻疑惑间，林陌桑已经反应过来。钟纤霖说的是那天秦连臻在地下室受伤的事情。林陌桑急忙向钟纤霖摇手示意，不要继续说了，他已经忘了。

"你，过来。"钟纤霖躲在花宇身后，对林陌桑勾了勾手。

林陌桑应声走近，距离花宇还有一米时，钟纤霖忽然制止道："女流氓你站那儿，别再过来了。"

林陌桑无奈，看来这个"女流氓"的头衔她是摘不掉了。

钟纤霖抽出了那封署名季洁的道歉信，问道："这封信你从哪里弄来的？"

林陌桑犹豫怎么解释时，一旁的卓景然忽然跳了出来："这封信是林陌桑专门找季洁写的啊。你可不知道，她费了多少工夫和口舌才让季洁写的这封道歉信，当时我在一旁看着眼泪都快流下来了。"

卓景然声情并茂地演绎着，仿佛他真的见证了一场感人肺腑的道歉现场。卓景然一边说，一边冲林陌桑眨眼，示意她配合自己。

林陌桑莞尔，却没有回应。卓景然明明说了不帮她，还是在关键时刻为她圆谎，她感激在心。可是这终究是一封伪造的道歉信，如今钟纤霖已经走出了过去，这封信也就不重要了。

"其实……"

"她过得好吗？"钟纤霖打断林陌桑即将脱口而出的真相。

"在准备高考，看起来还不错。"林陌桑如实回答。

"那就好。"钟纤霖抿起嘴角，"既然她道歉了，就不要再追究了。"

钟纤霖语气中带着几分请求，扯了扯花宇的衣角，又看了一眼秦连臻。花宇搂着钟纤霖，轻轻拍了拍他的肩膀。秦连臻点了点头，都过去了。

"可是那封信……"

林陌桑还没有说完，钟纤霖就当着在场所有人的面撕掉了那封信，丢进了垃圾箱。林陌桑愕然间，手中忽然多了一张字条。林陌桑微微松手，字条展开，竟是钟纤霖的字迹："季洁署名都是用Q，从来不写大名的，骗人精。"

林陌桑赫然抬眼看向钟纤霖，对方露出一个浅浅的微笑，又指了指她手中的字条："背面。"

林陌桑翻过字条，一愣。

——"谢谢你。"

因为懂得你的善意，所以要谢谢你。他感受过这个世界的恶意，才会懂得善意有多么可贵。

一直观察着两人的赖远辰弯下身子，压低声音在林陌桑耳边说道："你俩是不是有什么事瞒着我？"钟纤霖竖起一根手指在唇边："这是我们两个人的秘密。"林陌桑将字条攥进手心，笑着摇了摇头。

"既然尘埃落定，大家就都先回去休息吧。"赖远辰又对花宇说道，"钟纤霖今晚先留在这里收拾东西，你明天再来接他吧。"

花宇应允，嘱咐钟纤霖早点儿休息。赖远辰送走了花宇、卓景然和秦连臻，再次回到别墅时，心照不宣的林陌桑与钟纤霖仍留在原地等待。

"那么，我们现在履行之前的约定吧。"

一个月之前，林陌桑揭开了地下室的秘密。如今终于能像当初承诺的那样，还裴西林自由时，她却没有想象中那么轻松。

钟纤霖在进入地下室前问道："你们确定要放了他？"

钟纤霖选择在这座别墅闭门不出，不仅仅是因为他自己，其中也有本家的授意，希望借由他的力量看管这只黑麒麟。

"一旦现在解开锁链，明天我离开之后，你们就再也不可能锁住他了。"钟纤霖看着沉默的林陌桑，"不是我不相信你的能力。而是，道歉、偿还弥补不了伤害……我今天能走出来，并不是因为圈姐道了歉，你明白的。"

林陌桑点了点头，伤害永远不可能填补，但可以为了爱的人自我治愈。钟纤霖还有关心他的姐姐、家人以及朋友，而裴西林什么都没有。

"我们关了那个怪物三年，如果到时候他决心报复，你阻止得了，负得了责吗？"

"我……"

"我替她负责。"

林陌桑犹疑间，赖远辰站到了她的身后："如果以后真的出了事，所有责任由我承担。"

钟纤霖撇了撇嘴没再质问。赖远辰是他的准姐夫，也是他在龙九子中的"哥哥"。无论能力还是智力，赖远辰都在他之上。既然赖远辰开了口，他也就没有理由再反对。

"控制心神的能力虽然强大，但是对你的'副作用'你也清楚。所以为了姐姐，不到万不得已……"

"我明白。"

副作用？林陌桑犹疑地看向赖远辰，对方只是笑笑，拍了拍她的肩膀："放心，我没事。"

赖远辰打开地下室的门，带着两个人向下走去。在迈向最后一截台阶时，林陌桑忽然拉住了赖远辰的衣角，低声问道："为什么？"

在赖远辰说要替她承担责任时，她的心就已然悸动不能自已。她何德何能，可以让这个太阳一般的人为自己保驾护航。为什么要对她这么好，好到她不即刻问清楚就会感到强烈的不安。

赖远辰没有回答，而是捧起林陌桑的发尾："今天一直没来得及跟你说，你戴这枚发卡很好看。"

这回答或许不带深意，林陌桑却忍不住多想。对他来说，她到底算是什么角色呢？学生、妹妹，或者对他来说是不一样的人？

直到听到锁链的响动，林陌桑的目光才从赖远辰身上移开。裴西林没有看她，而是盯着那枚樱桃发卡。

钟纤霖一脚踩到地上那块摔烂的蛋糕，不悦地拧起了眉毛。他都没吃到，竟然被这家伙嫌弃。

"你要不要下个命令什么的，以防我松开锁链之后他逃跑？"钟纤霖提醒林陌桑道。

林陌桑还没开口，转眼就看到裴西林与她四目相对。不知为何，她在那目光中看到一丝冷厉。

"像对不听话的狗那样，对我下命令吗？"

当声音在林陌桑心底响起时，她不禁一惊，环视两侧，发现钟纤霖与赖远辰都没有听到这声音。

"下吧，把我永远拴在你身边。"

林陌桑不解地看向裴西林，不知道他说的究竟是正话还是反话。可是也正如他说，她若是下了命令，不过是将有形的锁链变作无形的锁链，继续桎梏他的自由罢了。

"下命令吗？"钟纤霖又问了一次。

林陌桑攥紧手指，摇了摇头："我们已经说好了，他不会逃跑的。"

钟纤霖看了一眼赖远辰，赖远辰点了点头："听她的吧。"

几乎是一眨眼的工夫，只听到"咣当咣当"的响声，裴西林四肢、颈上的扣环已经松开，落到了地上。

见裴西林没有逃跑，林陌桑不禁松了一口气。

林陌桑上前扶裴西林站起来。大概是被锁链锁得太久，忽然失去四肢上的重量，裴西林起身的时候露出一丝茫然。

裴西林的四肢都被铁环磨出了老茧，脖颈甚至留有一圈青紫。林陌桑撩开裴西林的头发，检查他的脖子是否有伤口，在即将碰触到他的那一刻，被裴西林一把攥住了手腕。

林陌桑几乎是被裴西林拽着走出了地下室。赖远辰与钟纤霖见"林陌桑拉着他"，也就没有阻拦，紧随其后走了出去。

现在已经是凌晨一点钟，客厅里还是一片刚刚生日会留下的狼藉景象。

裴西林的手劲很大，林陌桑始终无法挣脱他的桎梏，只能站在他身边看着他。裴西林像是刚出生的孩子，一句话不说，观察着屋子里的每一个细节。

直到夜风从窗口吹了进来，他深深吸了一口气，才微微眯起眼露出一个微不可察的笑容。

裴西林一把拉过林陌桑，踮起脚，在她耳边轻声说道："我给过你机会的。"

"什么？"

不等林陌桑反应，她只觉得裴西林拽了一下她的辫子，然后就看到茶几朝着赖远辰与钟纤霖飞了过去。等三人反应过来，裴西林已经从窗口跳到屋外，消失在茫茫夜色之中。

那一刻林陌桑才明白裴西林刚刚话里的意思。

"我给过你机会的——我给过你对我下命令的机会。"

所以，他拉着林陌桑，并非重归自由后的依赖，不过是为了放松赖远辰与钟纤霖的警惕。观察整间屋子也并非好奇，而是在规划逃离这间别墅的方法。

裴西林从一开始就想好了，他要逃跑。

当钟纤霖与赖远辰追人未果铩羽而归时，林陌桑正黯然跪坐在地上。

"我就说下命令下命令，"钟纤霖气得团团转，"现在怎么办啊？女流氓……"

"当初家族有办法找到他，如今就能将他抓回来，放心吧。"赖远辰安抚道。

这是最坏的结果，赖远辰早已做好心理准备。裴西林对龙九子的威胁还未崭露头角，所谓恶果暂且也无非杯弓蛇影草木皆兵。只是，他担心的是家族接下来对林陌桑的态度。毕竟把一切归咎在林陌桑身上，并趁机为她上一道道德枷锁，足以让她一生捆绑在守护龙九子这件事上。冒一个低成本的风险换来一个人一生的效忠，这对于家族来说显然利有无弊。

可是林陌桑才十六岁，人生才刚刚开始。这样一道枷锁就像是阻碍她成长的魔咒。无论作为一个老师还是亲友，这都不是赖远辰希望看到的。

"我跟萧甯商量一下，你们先去休息。"

林陌桑关上房门的那一刻，恍然觉得裴西林的逃离是对她的惩罚。惩罚她的自以为是，惩罚她的天真自负。

今晚的经历击碎了她心中对人性的认知。她原以为一个月的相处，哪怕不是心有灵犀，至少不会反目叛离。可是裴西林一走了之，将她以及背后的赖远辰推向一个无力挣扎的窘境。

林陌桑越是回想越是觉得心凉。因为一枚龙神骰子，她先是被龙九子利用，成为裴西林的绳索，又被裴西林利用，成为获得自由的垫脚石。她到底是该庆幸自己有被利用的价值，还是该难过没有人对她真心以待。

林陌桑一夜未眠，早晨见到萧甯的时候，萧甯只给了她一声冷笑。

"那是个狼崽子，养不熟的，你还傻到把他当忠犬。"

林陌桑耷拉着肩膀没有回答，而是问道："他们打算拿我怎么办？"

林陌桑问的是家族的意思——她弄丢了他们最重要的"囚犯"，就算不是代其受过，也一定会受到相应的惩处。

"等会儿二当家钱毋庸会亲自来处理这件事。"

花宇与钟纤霖是晚上的航班，萧甯却一早将赖远辰骗出去，就是不希望他惹事上身。即便如此，他仍不安心，提醒林陌桑道："这件事无论什么结果，别给你的赖老师惹麻烦，明白吗？"

倘若不是手握龙神骰子，不是为了借她与家族对抗，萧甯也不会大清早来"帮忙"。林陌桑此刻总算看清了这间屋子里趋利避害的关系。

"这件事我自己承担。"林陌桑的神情冷静到有些冷漠，"被骗一次是我天真，被骗两次就是我蠢。我自己蠢，关别人什么事。"

萧甯听得出这话里的锋利，不过这也是没有办法的事情。即便林陌桑是他名义上的"女儿"，赖远辰也对她青睐有加，可是论情分，他们还不到为她牺牲自我的地步。

"你明白就好。"

下午四点的时候，赖远辰还没回来，钱毋庸却先到了。两辆黑色的轿车一前一后在别墅外停下，最先下车的是一个身材魁梧的男人。男人打开后门，西装笔挺的钱毋庸才显出真容，一身黑白两色的衣服尤为扎眼。

萧甯与林陌桑在门前迎接，一贯气场强大的萧甯，自始至终都弯曲着脊背，从未直视对方。

钱毋庸比林陌桑想象的要年轻，不过三十多岁的模样。一双丹凤眼极为犀利，每一寸打量她的目光都让林陌桑后脊发凉。六月初夏，钱毋庸戴着冰丝白手套，左手一抬，声音里毫无情绪："进去说吧。"

即便已经决定坦然面对，但听到结果的时候林陌桑还是感到难以言喻的失落。

"因为你的失误，导致家族逢难。经过商议，决定撤回对你的所有援助。也就是说，你与曾默的契约到此为止。从今天、此刻开始，请你搬离这里，你与龙九子再无干系。"

钱毋庸陈述完毕，像是机械人一般看了看时间："即刻执行，给你半个小时收拾东西。"

林陌桑点了点头，转身向楼上房间走去。

走到一半，听到钱毋庸附加了一句："如果龙九子当中有人私下援助你，会默认他背叛家族，从此与家族脱离关系。"

这句原本是给家族内部的指令，钱毋庸此刻说给林陌桑听，意味不言而喻：不要再向龙九子中任何一人求助。

"我知道了。"

两个月前，她提着一个箱子来到这里，如今依旧提着一个箱子离开。不同的是，这一次没有人同行。

她拖着行李在别墅区走了半个多小时，才到达小区外的公交车站。之前上学赖远辰从来不让她一个人走，总是开车送她。即便他早晨没课，也会起个大早陪她走这一段路。

那已经是过去了，从此刻起再也不会提起的"过去"。

林陌桑一时流落街头，孤立无援，只好跟班主任说明了情况。只是寄宿申请审批要一段时间，学校暂时还没办法帮林陌桑安排宿舍。

那么这段日子要去哪里住，林陌桑毫无头绪。

奖学金她都用来缴学费书费。夏淑芳打给林陌桑的钱，即便林陌桑省吃俭用，手上也几乎没有积蓄。她想过向秦连臻求助，但是秦连臻那个大嘴巴一定会跟赖远辰说，一想到这一点林陌桑就打消了念头。班里熟识的同学又不住校，她也不好贸然去对方家里打扰。夏淑芳远水救不了近火，而早已与她们断绝往来的陈芬更是无法投靠的对象。

林陌桑忽然发现，没有了父母，即便是她从小长大的地方也变得异常冷漠而陌生。

林陌桑拖着行李箱坐在学校宿舍楼下，看着华灯初上暮色西沉。她知道今晚不可能等到寄宿审批结果，却动不了身，只觉得心口的磐石压得她无力思考。

林陌桑抱膝而坐，将脸埋在手臂间。她感到前所未有的疲惫，她哪儿也不想去。

或许在这里等到天明，能让她在晦暗的人生际遇中看到一丝希望。

"哎，你是哪个宿舍的？"宿管阿姨拉开保卫室的窗户，对着林陌桑叫道，"怎么不上楼？坐这里干什么？"

"我……"

宿管见林陌桑拿着行李，多了几分犹疑，从室内走了出来。

"你不是住宿生吧？"宿管打量着林陌桑，觉得面生，"今天周日你来学校做什么？赶快回家去！"

林陌桑被催促得站起身来，拖着行李无言以对，一时间走不知何去，留不知何从。就在林陌桑打算向宿管求情，让她暂待一夜的时候，忽然有人叫了她的名字。

"林陌桑？"

林陌桑闻声回头，就看到一个女孩提着两大袋零食愣愣地看着她。女孩扎着丸子头，杏眼又黑又亮，像一只机敏的松鼠。林陌桑这才想起来，这是上次在小卖部碰到的王湾湾。

"你哪个班的？再不回家我告诉你们班主任了。"

王湾湾听着宿管的话，又看了一眼林陌桑手中的行李，大概明白了眼前的状况。

"林陌桑，你没带钥匙？"

王湾湾忽然冒出这样一句，林陌桑还没反应过来，就被她挽住了手臂。

"没带钥匙给我打电话啊。"王湾湾说着就回头跟宿管阿姨道歉，"阿姨，这是我的新室友，之前刘老师安排的。您也知道我那个房间床位空了好久了。"

"刘老师安排的？"宿管阿姨年纪大了，还以为自己忘了事。

"对啊。您还不相信我啊。"

王湾湾笑嘻嘻地塞给宿管阿姨两包瓜子，转身就去帮林陌桑提行李。

"那我们先上楼了啊。"

宿管也没再阻拦，任由王湾湾将林陌桑带上了楼。

等两个人进了宿舍，林陌桑才开口解释道："其实我刚申请了宿舍，只是审批还没通过……"

"哦哦，这样啊。"王湾湾将两大包零食往床上一丢，"你要是没地方去，就先住我这里，反正也没人住。"

林陌桑犹豫地说道："刘老师不是帮你安排了新室友……"

王湾湾挠着头笑了笑："那是骗宿管阿姨的。"

"真的没事吗？"

林陌桑环顾四周，这是一间双人宿舍，王湾湾一个人的东西占满了两张床。

"放心啦，我又不是没给钱。"

连城中学的学生宿舍普遍都是六人间，这种双人间的床位费要比六人间贵三倍，更何况是一个人独占一间。想来王湾湾家境应该不错，或者父母比较纵容和宠爱她。

王湾湾一脚蹬在梯子上，将床上的杂物向另一张床上扔。有几样没扔准掉在地上，林陌桑就在一旁捡起来放在床下的写字台上。

写字台上也摆满了东西，林陌桑几乎找不到空位，只能将玩具熊硬塞进去。不知道碰到什么东西触动了鼠标，笔记本从屏保状态回到桌面。看着桌面背景照片上的少年，林陌桑一时有些发蒙。

少年一身黑色篮球衫，正在跳跃投篮。阳光恰好从篮筐的位置投下光晕，给整个画面增添了几分少女漫画的梦幻色彩。

这是……卓景然吧？

"这边我清理干净了，你就睡这张……"

王湾湾回头就看到林陌桑正对着她的电脑，一时惊慌直接从梯子上摔了下来，跌倒在林陌桑面前。

"你没事吧？"林陌桑忙将王湾湾扶起来。

王湾湾不顾摔痛的胯骨，站起身越过林陌桑，猛地伸手一拍，将笔记本屏幕压了下去。

林陌桑以为王湾湾不希望她触碰自己的私人物品，连忙道歉："抱歉，我不小心碰到的。"

"不，不是你想的那样。"王湾湾纠结了半响才说道，"我就是觉得拍得挺好看，然后做了桌面。"

"嗯，是拍得不错。"林陌桑认同地点了点头，"光感和构图都很棒。"

王湾湾歪着头看了林陌桑一阵，确定她没有多想，不禁松了一口气，但反过来一想又有些惊奇，这位女侠是真的少根筋吗？

林陌桑看了一眼清理干净的床铺，又看了看王湾湾乱七八糟的书桌。

"要不，我帮你收拾一下？"林陌桑试探着问道，"就当谢礼？"

王湾湾没有推辞，毕竟她妈每个月才过来给她收拾一次。算算距下一次还有三周，她的食堂饭卡都因为乱放找不到，因此补办第三张了。

林陌桑不过整理了十分钟，宿舍忽然宽敞了很多。王湾湾在一旁不禁感慨，如此贤惠真是棒啊！上一次林陌桑为她解围，她本想趁这次谢谢她，没想到反而给自己招了镇宅宝。

"你要不然以后就跟我住吧？"王湾湾拉着林陌桑的手，恳请道，"宿舍费你不用管，没事顺手帮我整理整理就行。顺手，顺手哈。"

林陌桑忍俊不禁，说道："你比上次见到时要活泼开朗很多。"

"那……那也是没办法。"王湾湾说话间神情不禁落寞了几分，深吸一口气振作几分，转移话题说道，"你怎么忽然住宿舍啦？"

"因为犯了错。"

"所以被家人赶出来了？"王湾湾感叹完安慰道，"既然是家人，气消了就没事啦。"

如果是家人就好了。林陌桑莞尔，不再回应。

两个人东拉西扯聊了一晚上，林陌桑才知道王湾湾是高一（7）班的学生。不知道她怎么会招惹到高三的圈姐。

林陌桑从来没有住过宿舍，两个人对床相望的感觉非常神奇。

寝室关了灯，王湾湾床边开着一盏鲸鱼样的小夜灯，趴在床沿映着灯光作手影。王湾湾看着墙上的影子，故作漫不经心地问了一句："你……跟卓景然很熟吧？"

林陌桑没有回答，王湾湾咬了咬嘴唇，似乎在为自己打气："我常看到你们走在一起，所以应该是很熟吧？"

王湾湾撑起身子，见夜色中林陌桑并没有闭眼，才继续问道："你能帮我转交给他一件东西吗，我买了好久了，一直没有机会送。就是……就是为了谢谢他上次帮我。"

其实王湾湾的请求并不过分，林陌桑也力所能及，只是……

"可以帮我吗？"王湾湾急切地问道。

林陌桑攥紧被角，翻身背对着王湾湾，说道："抱歉。"

王湾湾没有说话，小夜灯在长久的沉默后熄灭了。

第十章

成了自己最讨厌的人

在宿舍借住的第一晚，林陌桑没有睡好。

拒绝王湾湾之后，她为自己找了无数理由，仍无法缓解内心的歉意。她不敢翻身，不敢弄出大响动，即便失眠也只能装睡，只等黎明到来。

林陌桑恍惚入眠，又做了很多梦，梦中裴西林冷笑远走，她被锁在地下室动弹不得。天蒙蒙亮的时候，林陌桑惊醒，再无睡意。而此时王湾湾也按掉闹钟，挣扎几分钟后下了床。

而此时距离到校时间还有一个多小时。

王湾湾洗完脸整理完书包，趴在林陌桑床边轻轻叫了她一声："你早餐想吃什么？"

林陌桑装作初醒，应了一声："你这么早去买早饭？"

"啊，因为要给其他人带肯德基早餐，学校附近没有，要走很远。"王湾湾解释道。

林陌桑原以为"其他人"是王湾湾的朋友，心觉她待人义气，但是联想起那天她买汉堡的事情，忽然心里一凉。

"你给她们带早餐，她们给你钱吗？"林陌桑问道。

王湾湾先是愣了一下，然后勉强地笑了笑，说："没多少钱，没事。"

果然如林陌桑想的那样，王湾湾是被迫的。

"你给她们买早餐买了多久了？"

这一次王湾湾没有直接回答林陌桑的问题，而是问道："你想吃什么，我顺便给你带到教室去。"

王湾湾避而不答就是不想让林陌桑插手。如果是在经历"背叛"之前，林陌桑铁定要帮王湾湾打抱不平，如今……林陌桑不禁自嘲，她不能总是在原地跌倒啊。

"不用了。"

林陌桑翻身背对着王湾湾，阻止了她后面的话。直到关门声响起，林陌桑才松了一口气。改变的开始，比她想象的痛苦和艰难。

林陌桑早上刚到教室，就被卓景然拽去了楼梯间。

"昨天晚上辰哥跟我说你被赶出来了。"

林陌桑不答，卓景然握拳在墙上砸了一下："那个家伙狼心狗肺，又不是你的错，为什么怪到你身上！"

"我早就说，你别什么事都往自己身上揽，现在出事了让你一个人担责任。"

卓景然见林陌桑不说话，还以为她暗自难过，却又不知道如何安慰。

"你现在有地方住吗？有钱吃饭吗？要不来我家……"卓景然怕她误会连忙解释道，"我的意思是，我家在F城里有几套公寓，如果你需要……"

"不需要。"林陌桑打断卓景然，漠然说道，"我现在有地方住，有饭吃，过得很好。"

面对林陌桑故作的冷漠，卓景然没有生气，反而有些心疼："撒谎精。"

昨天赖远辰也跟他传达了家族的意思，凡是对林陌桑提供帮助的都算是背叛家族。他知道，以林陌桑的个性，一定不会向他们求助，可是他做不到不闻不问，坐视不理。

"我跟你们已经没关系了。契约已经因为我的失误结束了。"

"你还有一次机会的。"卓景然恍然大悟，"对，我去找萧宥，让他把骰子还给你。"

"我用骰子换了信任，最终给了裴西林自由。一物换一物，交易结束了。"

"你数学考那么高分是背书背出来的吗？"卓景然气急败坏，"怎么算来算去，反而把自己算亏了，你笨不笨啊。"

"到此为止吧，以后也不要这样拉我出来单独说话了。从昨天开始，我跟你们划清界线了。"

林陌桑说罢要走，却被卓景然拽住了胳膊。

"你跟他们划清吧，别把我算进去。"卓景然耍起赖，"之前你让我留在连城，说过要对我负责的。"

想起过去那个狂妄自大的自己，林陌桑不禁红了双眼。她甩开卓景然的手，背对着他说道："对不起，那些话我要收回来了。就像你说的，想管全天下的弱者是自以为是。我'自以为是'地以为是在救你们，最后反而造成了你们的灾难。我还有什么脸说'对你负责'呢？我连自己都顾不好。"

"不是，我当时不是那个意思……"

"卓景然，我现在想清楚了，没有相应的能力就想去帮助别人，对受助者来说是灾难。"林陌桑转身对卓景然说道，"现在，我要做一个'只为自己活'的人。不被别人利用，也不多管别人的闲事。"

卓景然哑然。他一直希望林陌桑"自私"一些，不至于让自己吃亏。可是如今林

陌桑真的要向着他所想的方向改变的时候，他心里又觉得古怪。这种古怪蕴含着错愕、惊诧，以及更多的失望。

"要上课了，我回教室了。"

不等卓景然开口，林陌桑已经离开。

林陌桑走过楼梯转角，就看到了提着肯德基袋子的王湾湾。

王湾湾似乎已经在这里停留了很久，看到林陌桑的那一刻才恍然回神。她提起袋子，笑了笑："多带了一份，给你的。本来想送到你教室，但是你们班同学说你被卓景然叫走了……"

王湾湾越说声音越小，说到最后低下了头。

"你可能不知道，我有多羡慕你。"王湾湾低着头说道，"那时候你看不惯圈姐就敢出头阻止。当时我在想，为什么你有勇气，而我没有。后来卓景然出来救场，我忽然明白了，因为有人在背后挺你，有人永远站在你这一边……那时候我就开始羡慕你，羡慕你有这样的朋友。"

林陌桑一时语塞，总觉得王湾湾似乎是误会了什么，却又隐隐觉得她确实说得在理。当初她敢开口去救裴西林，很大一部分原因是赖远辰在背后默默支持她。

"你连卓景然都会拒绝，不帮我也是应该的。"王湾湾忽然笑了笑，然后将早餐放在了地上，"这个你需要就拿去，不需要就放在这里吧。"

王湾湾说罢，转身跑下了楼，回到了七班。

林陌桑反复咀嚼着王湾湾那一席话的含义，她不知道王湾湾究竟是想与卓景然成为朋友，还是在说她也希望拥有一个永远站在她这一边的人。如果是前者，大概有些埋怨她没有成人之美的意思，如果是后者……

王湾湾是在向她求助吗?

这一天晚上，王湾湾很晚才回宿舍。她疲惫地塌着肩膀，没有背书包，手臂上挂着校服外套，进门见到林陌桑的时候勉强笑了一下。王湾湾发丝沾着水珠，大概是回来前洗过脸，水迹还没完全擦干，像疲惫的汗水又像无助的泪水。

"我要去洗衣房，你有要洗的东西吗?"

林陌桑摇了摇头，看着王湾湾身上的T恤，愣住了。白色T恤背后被人用马克笔写着一个巨大的"猪"字，胸前画着一个猪头。王湾湾脱下T恤，换了一件短袖，将T

恤和校服外套一起扔进水桶。林陌桑看到那翻折着的校服，上面露出了同样斑斓的一角，心下已然明白发生了什么。

然而林陌桑一句话也说不出口，只能默默看着王湾湾提着一桶衣服向楼上洗衣房走去。既然已经下定决心不管，那么多关心一句都显得虚伪。

等王湾湾洗完衣服回来，林陌桑已经睡下。她听到王湾湾在洗手间的水池旁搓洗，那声音经久不绝，最后隐隐伴随着细微的抽泣。

第二天林陌桑起来时，王湾湾已经离开宿舍。阳台上挂着她的校服外套，在微风中轻轻摇晃。阳光下，外套上的字迹隐约可见，是一些让人难堪的词汇。林陌桑心下不忍，于是撇开眼，正好看到洗手池上镜中的自己。明明眉眼未变，却觉得面目可憎。

她什么时候变成了自己最讨厌的那种人？对世事冷漠无情，对周遭不闻不问，任世间恃强凌弱，正义无存。

飘摇的白色T恤像是一面白旗，昭示着她可悲的投降。

难道明哲保身就一定要变成一个冷冰冰的人吗？

林陌桑抵不过内心的挣扎，最终取下了王湾湾的校服，将自己干净的校服挂上去，装作那些不堪的字迹在衣服干透后会自然消失。她暗自说服自己，这只是知恩图报，并非出手相助。

中午的时候，林陌桑没有回宿舍，而是去了距离学生宿舍较远的教职工用的水池。

在空无一人的水房中，她用洗领剂、漂白粉一点点地洗去那些字迹。无论怎么洗都能依稀辨别，林陌桑渐渐感觉到了沮丧。

所以当赖远辰找到林陌桑的时候，就看到她耷拉着头，一副颓丧的模样。

赖远辰原本以为她在为裴西林逃走的事情内疚，然而待他走近，看到林陌桑手中的衣服时，猛然感到一股焦灼血液涌上心头，不禁一把拉起了林陌桑的手腕。

"是谁做的？"

赖远辰看着林陌桑因为搓洗而发红的手指，拧起了眉毛，也不再多问，拉着她就要去找教导主任。钟纤霖遭到如此待遇，他尚可以愧疚代替怒火，可是放在林陌桑身上却不行，他一定要找到罪魁祸首锱铢必较。

"你怎么来了？"林陌桑脱开赖远辰的手，"没用的，如果老师管得了，钟纤霖就不会发生那样的事。"

师生虽然同在学校，但终究，学生与老师、学生与学生是两个生态圈。

"那你跟我走。"赖远辰难得语气强硬，"我帮你转到其他学校去。"

林陌桑这才发觉赖远辰误会了这件衣服是她的，还以为她在连城被同学欺负。不过想来过去她人缘不好，这误会也似乎顺理成章。

林陌桑本欲解释，但是想了想又作罢了，反正结果是一样的。

"你不要再管我的事了。"

"为什么不管？当初你母亲将你交给我……"

"我妈将我交给了'干妈'，是萧甯。"林陌桑打断更正道，"不是你。"

赖远辰语塞，许久才含糊道："一样的。"

"不一样。"林陌桑笑了笑，"真正算起来，我和赖老师非师非友，不过是房东和房客的关系。哪有房客搬走，房东还追过来嘘寒问暖的？"

赖远辰不答，林陌桑开玩笑道："也对，我房租还没给。"

林陌桑越是笑得轻松，赖远辰的眉头锁得越紧。他早想到林陌桑会为了他们故意撇清关系。所以他没有第一时间来找她，而是先回了本家。他在本家据理力争一夜，大家长终于松了口，承诺林陌桑若能找回黑麒麟，家族可以收回之前的决定。今天他来，就是想告诉林陌桑这个消息。虽然找回裴西林遥不可期，但至少可以不把林陌桑推那么远。

"赖老师，谢谢你。"林陌桑向赖远辰深深鞠了一躬，抬起头时收敛了笑容，"但是，到此为止吧，别再为我做什么了。"

"你不要把这件事想得那么严重，还是有转机的。"赖远辰说着又看了一眼泡在水中的校服，"况且我当初承诺过，倘若出事，我替你负责。"

"你知道帮我会付出什么代价吗？"

赖远辰沉默，他知道林陌桑在说那道命令——帮助林陌桑就等同于背叛家族。

"你有好的家庭，有出色的外表，有令人仰慕的天赋，有遵从本心为人敬仰的工作……有一个充满希望和可能的未来。"林陌桑眼波颤动，"对了，还有一个完美的伴侣。"

赖远辰拥有得太多，就像是站在云端，别人只能仰望。但是相对的，倘若有人想将他拉下来，也必然会让他摔得粉身碎骨。所以他承担不起一丝一毫的风险，哪怕一个失足都能让他万劫不复。

"就算不为自己，你且当是为了花宇姐，安安稳稳走好每一步。"

林陌桑不能毁掉这样一个美好的存在，所以无论如何不能让赖远辰去赌自己的前程。

"况且……"林陌桑拨过发梢，目光黯然，"我把你送我的发卡弄丢了。"

那天她住进王湾湾的宿舍，整理东西的时候找了许久，都没有找到那枚樱桃发卡。她不知道是离开别墅时没有带出来，还是无意中掉在了哪里。

赖远辰轻叹一声，说道："一枚发卡罢了，以后我可以送你其他的。"

林陌桑摇了摇头："那天我发现它丢了，忽然觉得这才是最好的结果。本不该是我的，我就不该强留。"

"所以，"林陌桑看向赖远辰，"请不要对我太好，否则会让我产生不该有的错觉。"

这心思在她心底埋了太久太久，她常常暗示自己忘记，可是一次又一次被内心的悸动打败。

"错觉？"赖远辰一时没能明白林陌桑话里的意思。

"听不明白吗？"林陌桑无奈地笑着，"那种你对我笑，我就会心跳加速，你不理我，我就会患得患失的……一种不能告诉你的错觉。"

那是崇拜，是钦慕，是不问缘由的欢喜，是年少无知的喜欢。

过去她不说是因为还存有期待，如今她能开口是已经想明白。眼前这个人，只是单纯的好，对任何人都温柔似水。她将众人皆有的甘霖当成了独一无二的源泉，错的是她。如今走到了这一步，就不能再错下去。

"这次我说得够清楚了吗？"林陌桑笑着，掩饰内心的酸楚。人生第一次告白，竟然还要给对方解释一遍，窘迫而难堪。

"嗯。"

即便赖远辰再迟钝，现在也听懂了。他不是没有遇到过被学生告白的情况，只是他从来没想过对象是林陌桑。他一直觉得林陌桑独立、聪明，性格冷静，内心成熟……说句实话，他把她当聪颖过人的学生、坚强善良的妹妹，而不是一个可能会对他有其他心思的异性。

赖远辰一时也不知如何面对林陌桑。他相信林陌桑不需要他作为老师去开导，也不需要他作为异性给予回应。可是如今双方说开了，他又不能当作什么都没发生。

赖远辰尴尬得半天说不出一句话，还是林陌桑先退开一步，打破了沉默。

"既然你已经明白了我的想法，我现在就后退一步。"林陌桑在两人之间画了一条无形的线，"你不要迈过来，别给我任何错觉和机会。"

　　赖远辰恍惚回到了追悼会那天，他与林陌桑同撑一把伞的时刻。那时他向前迈了一步，如今林陌桑向后退了一步。

　　"不要对我太好，不要为我付出任何代价。"林陌桑郑重地恳求，"别给我希望，直到我这份心思消失殆尽……求你。"

　　这对于两人来说的确是最好的处理方式。只是赖远辰感觉到一条酸涩的细流在他心间淌过，流走会痛，但挽留又让他感到迷茫。

　　赖远辰的目光落在王湾湾的校服上，是因为担心她的安危所以痛吗？

　　"如果我现在轻易被打败，那么这样的我不值得被你们惦念。如果眼前的这一切无法让我屈服，那么请你相信，我可以独立处理好这些事。"

　　赖远辰看着林陌桑良久，忽然觉得眼前的女孩似乎变得与以往不同。又或者，他从未这样正视过她，她本就是这样一个心存星光的人。

　　"我相信你。"

　　林陌桑莞尔，这样刚刚好。保持距离却不失信任，划清界限却免于尴尬，就让她在这样的状态里渐渐平复心情吧。她坚信当她走出这份错觉的那一天，一定可以获得不一样的成长。

　　"等你决定迈回这一步的时候，我还会在原地等你。也请你相信我，我足够强大，能够在帮你的同时保护自己。"

　　林陌桑点了点头，赖远辰是她的灯塔，她从不曾怀疑。

　　林陌桑将赖远辰送出学校，当她看着赖远辰的背影远去时，忽然想明白了一个道理。保护自己的方法，除了变成自私的坏人，还可以成为像赖远辰这样强大的好人。

　　与其改变内心的原则，不如让自己的身体、头脑以及能力变得更强大，足以对抗任何挫折、困难以及坏人，最终去改变这个世界。

　　等林陌桑回到水房，忽然发现泡在水中的校服竟然挂在了窗口。虽然衣服被洗得皱皱巴巴，字迹却不见了。林陌桑巡视四周，只看到一个正在洗漱的后勤老师。

　　"这个……是你帮我洗的吗？"

　　后勤老师连声否认，指了指空无一人的走廊："刚才有个男孩子在这里洗的。"

　　"男孩子？"

　　"挺瘦的一个男孩，看起来像是初中部的。"后勤老师也记不太清对方的长相，"你一走，他就过来洗了，你们不认识吗？"

林陌桑犹疑间摇了摇头，她连高中部的男生都没几个认识的，哪里认识连城初中部的男生。林陌桑看了看窗外飘荡的校服，心里豁然愉悦，不管是谁，就当是个活雷锋吧。

下午林陌桑收到通知，宿舍审批通过了，将她安排到了一间六人寝室。于是晚上一回到王湾湾的寝室，林陌桑就跟她说了明天换寝的事情。

王湾湾愣了半晌，然后"哦"了一声。毕竟林陌桑已经表明了没跟她做朋友的意思，她再多说反而显得自己自作多情。

王湾湾径自取下校服，来来回回翻转着看了几遍，欣喜地自语道："干了就都没了啊。"林陌桑悄悄笑了笑，只当什么也不知道。王湾湾抱紧衣服转了两圈，又凑到鼻尖嗅了嗅，感受干净衣服的馨香。然而还没蹦两下，就接到了电话。

"烧烤？现在……现在好晚了呀。"王湾湾拿着电话支支吾吾，林陌桑在一旁早就听出了她的不情不愿。

王湾湾挂了电话，无奈地换下睡衣，打开钱包数了数钱，然后揣进了口袋。

在门口换鞋的时候，王湾湾欲言又止地看了林陌桑一眼。

换作过去的林陌桑，一定会拉住王湾湾让她别去，或者跟着她一起，为她保驾护航。此刻的林陌桑却一句话没说，任由王湾湾关门离开。

然而在王湾湾离开两分钟后，林陌桑拿起钥匙和手机出了门。

林陌桑尾随王湾湾来到了距离学校不远的大排档。

暮春初夏的夜，晚风拂动腾空的烟火，王湾湾与几个女生坐在一桌，却显得格格不入。她被几个人围在中间，圈姐给她倒了一杯可乐，敲了一颗生鸡蛋进去，其他几人又向里面加了辣椒和孜然，还"好心"地为她搅拌。

"圈姐请你喝的。"一个女生将杯子推向王湾湾，"快喝了吧，大老远跑来给我们结账。"

林陌桑在距离她们两桌的位置漠然看着，仿佛大排档的喧闹不入她的耳，烧烤摊的烟雾不入她的眼，她不过是在此刻静默的围观路人。

所以直到圈姐起身，勾着王湾湾的肩膀向摊子外走去时，才看到林陌桑。

那一瞬间，王湾湾的眼睛忽然亮了起来，她红着眼睛，似乎在烟火的味道间闻到了校服上的馨香。

林陌桑举起手机，手机屏幕上是一段视频，正是圈姐逼着王湾湾喝那杯"特调可乐"的情景。看到圈姐瞬间阴郁的神情，林陌桑不禁笑了一下。

"我这里似乎还有一段之前涂鸦校服的视频。"林陌桑说着装作在手机中翻找，"啊，好像不止这一段，还有很多，你们要看吗？"

圈姐咬了咬牙说道："我们找个安静的地方聊一聊吧。"

林陌桑带着几个人来到了一家已经下班的银行门前。

"就在这里说吧。"林陌桑指了指角落的监控，"人在做，天在看。"

之前其他学校的霸凌视频被公布在微博上，舆论之下几个肇事者都吃到了恶果，因此跟着圈姐的女孩碍于前车之鉴也不敢动手。

"你到底要怎么样吧？"圈姐双手抱胸，不屑地看着林陌桑，"又想教育我？"

今天林陌桑洗净了那件校服，似乎也洗净了自己的心。世事如污浊之笔，而世人如布衣。如果违背心之所向，她就会像那件被涂鸦的衣服一样变得可憎。

"我不跟你讲道理，也没什么道理可讲。"

过去她为自己，凭一口少年意气，大可无畏无惧。而现在她不会再撞南墙撞到死，到头来自保不成还连累他人。林陌桑无权无势，武力不敌，唯有动脑子借力打力，才能真正有效地保护自己，帮助别人。

"这些视频不止我一个人有，如果我和王湾湾有谁出事，第三方就会用它闹得鸡犬不宁。"

既然面对的是恶人，就没必要用光明正大的手段。

"我不是威胁你，只是想让你知道，我大可以把事情做大，大到鱼死网破。我现在什么也没有，所以什么也不怕。如果你也是，我们大可以试一试。"

圈姐看着林陌桑冷笑，像是随时会上来咬住她的喉咙。

"但是你要想好，我和王湾湾才高一，大不了转学重新来过，而你错过一个月之后的高考，却又要重来一年。"

圈姐的表情由狰狞到松动，林陌桑的话刚好戳到她的痛处。当年钟纤霖让她浪费了一年的时间，如今她的确再赌不起一年。

"你们也一样。"林陌桑指着圈姐身后小一届的女生，"除非你们没爹没妈没朋友，否则我不怕一个个去闹。疯狗乱咬起人来可是至死方休的。"

几个女生纷纷噤了声，揣测林陌桑所言是真是假。

林陌桑看着她们犹疑的样子嫣然一笑，然后对王湾湾伸出一只手。

"很晚了，我来接你回宿舍。"

王湾湾抿着嘴，眼泪在眼眶里打转。几乎没有多想，她侧身挣开身边人的桎梏，一个大跃步扑到了林陌桑旁边，一把拉住了她的手。

她等这只手等了太久了。

林陌桑回头看了圈姐一眼，说道："钟纤霖走出来了，希望你也能走出来。"

王湾湾挽着林陌桑的胳膊，直到再也看不到圈姐她们的身影，她才问道："你真的拍了那天我被欺负的视频吗？"

"没有。"林陌桑坦然道，"我骗她们的。"

"你怎么敢……"

"怎么不敢？"林陌桑打断王湾湾的惊呼，"视频是骗她们的，话却不是骗人的。"

林陌桑说的是实话。若说人生有低谷，那她此刻一定是在谷底。因此她唯有固执可赌，唯有智力可拼，唯有意气可用。她不怕失去，更不怕一无所有。

王湾湾看着林陌桑，似乎在深思，眼中是零星的仰慕与寂灭的自卑。

"你果然是不一样的。"

王湾湾黯然笑了一下。回想过去，她是真的躲不过那些凶神恶煞吗？不是的，她有无数机会可以反抗，可以远离，可以出逃。可是她自己放弃了，因为她害怕。害怕忤逆的背后是更严酷的惩罚，害怕没了这群人，她就真的成了这个校园里的一座孤岛。

说到底，是她不够坚强。

"难怪他愿意站在你身后。"王湾湾低垂着头，"你的确值得。"

"他？"林陌桑不解。

"卓景然啊。"

王湾湾也不忌讳提起，真诚地表达了内心的羡慕。

"卓景然愿意站在我这边，其实算起来并不是因为我。"

林陌桑看着王湾湾好奇的目光，一时有些心动。她似乎是第一次在学校里交到一个可以坦诚相对的朋友。既然当王湾湾是朋友，那么与她分享自己的秘密也没问题的吧。

"而是因为一枚龙神骰子。"

林陌桑将龙神骰子的来龙去脉告诉了王湾湾，王湾湾听得发蒙，许久才问道："所以卓景然也是龙九子之一？"

林陌桑点了点头。

"可是他没长角也没长尾巴，是不是我们这些凡人看不到？"

王湾湾说的话让林陌桑忍俊不禁。林陌桑原本以为她不会相信，没想到王湾湾不仅信了，还求知若渴。

"那你许了三个什么愿望？"

林陌桑想了想说道："第一个愿望是让我和母亲有安身之所，第二个是……"

——让裴西林听她的命令。

林陌桑并没有将裴西林的事情告诉王湾湾，不是她不想说，只是不想让她将龙九子想得过于黑暗。

"第二个是什么？"王湾湾追问道。

林陌桑摇了摇头，谎称道："还没许。"

"啊，还有两个愿望呢。"王湾湾为林陌桑打抱不平，"你第一个愿望也要求太低了，换成其他人，金银财宝高官权位至少得一样啊。你就没点什么其他'大理想'吗？"

"大理想？"林陌桑笑了笑，"理想不是要靠自己的努力实现才有意义吗？"

"也对。"王湾湾不好意思地抓抓脸，"自己能做到还是别浪费愿望的好。"

林陌桑也是这样想的，这也是她迟迟没有用光三个愿望的主要原因。

"啊，有一个绝对值得！"王湾湾忽然跳起来，食指一立，"如果是我，我第一个愿望就让我暗恋的人喜欢我！"

王湾湾说完捂着脸笑了一阵，然后又似乎想到了什么，犹豫道："不过你喜欢的人如果不是龙九子，大概也不太好实现，他们也不能控制人心。"

有一个人可以，而那个人也恰好是林陌桑喜欢的人。

不过那又怎么样，她不可能自私地为了自己的喜欢，而破坏那个人已经完美的人生。

王湾湾见林陌桑神情落寞，以为自己又说错了话，连忙转移话题道："啊，你明天不是要换宿舍吗？我们早点儿回去收拾东西吧。"

林陌桑顿了顿，笑着问道："如果不换，可以继续蹭住吗？"

王湾湾先是愣了一下，忽然大叫着抱住了林陌桑："可以可以，非常可以，简直好得不行！"王湾湾仰天大笑了一阵，才略带羞涩地拉住了林陌桑："太好了。"

林陌桑莞尔，她也这么觉得。

王湾湾特别去向生活指导员请求，让林陌桑与自己住进了一间宿舍，并强硬地承担了大部分宿舍费。

"这才是闺蜜啊，当然要被我养在家里！哈哈哈！"

林陌桑无奈，也不再推辞，她也确实真的没钱。夏淑芳每月都会打给她生活费，这一次却迟迟没有到账。林陌桑担心那边出了什么事，打了几个电话都没人接听，心里忐忑不安了几日，终于接到了一个来自夏淑芳的包裹。

包裹似乎是夏淑芳找人代寄的，快递单上并不是她的字迹。

一旁的王湾湾凑过来，好奇地看着林陌桑拆开快递袋，看到里面层层包裹的东西显出真容，不禁张大了嘴。

"你妈……"王湾湾歪着头打量着眼前坚硬的灰色物体，"给你寄了块砖头？"

林陌桑果然与众不同，连她妈妈都风格迥异！不辞万里，给女儿寄了一块砖！

不得不承认，王湾湾说得没错，林陌桑手中这个还真是块砖。只是与一般砖不同的是，这是一块带着龙纹的青砖。这种砖曾是林雨声研究的对象之一。

大概三年前，国家修建公路的时候，在某地区发现了一座古墓。林雨声作为考察队的学者之一，被派遣前去对古墓进行搬迁。那时候部分青砖被运回了林雨声早年的研究室。

说是研究室，其实就是一片厂房，里面堆着林雨声四处收集来的古怪物件。而且研究室并不隶属于F大，算是林雨声的私人研究室。林陌桑小时候还常去玩，后来上学忙起来，也不知道这个研究室还在不在。

林陌桑看到这块青砖，才想起自己与母亲当时其实忘记处理这个研究室的事情了。毕竟研究室并不在林雨声名下，而是由他的一位学界前辈资助的，所以在处理林雨声遗产时，它并没有被算在其中。

"这块砖上的龙纹好奇怪啊。"王湾湾指着砖面上的龙刻，"这样侧着看，这条龙就像是在吞这条龙的尾巴。"

林陌桑从王湾湾的视角看去，还真是如此。单纯从某一个侧面看，四个面都是独立的龙，但是从两面交接的棱角去看，就会发现不同面上的龙呈现衔尾的状态。

以这个视角设计的砖，很可能是镶嵌在墙角。倘若是来自古墓，那就是墓室上

方，天顶与侧墙交接处的装饰。

林陌桑反复观察着手中的青砖，心中不由生疑，这个和父亲以前收集的青砖是同一种吗？原来父亲那么早就在研究衔尾龙了吗？

衔尾龙的图案原本不过是个装饰，但是自从林陌桑认识了龙九子，它就变成了带着寓言意味的图案。

骰子上衔尾龙的一面召唤出了黑麒麟，而卓景然给她看的壁画上也有相似的图画。

林陌桑越想越是心悸，她急切地想要求证，父亲是不是很早以前就与龙九子有所接触。

"我出去一趟。"林陌桑将青砖塞进书包，对王湾湾说道，"如果下午没来得及赶上上课，你就帮我跟老师请个假，说我身体不舒服在宿舍休息。"

"哎，你去哪里啊？"王湾湾见林陌桑神情严峻，感觉出了什么事情。

"我去一趟我爸以前的研究室，确认一样东西。"

"我能一起去吗？"

林陌桑犹豫了一下，说道："我也不确定那个研究室还在不在，你先别跟着我白跑了。如果在，下次带你去参观。"

"那说定了啊。"王湾湾还是不放心，让林陌桑拿好手机，"需要帮忙的话，就给我打电话，随叫随到。"

林陌桑点了点头，然后就出了门。

林雨声的研究室位于F市霸龙区，距离人口密集的市区非常远。单是乘坐轨道交通，就需要一个小时。林陌桑看着窗外荒芜的山地，心中惶恐难安。

她刚刚给母亲夏淑芳打了电话，还是没有人接听，发了信息也没有回复。她不知道夏淑芳寄这块青砖，是不是像她想的那样，提示她去研究室查一查林雨声被诬抄袭的线索。

让她更担心的是夏淑芳的安危。倘若父亲真的与龙九子有关系，那么他在考察中遇难，真的只是一场意外吗？林陌桑不敢想，越想越觉得胆战心惊。

霸龙区主要做建材物流集散，几乎没有居民区，即便有也是附近做建材生意的店家。林陌桑到站下车，感觉自己走在一个与世隔绝的荒郊野岭。她根据儿时的记忆，找了许久才找到那片厂房。厂房周围已经荒芜，仅剩一座建筑矗立在荒草垃圾之中。

还在，父亲的研究室还在。

林陌桑走近，发现研究室大门上了锁。窗户里层刷了一层不透明的遮光漆，她绕了一圈也看不出里面的情况。

"有人吗？"林陌桑喊了一声，回应她的只有寂静。

林陌桑拽了拽门上的锁头，感觉上面有一层灰，应该是许久没人来过。门上的锁鼻有些生锈松动，林陌桑心中一动，看了看四下无人，捡起一块石头向上砸去。刚刚砸了几下，锁头就连着锁扣一起掉了下来。

林陌桑拉开门，谨慎地走了进去。研究室内光线很暗，所有东西都包裹着塑料防震膜，堆满了仓库的角落。林陌桑朝着货物间唯一的甬道向里走去，她记得父亲有一个临时搭建的工作间。

果不其然，绕过重重阻碍，就看到长桌和置物架。

然而置物架上摆的并不是她记忆中的书，而是一个个外表蒙灰的玻璃器皿，就像是学校化学教室中浸泡标本的玻璃缸。林陌桑用手抹了抹玻璃缸上的灰，露出了缸内一角。淡红色的液体中，浸泡着一个手掌大的暗红色薄片。半透明质地，弧形的一侧较薄，锥形的一侧较厚……看起来就像是鱼的鳞片。

可是什么生物有这么大的鳞片？

林陌桑深思间，手机忽然振动了一下。

永远留在我身边

林陌桑拿出手机，发现是一条来自夏淑芳的未读信息。

"这边信号不好，才看到你的信息。我没有寄东西给你啊。"

那么那块青砖是谁寄给她的？林陌桑迷茫间，就听到"嘭"的一声巨响。紧接着玻璃碎片就向她飞来，她捂着头躲闪时，身后的置物架上的红色鳞片蓦地自燃起来。

不等林陌桑反应，其他玻璃缸也依次爆炸，涌出几道火焰将四周的杂物点燃。

一瞬间，林陌桑置身火海。她慌乱地向外逃去，火舌在她身后紧追不舍。然而等林陌桑跑到门口，却发现刚刚敞开的大门是紧闭的。林陌桑拽着把手用力推拉，大门严丝合缝，丝毫没有松动。按道理，即便是外部被锁头锁住，也会露出缝隙，而现在门板和门框就像是磁铁紧紧吸附在一起。

研究室内噼啪作响，偶尔伴随着爆炸声，浑浊的烟雾蹿上屋顶，将白墙熏得漆黑。林陌桑捂着口鼻，被炙热的明火烘烤得浑身是汗，渐渐被烟雾迷了双眼。她一步也不敢停歇，掏出背包里的青砖向窗口砸去。

然而可怕的是，明明看起来是玻璃质地，却砸不出一丝裂缝。

整个研究室如同铜墙铁壁，林陌桑完全被困住了！

林陌桑被呛得咳嗽，她无力地蹲下身子，反复拨打119和110，听筒中却全然没有响动。到底是怎么回事？

火焰由四周向她逼近，仿佛下一秒就会将她吞噬。林陌桑渐渐感觉到呼吸艰难，被炙烤得头晕目眩意识模糊。火星掉落在她身上，疼痛让她有了短暂的清明，声嘶力竭地呼唤："救我！"

然而，这声音犹如蝼蚁残喘，在巨大的研究室中不过一粒尘埃落定。

她真的要死在这里了吗？

就在林陌桑绝望地闭上眼时，一道身影忽然破窗而入。玻璃与木框砸落在她身上，让她不禁再次睁开了眼。

黑发少年一如往昔般清瘦，他用一只胳膊搂起林陌桑，将她抱进怀中。脚下一蹬，从刚刚进来的窗口跳了出去，抱着林陌桑跑出危险区才将她放下。

"你救我一次，我救你一次，还清了。"

少年长久地注视着半昏半醒的林陌桑，目光像是依恋又带着些微埋怨。他又将刚才的话重复了一次，才仿佛下定决心起身离开。

少年刚刚迈出半步，就被什么绊住了脚。他低头才发现是林陌桑的手。

"还不清……"

少年回头，就看到林陌桑强撑着精神，死死盯着他。

"我不让你还清。"林陌桑用尽全身力气紧紧抓着少年的脚踝，"裴西林，我不许你还清！"

裴西林看着声嘶力竭的林陌桑，心中涌起一阵酸涩。

"你不许离开我，我不还，你便不能清！"

"这是命令！"

"永远留在我身边！"

林陌桑断断续续的话，却沉重地落在裴西林的心头。他压抑着上涌的情绪，看着林陌桑的眼睛，似乎想要透过这双明眸看到她的心。

"好不好？"林陌桑气若游丝地问道。

"你都下了命令，还问我好不好？"裴西林心中埋怨着，却觉得心脏被不可言说的温柔包裹。软如绸，细如丝，仿佛珍宝一般被细心呵护。

"好。"

声音溢出喉咙时，裴西林心下一软，之前迷惘的心忽然找到了方向。他走得再远，也忍不住要回去看她两眼。默默跟在她身后，悄悄躲藏着，只是看着就好。唯一显露痕迹的，就是帮她洗了那件校服，可是她却不知是他做的。

也好在他发神经，一直跟着她，否则今天真的要永远失去这个人了。

听到裴西林的答复，林陌桑松了一口气就晕了过去。

"哎哎，先说好我不跟别人分的。"裴西林去拍林陌桑的脸，"别晕啊，听到没有啊，别装没听到啊。"

放在林陌桑脸上的手轻轻拍了她一下。裴西林见她没反应，紧张地去探她的鼻息，发觉呼吸正常才稍稍放心。他转身背起林陌桑，任由她的头垂落在他肩头。裴西林背着林陌桑向医院走去。林陌桑发上的香波味与烟尘味混杂在一起，他皱了皱眉，不好闻。可即便是这样，他也希望两个人能像这样永远待在一起，像家人一样。

林陌桑醒来的时候，第一眼看到的不是裴西林，而是萧甯。

那一瞬间，她还以为不久前发生的一切是梦，怔然几秒开口，才发现喉咙嘶哑疼痛。林陌桑刚一出声，间隔床位的帘子就被霍然拉开，露出了一脸惊诧的裴西林。少年的头发乱糟糟的，显然刚刚是躺在床上，听到响动才猛然坐起。

萧甯冷冷地回头看了裴西林一眼，少年这才收回焦急的情绪，略显沉默地下了床。

159

"你去哪儿？"林陌桑连忙坐起身，"你答应了我，要留在我身边的。"

裴西林被问得一愣，许久才心不甘情不愿地快速说道："我去上厕所。"说罢瞪了萧甯一眼，溜出了病房。

林陌桑这才安下心，开始思考自己现在的处境。应该是裴西林送她来医院的。那么，萧甯为什么会在这里？

"你应该想问我为什么在这里吧。"萧甯看她的眼神就能猜出她的疑惑，"那家伙用你的手机联系了我。"

林陌桑愕然，萧甯轻笑了一声："让我来付医药费。"

林陌桑"啊"了一声，忍俊不禁。

"当然，我来也是作为代表传达家族的意思。"萧甯开门见山，"既然裴西林回来了，就算是你弥补了错误，之前的决定可以撤回。"

萧甯从公文包中拿出一样东西交到林陌桑手中，那是她许久未见的龙神骰子。

"这个还给你。"

林陌桑蹙眉，她不懂萧甯的意图。

"你不拿这个作为筹码限制我了？"林陌桑问道。

"这算什么筹码？"萧甯不屑道，"你不觉得，你现在的处境正是急需要用它的时候吗？"

林陌桑愣了愣。

萧甯低下身，为林陌桑拿来一个靠枕，垫在她的身后，然后凑到她的耳边说道："乖女儿，有人要置你于死地，你还没意识到吗？"

林陌桑低头看着自己被绷带包裹的双手，麻药退去，烧伤隐隐作痛。以夏淑芳之名寄来的奇怪青砖，空无一人却突然自燃的研究室，无一不证明着萧甯所言非虚。

"你父亲的研究室已经被烧光了。我报了案，警察判定是意外，连日高温导致仓库物品自燃起火。但是你应该清楚，这一切不是巧合，不是吗？"

林陌桑吞咽了一下口水，感觉喉咙干涩疼痛，痛得她的神经一跳一跳的，连心也变得不安起来。

"我问你一件事情，请跟我说实话，好吗？"

林陌桑恳请道，萧甯点了点头："仅此一次。"

"在你们接触我之前，认识我父亲林雨声吗？"林陌桑觉得这么问不确切，"或者说，你们在调查龙九子的事情时，有没有发现我父亲跟它有关系？"

一贯自负傲慢的萧甯，第一次在林陌桑面前锁紧了眉。

"这个问题，我只能回答你不知道。"萧甯解释道，"我在认识你之前，的确不认识你父亲。有关你父亲的事，都是你和夏淑芳告诉我的。但是……"

萧甯顿了顿，压低声音说道："我不确定家族里其他的人是否同我一样。"

"家族除了龙九子，还有其他人吗？"林陌桑追问道。

"大家长贺南归若要'照顾'到我们每一个人，他自己的资本肯定是不够的，必然要借助那些对我们能力有所图的外力。家族的确除了龙九子，还有很多'外人'。不过我不能说他们是谁，只能说有些人对整个社会来说都举足轻重。当然，我知道的信息不一定就是家族的全貌，你明白吗？"

林陌桑不置可否，而是向后靠去，陷入靠枕当中，整个人软绵绵的像是丧失了全部力气。且不说林雨声是否真的与龙九子有关。倘若有关，但家族是一个人数如此庞大的组织的话，她同样无力查清林雨声遇难的真相。家族内部关系之复杂，也是她意料之外的。

林陌桑原以为，所谓"家族"真的就是龙九子兄弟的家罢了，现在才知道它是一个沉在水下不动声色的暗势力。难怪萧甯既不信任家族又同时忌惮家族。但凡为人，都害怕深不可测不能掌控的东西。

那么，企图杀她的人，会不会隐藏在家族当中？林陌桑为自己的想法捏了一把冷汗。若真按着这个逻辑去想，那她被龙神选中至今就是一场巨大的阴谋。

但这个想法也明显说不通，如果家族想要害她，何必大费周章让她用龙神骰子命令龙九子，再谈条件与她周旋呢？

林陌桑握紧了十面骰子，脑中有些乱。

"正如你所说，我要活下去，而我的能力还不足以自保。"

所以这第三次命令她要下，或者说她不得不向龙九子求助。只是这是最后一次机会，眼前还有一个她同样无法解决的问题。

此时，裴西林开门走进了病房，见萧甯还在，不悦地撇了撇嘴，坐到了离他最远的椅子上。

"让我想一想，明天答复你，可以吗？"林陌桑对萧甯说道。

萧甯点了点头，然后看向裴西林："旁边的床位我也交了钱，不要打扰我女儿休息，听到没有？"

裴西林一别头，鼻子轻哼了一声，算是答应了。

萧甯走后，裴西林才转移阵地，坐到了林陌桑的隔床上。林陌桑微微侧过身子，斜躺着看向他。

"你后来去了哪里？"

林陌桑问，裴西林却不答。那天他逃跑以后，担心龙九子的追捕，于是拼命地躲藏。

似乎又回到了过去的日子，饿了便拾荒，饿极了就偷就抢。因为担心引起捕杀者的注意，他不敢去工作，抢劫也只做过一次。十一岁那年，他抢了一位老爷爷刚买的包子。可是那人不仅没报警，第二天又买了包子去被抢的地方等他。老人说，饿了、没地方住可以来找他，但别做坏事。然而不等裴西林第三天去找那位老人，他就被家族抓了起来。

所以那天裴西林逃跑后，就去了三年前遇到老人的地方。他等了三天，没有等到人，也打听不出老人的住处。那时他也犹豫过，送他两回包子的老人就一定比林陌桑好吗？只是他被释放那天，赖远辰与林陌桑一同走进地下室，他看到林陌桑的眼中自始至终没有他的影子时，忽然升起一股恶气，昏了头脑。只想着，林陌桑和这群人一样沆瀣一气，唯有自由才是独属于他的东西。

"为什么要逃跑？是去找你的父母吗？"林陌桑又问道。

裴西林摇了摇头，似乎不想继续提之前的事情。

"那往后我不问了，你也别跑了，行吗？"

林陌桑伸出一只手，手上胳膊上还缠着绷带。研究室起火，她能保护自己的仅有这血肉之躯。裴西林打量着眼前的女孩，忽然觉得她其实脆弱得可怜，可是怎么有胆量留他在身边？过去那些企图接纳他的人，最后一个个都以荒诞的借口打了退堂鼓。

"你不怕我吗？"裴西林问道。

"第一次见到你的时候，怕。"毕竟对于林陌桑来说，那是一只传说中才有的异兽，"但是现在不怕了。"

"为什么？"

"因为你说你只吃饭啊。"

林陌桑调侃他那日的回答，裴西林窘迫，回手拍掉了她伸来的手。

林陌桑轻呼了一声，将疼痛的手收回了怀里。

裴西林担心打伤了她，"噌"地从床上跳了起来，在林陌桑床边绕了个来回不知所措。还是林陌桑伸手拽住了他的衣角，让裴西林停了下来。

"你以后准备怎么办？"

林陌桑拽着裴西林的衣服，忽然觉得，她与他的牵绊正如现在的动作，根本是因为她不放手。

裴西林没想过。既然林陌桑下了命令，让他留在她身边，那就跟着她。

"想去找父母吗？"

裴西林果断地摇了摇头。

"那……你想上学吗？"

林陌桑问完，裴西林愣了愣。毕竟上学这件事，似乎只有普通人才有资格。像他这种充满不稳定因素的"怪物"，又不像龙九子有家族庇护，想要过上普通人的生活几乎是不可能的事。

"想吗？"

裴西林吞了吞口水，迟迟不答。那天他未能等到老人，就陷入了迷茫，因为到头来他还是无处可去，于是去找了林陌桑。那是他第一次见识到学校的"真面目"——很多人坐在一起看书，听一个人说话。他看到林陌桑和另一个女孩手挽着手，似乎很开心的样子。学校是会让人开心的地方吗？他没有答案，却有隐隐的期待，毕竟过去的时光里他大多都是不开心的。

林陌桑见裴西林犹豫，忽然着了急，抢先说道："不想也不行，你必须要去上学！"

裴西林没反驳，而是问道："你也去吗？"

"当然啊，我还没毕业，以后还要上大学。"

"哦。"裴西林想了想，"那行吧。"

林陌桑没想到这么一下就谈妥了，裴西林竟然这么乖？只是，既然有了方向，那么这条通向罗马的大道上存在的问题，她就不得不面对。

学费从哪里来？一下雨就变身的裴西林肯定不能住宿舍，那么他住哪里？一日三餐谁提供？

林陌桑不禁扬手搭上额头，企图把上涌的烦恼压下去。她一手伸进枕头下，摩挲着龙神骰子。请求龙九子保护自己还是照顾裴西林，她只能选一样啊。

"你不高兴？"裴西林见林陌桑兀自懊恼不禁问道。

"没有，我恨自己太弱了。"想要往肩膀上揽更多责任，却无奈不够强大承担不起。

"你的确很弱。"裴西林坦然道，"火都快烧屁股了，也不会逃跑。"

裴西林的话忽然提醒了林陌桑一件事："你那天是一直跟着我，所以才及时救了我？"

被拆穿的裴西林摸了摸鼻子算是默认。

"那你跟着我的时候，有没有看到其他什么人？"

那天她明明敲坏了门锁，为什么最后会大门紧闭？一定是有其他人在外面反锁了才对。裴西林想了想，然后说道："没有，只有你一个人。"

"怎么可能……"林陌桑毛骨悚然，难不成她是撞鬼了？

而且薄薄一层玻璃，她竟然用砖头都砸不开，而裴西林血肉之躯就闯了进来。难不成真的是自己弱到手无缚鸡之力？

"那个地方有股不好闻的味道。"裴西林拧眉说道，"同类的味道。"

"同类？"

"刚才走的那个。"裴西林说的是萧甯，"还有别墅里，之前给我送饭的那个，都是同类。"

萧甯、赖远辰都是同类的话，裴西林是说他能闻到龙子的味道？

"那你能分清是谁吗？"林陌桑追问道。

裴西林想了想，说道："反正那个味道我是第一次闻到。"

林陌桑松了一口气，这至少证明陷害她的并不是萧甯、赖远辰等人。但同时，也敲响了林陌桑心中的警钟。果然，家族对她的意图并不那么单纯。今天萧甯代表家族来让她下第三道命令，看起来是为她着想，但是反过来又何尝不是趁她之虚？细细想来，从林雨声去世，她与母亲无家可归，到误闯地下室对裴西林下令，这两个愿望看起来是形势所迫，但从家族的角度来说，每一个都在他们的预料之内，甚至控制之下。

林陌桑一步步走到今天，哪怕是裴西林逃跑，似乎都在家族的掌控之下。

那么这一次，她还要按照"家族的意思"发出第三次请求吗？

第二日，当萧甯带着赖远辰、卓景然一同来到医院探望林陌桑时，眼前的女孩仿佛一扫过去的阴霾，喜笑颜开地说道："干妈，我想好了。"

林陌桑举起十面骰子，然后看了一旁沉默的裴西林一眼。

"最后一个心愿。"

此刻的林陌桑比以往任何时候都内心清明，最后一个心愿，是彻底脱离家族的掌控。

林陌桑两手一松，骰子落地。不等众人确认被召唤的对象，林陌桑就已经开口：

"请像对待普通人一样，抚养裴西林。在他能够独立生活之前，供他上学、食宿以及一切生活所需，保他安全、健康，不可互相杀戮。"

萧甯沉默，赖远辰愕然，卓景然大叫道："林陌桑你疯了，有人要让你死啊，你还把最后一次机会给了那个家伙！"

被点了名的裴西林一直窝在角落，许久才回过神来，蓦地看向林陌桑。

林陌桑对他灿烂一笑："你可以上学了，开心吗？"

林陌桑见裴西林发愣也不怪他，只当是惊喜过度。卓景然见林陌桑忽略他，气急攻心，转身摔门出了病房。孑然一身的林陌桑与病房内的沉默格格不入，她满怀好奇地打量着骰子朝上的一面："这是……貔貅吧？"

林陌桑仰头，愉悦地问道："貔貅是谁呀？"

赖远辰神色凝重，回道："是二哥，钱毋庸，你之前应该见过。"

"哦，那个机器人啊。"

林陌桑调侃着，却发现在场的人没谁在笑。

"这么严肃干什么？"林陌桑笑着看向沉默的赖远辰与萧甯，"我也算做了一件好事，不是吗？"

萧甯长长出了一口气，打破了沉默，然后对赖远辰说道："我跟家族汇报一下情况。"说罢就拿出手机向病房外走，拉开门时忽然回头对林陌桑说道："这一次，你比我想象中厉害。"

林陌桑莞尔，且当是夸奖。

萧甯出了病房，赖远辰才在林陌桑的床边坐下，看着她脸上的擦伤："还疼吗？"

"不疼，有点儿痒，医生不让挠。"林陌桑诚实地答道。

赖远辰笑了笑，说道："在愈合所以会痒，忍一忍吧，不然会留疤。"

"我妈……没有联系你们吧？"

"给四哥打过一个电话。"赖远辰说着忽然笑了起来，"他刚得知你受伤的事，心事重重一时没注意就接了。男声把你母亲吓了一跳，四哥装作自己的秘书把她糊弄过去了。"

林陌桑如此便安了心。一旦证实夏淑芳没事，她心里的猜测也肯定了三分。

"你怎么不问我为什么做这样的决定？"

"一开始我不理解，现在却觉得你的选择是对的。"赖远辰解释道，"因为无论你是否请求龙九子保护你，我都会保护你的。"

赖远辰始终与林陌桑保持着距离，即便说这般窝心的话，也轻描淡写仿佛理所应当。林陌桑低下头笑了笑，她知道这是出于一位师长的关爱。

裴西林一直在角落里盯着两人说话，他最受不了赖远辰那般温柔地看人，更受不了林陌桑小心翼翼全神贯注的模样。于是他趁着两人说话的空当，一屁股坐到了林陌桑病床的另一侧，与林陌桑挤在一起，示威似的双手环胸看着赖远辰。

赖远辰挑了挑眉，只当他是小孩子"抢玩具"，也不计较，对林陌桑说道："你也可以让他保护你。这家伙没什么靠谱，就是皮糙肉厚能打能扛。"

裴西林听不懂赖远辰这是骂是夸，只能闷闷的不吭声，像是在生气。

林陌桑看了裴西林一眼，摇了摇头。裴西林着了急，保护她这种事他还是能行的，怎么就这么轻易否定了呢？裴西林刚想开口承诺，就听林陌桑说道：

"要保护的对象，反而应该是他。"

裴西林一愣，赖远辰面露疑惑："你在你父亲的研究室发现了什么？"

"不是研究室。"虽然研究室也很蹊跷，比如那红色的鳞片，但并不是现在的重点，"而是我想清楚了我为什么会遭暗算。"

林陌桑虽然不知道凶手是谁，但能隐约推测出对方的目的。

"我一穷二白，什么都没有，一般人让我死，得不到任何好处。但是有两种人却不一样。"林陌桑冷静分析道，"第一种是与我父亲有关。无论是学术造假还是研究室，对方可能以为我掌握了什么秘密，所以要杀我灭口。可是我和我母亲拥有相同的信息，倘若我遇害，她不可能安然无恙。现在可以确定我母亲没事，那么，一定是唯独我的'力量'对这个人的目的造成了威胁。"

"而我拥有的'力量'，除了已经失效的龙神骰子，就是……"林陌桑看向裴西林，"他。"

最想杀死林陌桑的，按道理也是她眼前的裴西林。因为言听计从的指令，几乎就是在他的命门上悬上一把刀。可是裴西林没那么多心思，甚至救了她，所以凶手必然不是他。那就只有一种可能，对方想让裴西林恢复不受掌控限制的状态。那意味着什么？

"他想用龙十子威胁我们。"赖远辰已然理解了林陌桑话里的意思，"或者说，激化我们的危机感，使我们最终持刀相向。"

林陌桑是龙十子和龙九子之间的润滑剂，倘若她一死，两者必然针锋相对。

"让裴西林变得强大，就等同于让我变得强大。"林陌桑攥紧手指，仿佛孤注一掷的赌注，"这是我保护自己，以及保护你们的唯一方式。"

赖远辰微笑着轻叹，曾经固执笨拙，被莫须有的诬陷搞得焦头烂额的姑娘，似乎一夜之间长大了。她学会了分析局势，借力打力，而不是一意孤行。

"你做得很好。"

赖远辰伸手去摸林陌桑的头以示鼓励，然而还没碰到女孩的头发，就被裴西林扭过手腕，反扭胳膊压倒在床上。赖远辰痛得倒吸一口气，林陌桑连忙拉住裴西林："你干什么？快放开！"

裴西林无奈必须服从命令，才不满地啐着放开了赖远辰。

赖远辰也没责怪他。其实有裴西林在林陌桑左右也好，至少能像这样保护她的安全。可是林陌桑却忧心忡忡，她看向满脸不服气的裴西林，心想这以后到了学校岂不是要出大事？当然，后来事实证明林陌桑的担忧是正确的。

召唤下达的当晚，钱毋庸就来医院向林陌桑领命，答应下学期就为裴西林办理入学手续。而从今晚开始，就可以让裴西林住进赖远辰的别墅。

"当然如果他有自理能力，我也可以提供单独的公寓。"钱毋庸补充说明道，"但是下雨天若发生意外，家族这边概不负责。"

林陌桑心里一顿，她在命令里的确忘记说明下雨天兽化的善后问题了。这么小的漏洞都被钱毋庸逮到，成了谈条件的筹码，其精明谨慎可见一斑。

"住回去可以，但是不能住地下室。"林陌桑强调道。

"他享有一切普通人应有的待遇。"钱毋庸承诺道。

然而钱毋庸这边一切谈妥，裴西林却不愿意了。

"我不住那个地方。"

林陌桑可以理解，三年的囚禁让他对那栋别墅充满阴影，可是她也不能让裴西林单独住。且不说雨天兽化是个问题，单是刷牙都要她教的情况，她很难保证这缺乏常识的家伙搞不出什么"意外之喜"。

林陌桑只好暂且让他陪自己住在医院，等明天出院再从长计议。

第二天出院，萧甯负责结账办手续，赖远辰开车接人，偏偏卓景然也过来凑热闹。于是一车五个座位挤得满满当当，恍惚还以为全家人去郊游。林陌桑、裴西林、卓景然三个人坐在后排，林陌桑坐在中间，三人异常沉默，卓景然更是全程像谁欠了他几百万一样黑着一张脸。

"你是不高兴我出院吗？"林陌桑不禁问道。

"我是气你浪费一个愿望给了狼心狗肺的家伙！"卓景然像被点了引线的炮仗，

"你忘了他逃跑，害得你被赶出去，流落街头的事了？你怎么心那么大啊？"

一旁的裴西林听罢看向林陌桑，当时他只知道林陌桑从别墅搬去了宿舍，并不知道她经历了这些。

"既然现在他回来了，就不要提那些事了。"林陌桑说道。

"害你伤你的人你都不计较？我看你不是心好，根本是看上这小子了吧？"卓景然讽刺道，"林陌桑你审美是不是有问题啊？还是你母爱泛滥偏好养……"

卓景然还没说完，就遭到林陌桑一记肘击。

"我喜欢谁关你什么事？"

卓景然捂着被撞的肋下，半天没能回一句。这是什么意思？林陌桑算是默认了？不对啊，他说这些可不是为了这个效果！

"辰哥，辰哥你看！"卓景然吃瘪，急着拉阵营。

正在开车的赖远辰从后视镜看了卓景然一眼，微微笑着说道："活该吧你。"说罢又看了林陌桑一眼，这细节刚好被一旁的萧甯看到。原本他被卓景然吵得脑壳疼，只待发作。现下看到赖远辰暧昧的目光，不禁笑了一下，煽风点火道："我女儿喜欢你辰哥，你还没发现吗？"

"……"

卓景然看着沉默的林陌桑，将快要脱口而出的"怎么可能"咽了回去。他又看了一眼赖远辰，换作以往赖远辰一定会阻止萧甯胡说，如今却也保持缄默。

这是……什么情况？

裴西林一直看着窗外，却留心着他们的对话。可他实在不懂，这话题有什么好讨论的。车内沉默许久，萧甯才自己圆场道："哈，我开玩笑的。"

赖远辰犹疑地看了一眼萧甯，萧甯拍了拍他的肩膀："好好开车吧。"

半路萧甯下车回了事务所，随后赖远辰把一席人带到了别墅。林陌桑想先安顿好裴西林再回学校。只是裴西林像是有所预料，一进别墅就拽着林陌桑不放。卓景然在一旁看不下去了，讽刺道："林陌桑是你妈啊，离了她不能活啊？"

裴西林无视卓景然，更加激怒了他，上前就去拽人。林陌桑只感到裴西林在她身上借了个力，一道阴影闪过，卓景然就被一个回旋腿踢倒在地上。

赖远辰将卓景然扶起身："你怎么样？"

卓景然晕了几秒，回过神来就举着拳头要去找裴西林算账。可惜还没出手，就被赖远辰拽住了："算了，你打不过他的。"

"那老子就跟他拼个你死我活！"卓景然在气头上，像匹脱缰的野马。

"卓景然，是你死他活，搞清楚没有？"赖远辰无奈，只能让卓景然先回家，"不听我的话，以后就别来找我了。"卓景然不得不服软，竖起中指对着裴西林比了半天，才不情不愿去拉门。临出门前忽然想起了什么，回头对林陌桑说道："到了学校发微信给我，我有话跟你说。"

林陌桑不明所以，只能应声答应。

赖远辰让裴西林住进了之前钟纤霖的房间。钟纤霖的房间距离赖远辰的房间最近，而且安有防弹窗户，可以防备裴西林兽化时破窗而出的情况。

一切安顿好，林陌桑同赖远辰、裴西林一起吃了晚饭。裴西林第一次上桌吃饭，各种不适应，索性端了碗缩到角落里自己去吃。

林陌桑略带担忧地看着蹲着扒饭的少年，赖远辰为她夹菜，说道："要给他时间适应。"林陌桑点了点头，忽然想起他入学的事："最后你们商量的结果是让他去哪所小学？"

赖远辰一顿，说道："不是小学，是连城中学，与你同班。"

"可是……可是他不识字，根本跟不上高中的内容啊。"林陌桑不想让裴西林只是走个形式，而是真正学到东西。

"他只能跟着你，没人控制得了他，去其他学校隐患太大了。"赖远辰解释道，"基础内容我可以帮忙补习，或者请老师，我们再想办法。"

"我知道你让他上学，不仅仅是希望他可以学到东西，更重要的是通过学校的环境让他学会与人正常地相处。既然两者无法分裂进行，初期只能辛苦一些了。"

林陌桑点了点头，也只能这样了。

林陌桑本想等裴西林睡下再回学校宿舍，偏偏他非常警觉。林陌桑假装去楼上休息，他就守在她的房门口。林陌桑最后没了办法，干脆对裴西林下了命令："今晚你就睡在这里，不许跟着我。"

赖远辰执意开车送林陌桑回学校。自两个人摊牌后，这是第一次独处。虽然你情我愿的事已经说清楚，但还是难免气氛尴尬。

赖远辰知道林陌桑的为难，但是还是忍不住说道："如果你愿意，随时可以住回来，我也希望你住回来。"

"三契缘尽。"林陌桑笑了笑，"当初龙神跟我说，三次机会用完，我跟龙九子的缘分就尽了。"

"不会尽的。"赖远辰笃定道，"至少我不允许。"

"我也是。"林陌桑附议。

赖远辰不禁看向林陌桑，女孩笑着问道："你有负担吗？"

赖远辰略略思考后，摇了摇头，反之他还有着不知缘由的喜悦。

"那我会为了'不尽缘'，慢慢将这种心情转化为仅此而已的仰慕与崇拜。"林陌桑拍了拍胸口，保证道，"相信我，我可以的。"

赖远辰愣了愣。他说不清自己的心情，只好欲言又止，点了点头。

林陌桑回到宿舍之后，王湾湾一下子就扑上去检查她的伤疤："你住院还不让我去看你，你有没有良心啊？"

"医院太远了，你去一趟也不方便，况且我也没大事。"

当然主要原因还是裴西林在，林陌桑不知道怎么对王湾湾解释他的身份。

"真的没事了？"王湾湾拉着林陌桑的手左看右看，"是爆炸还是怎样啊？简直吓死人了。"

对这件事林陌桑心中也是迷雾重重，只好将话题跳过："我不在的这段时间，圈姐没找你麻烦吧？"

王湾湾摇了摇头说道："还有一周就高考了，高三前天放假了。"

转眼已经六月了啊。林陌桑感叹着，不过短短三个月的时间，她大起大落仿佛度过了半生那么久。

"喏，"王湾湾拿出去疤的精油递给林陌桑，"特别让我妈从国外带的，你每天擦一擦，保证皮肤光嫩如新。"

林陌桑回抱着王湾湾："谢谢。"她要保护的人太多了，要赶快成长起来才行。

两个人聊到深夜才睡下，然而天刚亮起的时候，林陌桑就被响动吵醒。只见王湾湾站在宿舍中央，拿着撑衣杆，哆哆嗦嗦地对着一个黑色的身影。

"你你你……怎么进来的？不说我就喊人啦！"

林陌桑直起身子揉了揉眼睛，看清眼前的人时一蒙："你怎么找到这里来了？"

"你说'晚上'睡在那里，"裴西林一脸埋怨地看着林陌桑，"现在'天亮了'。"

林陌桑看了一眼窗外发蓝的天光，不禁扶住了额头。这才是裴西林真正回归的第一天，她已经感到头大了。

因为你才驯服

王湾湾战战兢兢地躲在林陌桑身后，裴西林盯着她挽着林陌桑的手。若不是碍于林陌桑的警告，不许动这个女孩，那只手大概已经被裴西林掰断了数十次。

"你怎么进来的？"

晚上宿舍门都是上锁的，王湾湾被欺负怕了，也从来不半夜给人开门。

"楼顶，窗户。"裴西林简单地解释道，"就进来了。"

王湾湾大惊失色，宿舍楼五层高，她们住在四层。这少年是会飞檐走壁吗？

林陌桑猜测，一切可能比王湾湾想的还要惊悚。龙九子的别墅距离学校宿舍至少五公里，裴西林还不会搭乘公共交通工具，更不会规规矩矩"走路"。那么所谓的"楼顶"，应该是指他像蜘蛛侠那样，从屋顶跳跃前行，走直线距离来到学校，然后从窗户进了这间屋子。

"你怎么知道我住这里？"

林陌桑质问，裴西林别过头不答。他才不想说之前跟踪她，跟到了这里。

"所以……他到底是谁？"王湾湾小心翼翼地问道。

"他叫裴西林，下学期会来我们学校上学。"林陌桑想了想，谎称道，"我表弟。"

裴西林蹙了蹙眉，并没有拆穿，反正身份对他来说不重要。不过想要上学，必须要有户口。这也是萧甯将入学手续推到下学期办理的原因，他需要先把裴西林的户口搞定。但是裴西林显然已经"等不及"了，早早来到学校黏着林陌桑不放。

这个周五对于林陌桑来说，简直漫长而糟糕。

林陌桑赶不走裴西林，只好请萧甯跟学校解释，给了他一个名正言顺的"旁听生"身份。于是林陌桑走到哪里都带着一个拖油瓶。若不是林陌桑严令禁止，恐怕裴西林连女洗手间都不放过。

于是当林陌桑赴卓景然的约时，后者是崩溃的："这是约一送一，够实惠的啊。"

林陌桑也没办法，直切正题："你要跟我说什么？"

"你让他回避一下。"卓景然不耐烦道。

林陌桑只好让裴西林在教室等着，她与卓景然走上通向天台的楼梯间。

"现在可以说了吧？"

卓景然昨天想了一晚上，联系前前后后的细节，越想越是心慌："之前那枚樱桃发卡，是辰哥送你的？"

林陌桑愣了一下，没想到卓景然会问起这个。

"是。"

卓景然那天没多想，以为就是个流行款，林陌桑恰好买了一样的。现在知道是赖远辰买一送一，心里忽然不是滋味："你什么意思？"

林陌桑不明白卓景然在问什么。

"你明知道花宇姐的存在，你还接受？"卓景然越想越气，"你长没长点心眼啊，不怕别人说你破坏我哥我嫂的感情？"

"你觉得我有那影响力吗？"林陌桑自嘲地笑了一下。

卓景然见她这样，不禁问"你该不会真喜欢我哥吧？"

林陌桑抬眼看他，眼中已然写了答案。

卓景然捂着脸，简直无法接受现实："你在搞什么啊？怎么……怎么也不该是他啊。"

卓景然这一句把林陌桑逗笑了，不禁反问道："那应该是谁？"见卓景然一时语塞，林陌桑索性开起玩笑："难不成是你？"

卓景然只觉得脑袋如钟鼓，被上涌的气血击得一声闷响。林陌桑恰好说到他心坎上，可是倘若承认，岂不是刚好被打脸？人家喜欢的不是你，你还觍着脸说是，反倒像是求着对方喜欢。

"反正他不适合你。"卓景然拐了个弯儿总结陈词。

"我知道。"林陌桑笑了笑，"我争取换个人。"

"换谁？"卓景然惊觉自己失态，清了清喉咙，掩饰道，"无论换谁，都要经过我同意。"

林陌桑狐疑地打量着卓景然："关你什么事啊？"

"你这个人眼瞎，珠玉当前你看不见，偏偏好高骛远。"卓景然语气中带着点儿埋怨，"所以作为朋友，我要给你把把关。"

林陌桑或许瞎，但不傻，这"珠玉"暗指谁，用脚指头想都知道是眼前这个自恋狂。林陌桑笑笑也不拆穿，况且卓景然误会她喜欢他也不是一天两天了。

"那换你总没问题了吧？"

林陌桑开玩笑，卓景然却当了真，瞪大了眼看着她好一阵，才迟疑地"哦"了一声。像是白日入梦，卓景然连再见都没说就转身下楼回了教室。面对如此冷淡的回应，林陌桑觉得这玩笑开得没劲，大概是天太热，热蔫了吧。

因为意外受伤住院，林陌桑落了一周的课。正好赶上期末考临近，林陌桑不得不两手开工，一边跟着老师复习一边补齐落下的课程。本已经分身乏术，还要时刻关注着裴西林，监督他别惹事情。

裴西林坐在教室后方特设的"旁听"位上。在地下室的几年，培养出了他极为惊人的耐性，即便听不懂也能做到闭目养神。只是三班作为先头班，还没出现过上课睡觉的现象。班主任也来不及为任课老师一一解释，于是教英语的王老师一见这状况就来了火气，上课刚刚五分钟就拍了三回桌子，也没把裴西林拍醒。

"你们现在这是要期末考试的状态吗？"

王老师说罢走向裴西林，拿着英语课本将他戳了起来。林陌桑见状连忙解释道："王老师，他是旁听生，下学期才转来我们班。"

"旁听生怎么了？旁听生也是学生。"王老师咬紧字眼不放，"想要睡觉，哪儿不能睡，非要来大家学习的地方？"

"可是老师……"

"你闭嘴！"

王老师凶了林陌桑一句，裴西林霍然站起了身，仿佛野兽进入了捕猎的状态。

"现在醒了？"王老师指着课本上的一段话，"醒了就把这段翻译一下，看看你这'旁听'的效果。"

裴西林拧着眉，那书上除了图画，他一个字也看不懂，只能把脸撇到一边。

"你这是什么意思？"王老师还是第一次遇到这么不给面子的学生，"给老师甩脸色啊？"

"老师他英语不太好……"林陌桑小声解释道。

"你怎么话那么多？我又没问你。"

这位王老师素来重男轻女，一向更喜欢成绩好脑瓜灵的男生，即便林陌桑成绩不错，也始终得不到她的喜爱。

林陌桑已经习惯了王老师这态度，裴西林却看不惯眼前的人这么趾高气扬。林陌桑看到裴西林握了拳，心觉不对，在他抬手之际大喊道："不许动！"

王老师原本想放裴西林一马，刚转身准备回讲台，就被林陌桑喝得愣住。

"你让谁别动呢？"

林陌桑尴尬地摆摆手："没，没，您随便动。"

班上有人没忍住笑出了声，王老师瞬间陷入尴尬，怒火直指林陌桑。

"你期中考拿了满分，觉得期末也没问题了是吧？大呼小叫的，准备替我上台把这堂课讲了？"

"没，没有。"

林陌桑满腹憋屈，但也不再吭声。王老师本就是一点就着的炮仗脾气，她没必要为此和老师针锋相对。闹腾了十多分钟，王老师才算舒心开始上课。裴西林被迫"睁大眼"神游太虚，林陌桑也只能强忍下坏心情，沉默地埋头做着笔记。

中午林陌桑带着裴西林去食堂吃饭。王湾湾早早占好了桌子，林陌桑一进门，就看到女孩向她兴奋地招手。

"你今天跟'灭绝师太'吵起来啦？"

林陌桑为她和裴西林盛好了饭菜，王湾湾就凑上前低声问了起来。"灭绝师太"是王老师的外号，人与其名相得益彰。林陌桑心里"咯噔"一下，问道："你怎么知道？"

"师太在办公室大骂你目无尊长，说你都考满分了，她这个老师管不住你了。我们班就在办公室隔壁，听得一清二楚。"

林陌桑心里一沉，想来王老师多半是把裴西林惹的火迁怒到了她身上。她转头看了裴西林一眼，结果刚好看到他企图用手抓食，不禁叹气："告诉过你多少遍了，不要用手。"

裴西林满掌抓着两根筷子，戳了戳餐盘中的食物，懊恼道："这个我不会用。"可是食堂没有勺子，林陌桑只能现教他用筷子。然而教了几遍，裴西林用得不顺手，又饿得发慌，索性将筷子扔到一边："学不会，你喂我吃吧。"

王湾湾以为自己听错了："你要陌桑姐喂你？"虽然这男生模样看起来清瘦显小，但是既然要转入连城高中部，那应该和自己差不多大啊。这么大的人了，还是个男生，竟然要人喂饭？

王湾湾这一问，为林陌桑敲响了警钟。在别墅里，裴西林怎样"异常"都无所谓。可是在学校不一样，倘若他与别人差距太大，终有一天会被当作异类对待。那样的结果无非两种，一种是被人恐惧，一种是被人鄙夷，但都与林陌桑的初衷背道而驰，会让裴西林离人群越来越远。

林陌桑只能下了狠心，拒绝了裴西林的请求："要不用筷子吃，要不别吃。你自

己选。"

裴西林先是愣了一下，林陌桑从来没有这样强硬地拒绝过他。裴西林觉得胸腔难受，转头瞪了王湾湾一眼，一拍桌子离开了食堂。

"哎，他跑了。"

王湾湾焦急地去拉林陌桑，林陌桑却把她拉回座位坐下："不用管他，我们先吃饭吧。"

嘴上虽然这么说，但这一顿饭林陌桑吃得心事重重，王湾湾几次说话她都因走神没听到。咽下的食物在胃里结成了团，堵在她心头。

"林陌桑！"

林陌桑被叫了几声才恍然回神，看到罗越一脸焦急地向她走来。

不等林陌桑反应，罗越就拉起她，带着她往食堂外走："你带来的那家伙和卓景然打起来了，你快来劝劝啊，卓哥要被打死了！"

林陌桑抬头看了一眼食堂的电子钟，距离裴西林离开她，不过刚刚过了十分钟。

林陌桑跟着罗越跑到篮球场的时候，双方已经被人拉开。五个大汉压着裴西林，才堪堪将他制伏。在人腿的空隙间，倒在地上的裴西林看到了林陌桑，一瞬间停止了挣扎。为卓景然抱不平的队友，趁机在他肚子上踢了一脚。裴西林一皱眉蜷起了身体，却没再反抗，也没吭一声。

来的路上，林陌桑已经听罗越将来龙去脉说了大概。他和卓景然在球场打球，卓景然见裴西林路过，就出言挑衅让他上场单挑。不过裴西林根本不会打球，被卓景然打压得很难看。后来不知道两人耳语了什么，裴西林就给了卓景然一拳，从此一发不可收拾。

卓景然被打得脸上挂彩，原本远观比赛的后援团纷纷凑了上来，心疼得眼泪都快掉下来。卓景然用颈上的毛巾盖在头上，遮住了半张脸，拿毛巾裹了一瓶冰水，冰敷青紫的颧骨和嘴角。

毕竟围观的人都知道他刚才几乎无力反抗，只能被打。卓景然心觉丢人，催促着那群围着他的女生离开。然而一见林陌桑来了，卓景然一改常态，一把将毛巾拽了下来，满脸无辜受害者的可怜样，使劲儿往林陌桑边上凑。

"你看看你那个狗……表弟都干了些什么？"卓景然抱怨中带了几分委屈，"我这惊世容颜，被他打成什么了，你没教他打人不打脸吗？"

其他女生一听卓景然这么说，连忙站队，与他一同质问林陌桑："你怎么管教你表弟的，疯狗出来见人就咬啊？"

虽然这群女生是向着自己，但是卓景然一听就头大了，他现在这是跟林陌桑求安慰呢，她们在这儿凑什么热闹。但是碍于面子，卓景然也不好开口，只能由着她们说。

"还不快道歉啊！"女生们不敢动罪魁祸首，只能捏软柿子，"弟弟都那么暴力，姐姐也一定不是什么好东西。"

裴西林见那群女生围攻林陌桑，急忙爬起来站到了林陌桑身前。几个女生见来人虽然个子不高，但凶神恶煞，不禁向后退了几步。

"你们先回去休息吧，这事情我自己解决。"卓景然出口圆场。

"等一下。"

林陌桑叫住几个女生，然后将裴西林拉到身后。她向着卓景然鞠了个九十度的躬，埋下脸说道："对不起，是我没带好我表弟。"

林陌桑直起身，将裴西林藏在自己背后，对其他女生说道："事出有因，他不是疯子，只是年纪小不太懂事，你们不要怪他。我替他跟大家道歉。"说罢，又是一躬。

卓景然站在一旁看着林陌桑唯唯诺诺地道歉。无论是阻拦裴西林的篮球队员，还是去找她的罗越，她每一个人都鞠躬致歉，像是自己犯了什么大错。

卓景然越看越觉得难受，他没想要她道歉，只是想讨个心疼。倘若能换来亲手上药，这顿打他也觉得挨得值得。而不是像现在这样，她将裴西林藏在身后，与自己划清界限。

"算了。"

卓景然颓然垂手，将毛巾和冰水扔到一边，对着篮球队的其他人摆了摆手。

"我先走了。"

"哎，你不去医务室啦？"罗越在一旁叫道。

"不去了。"卓景然自嘲地一笑，"这么点儿小伤，没人在乎。"

等人群渐渐散去，午休时间也过了一多半，还有半个小时就要开始上课。林陌桑在明晃晃的日头下有些晕眩，她感到前所未有的疲惫。

林陌桑知道，一定不是裴西林主动挑事，可单她理解又有什么用呢？

"你干吗向他们道歉，明明是那家伙说你……"

"你不会道歉，那么就只能我来道歉。"林陌桑打断裴西林的话，"我的确有错，我本该一直看着你，杜绝这样的事发生。"

裴西林语塞，他低头看着那只拉着他手腕的手，心中酸软。

"只是我也有自己的事要做，不可能一直在你左右。今天我能替你道歉，可是以后呢？"林陌桑松开了裴西林的手，"即使我不愿意，我们也会有分开的那一天。你若学不会独立适应，我终究不过是另一道困着你的锁罢了。"

"不会分开的。"

裴西林去拉林陌桑的手，林陌桑却躲开了。

"你不能一辈子当无知孩童，你会长大的。"

"长大也不分开。"裴西林笃定道。

"你现在是在胡搅蛮缠。"林陌桑气结，难道让她当一辈子保姆吗？

"不分开。"

为什么跟他讲不清楚道理？林陌桑气得瞪了他一眼，一句话没说，转身走了。

下午上课，林陌桑觉得脑子昏昏沉沉。也许是换季温度升高，她一时没能适应。当然也有中午一事扰乱心神的缘故。裴西林一直默默在教室后方注视着她，下课时几次想找她说话，但都找不到时机。林陌桑始终都在埋头奋笔疾书，补着之前课程的笔记。

几个女生结伴在三班后门徘徊，看到裴西林就对他招手。

虽然裴西林沉默寡言，对接近的人都带有敌意，长相却极为出众。即便年纪小，眉眼偏阴柔，又留着一头杀马特长发，但还是在中午一战中入了几个花痴女生的眼，毕竟他可是把校园男神卓景然打趴下的厉害角色。

"哎，你出来一下嘛！"

裴西林不认识那几个人，觉得莫名其妙没有搭理。女生不罢休，执意叫他出来。

同座小桃见状，拍了拍林陌桑："哎，你弟被别的班的女生勾搭了。"

林陌桑闻言回头看了一眼，裴西林见她终于将目光放到自己身上，迅速起身走了过来。他能感觉到林陌桑在生气，但是一想到她是在为他打了卓景然生气，他就不想道歉。于是裴西林干站在林陌桑面前，半天也没能说出一句话。

"怎么了？"林陌桑不咸不淡地问了一句。

裴西林张了张口，最终还是绕过了重点，指了指后门的女生："她们叫我。"

林陌桑不懂他的心思，这是在征得她的同意，还是在炫耀他"一战成名"？

"找你的，跟我说什么？"林陌桑越说越气，"我又不是你家长。"

"你不管我了？"裴西林咬牙说道，"就因为我打了那个家伙，你就不管我了？"

"我不是跟你说过，我管不了你一辈子吗？"林陌桑觉得又绕回了中午谈话的症结，郁闷的情绪又涌了上来，"我只是希望你别再给我惹麻烦了，可以吗？"

裴西林握紧了拳头，埋头沉默了许久。

林陌桑心觉有些不对，刚想解释，就看他转身向后门冲去。然而见几个女生如狼似虎的眼光，又吞咽了一下口水生生退了回来。

"裴西林，你去哪儿？"

林陌桑紧张呼唤时，裴西林已经朝反方向的窗户冲了过去。在同学的尖叫声中，一脚踩上阳台，手扒着窗框翻了出去。

"天哪！跳楼啊！"

小桃惊呼着凑到窗前，班里的同学也纷纷趴在阳台上向窗外看去。裴西林并没有跳下楼，而是在狭窄的窗台上攀登跳跃，几下子就翻上了楼顶。

"林陌桑，你弟是武林高手啊！"

有人拿出手机忙着拍照录像，林陌桑挤过人群看向窗外时，远远地只看到裴西林在天台上远走的背影。

"裴西林！"

林陌桑的喊声在风中消散无踪，一如裴西林消失的背影。翻墨云涌，一时间天地晦暗，林陌桑只觉一股冷汗从后颈流下。必须赶快找回裴西林！

三班引起的骚乱惊动了教导主任，林陌桑还没走出教室门，就被拦住了去路。

"主任，我表弟跑了，我急着去找人。"

"你先把事情解释清楚，这边再给你准假。"

林陌桑急得头皮发麻，就在这时她听到远方天空传来一声闷雷。

"我现在来不及解释了，抱歉！"

林陌桑一个侧身就绕过了教导主任向校门跑去。

"你给我回来，没准你假这算逃学！"

林陌桑已经顾不上了，只恨不能比这场快要落下的雨更快几分。然而跑到校门口，林陌桑却被几名保安拦了下来。

"我弟弟失踪了，现在要去找人，麻烦您放我出去吧。"

"同学，现在还是上课时间，你不能随便出去。先去老师那边批假条，我们只认假条。"

　　教导主任气喘吁吁地赶到时，林陌桑已经哀求了保安许久。

　　"林陌桑你怎么回事？"教导主任将手机递给林陌桑，"你弟跑了，先联系家长，自己乱跑什么？"

　　林陌桑拿过手机，无助地跪坐在地上，她就是那个"家长"啊！

　　林陌桑被主任和保安严密"看管"着，无奈地拨通了赖远辰的电话。大概那边正在上课，赖远辰许久才接听。

　　"赖老师……"林陌桑的声音忍不住带了哽咽，"裴西林又跑了。"

　　赖远辰以自己的名义帮林陌桑请了假，让她先到别墅这边来。林陌桑下了出租车就一路狂奔进了院子，赖远辰正在门口等她。

　　"裴西林他……"

　　林陌桑刚想解释，赖远辰就打断了她："放心，他在这里。"

　　"已经……兽化了吗？"

　　"没有。"赖远辰把林陌桑带进屋子，安慰道，"只是其他地区的雷阵雨，这边不受影响。"

　　"那他人呢？"林陌桑焦急地问道。

　　赖远辰今天没课，在家里看书，没想到看到一半阴云密布，裴西林就从开着的窗口爬了进来。他指了指地下室的方向："从进屋开始就一直在那里没出来过。"

　　林陌桑一怔，满腹犹疑地向地下室跑去。

　　地下室里，少年待在林陌桑第一次见他的位置。固定在墙角的铁链还在，锁扣被钟纤霖打开后就已经拆除。如今裴西林的手腕脚踝用铁链绕了几圈，拧成了一个沉重的结。赖远辰从来近不了裴西林的身，所以捆绑这些锁链的人，只可能是……

　　裴西林自己。

　　林陌桑走下台阶，来到裴西林面前，他才堪堪睁开眼。

　　"雨停了吗？"

　　兽化时他往往没有记忆，犹如一场没有梦境的睡眠。所以他还不知道，那场雨根本没有落下。

　　"为什么来这里？"林陌桑红着眼睛问道，"为什么跑了，还回来这里？"

　　裴西林认真答道："你不是说让我不要再给你惹麻烦了吗？"

他今天原本想告诉林陌桑，他保证会学着忍耐学着适应。毕竟走出这个地下室之后，他只剩下林陌桑一个人可以信任。只是林陌桑对他爱理不理，冷言相向，他一时觉得委屈，就跳窗跑了。

但是为了不给林陌桑惹麻烦，最终只能回到了原地。

林陌桑哽咽着，心中悔恨难当。她为什么要跟裴西林说那些话啊？明明知道他虽然拥有了自由，却无处可去。全世界只有她一个可以信任可以依靠的人，她还把他推远。

林陌桑蹲下身子，伸手抱住裴西林，轻轻拍着他的后背。

"对不起，是我错了，我不该那么说你。"

如果说，不给她添麻烦，就是让裴西林回到过去的状态，她将他带出这个地下室的意义又在哪里？

裴西林很喜欢林陌桑靠近的感觉，又香又温暖，这是他从未拥有过的温柔。直到肩头感到一阵湿润的温热，裴西林才惊醒过来。他与林陌桑拉开距离，发现女孩颤动的睫毛上挂着泪水。

那双注视他的眼，原本明媚如晴空，如今泪水却止不住地流下。

裴西林从未见过林陌桑哭。在他眼里，这个人虽然柔弱但不脆弱，无论遇到多艰辛多困苦的事，都不曾示弱不曾流泪。

裴西林看着哭泣的女孩，觉得那泪水似乎流进了他的心口。又酸又涩，渍得他难受。

"你别哭！"

裴西林想要用手去抹掉那泪，却被沉重的铁链压得动弹不得。他无能为力，惶恐难安，他连死都不怕为什么要怕她哭啊。

"不哭，我难受。"

林陌桑埋下脸，不愿意裴西林看到这难堪的模样。裴西林弓着背脊低下头，轻轻蹭着林陌桑的脸颊，像是要将她的泪水抹干。

"不哭，好不好？"

林陌桑半跪着坐在地上，裴西林将头埋在她的颈边。泪水在两个人的脸颊之间，从温热变得微凉，裴西林觉得心脏在跃动间有着难以形容的温柔。

当赖远辰走进地下室的时候，不禁吓了一跳，上前就把林陌桑拽开了。实际上等他走近，已经发觉是自己误会。毕竟刚刚那个角度太诡异，光线又暗，他还以为……

"怎么了？"

赖远辰看到林陌桑眼睛发红，脸颊上还有湿润的痕迹。他从来没见过林陌桑哭，脑子一蒙，就将一切怪罪到了裴西林身上。

"是不是那家伙……"

林陌桑摇了摇头："不怪他，是我。"

赖远辰以为林陌桑护短，也不好跟裴西林计较。他拍了拍林陌桑的肩膀，让她去洗洗脸。林陌桑点了点头，出了地下室。裴西林急切地想要跟上，抬眼却看到赖远辰黑了一张脸："以后不许再这么做。"

"怎么做？"裴西林不明所以。

赖远辰眯起眼，打量着裴西林，不知道他究竟是装傻还是真不懂。

"她把你当弟弟，但你们毕竟不是亲姐弟。"赖远辰压低声音警告道，"保持距离，否则我会让你彻底远离她。"

裴西林敛眉，不甘示弱地直视着赖远辰。

"那你算什么？能管她的事？"

赖远辰愣了一下，一丝迷惘转瞬成为莫名的怒火，最终只留给裴西林一声巨大的关门声。

裴西林自己解开锁链，刚刚走出地下室，就被回来找他的林陌桑打了一下。裴西林捂着脑袋，看着面带笑意的林陌桑，一时有儿点委屈。

"下次再跳窗，我还打你。"

裴西林自觉理亏，撇着嘴没说话。

"我今天陪你一起吃完晚饭再回宿舍。"林陌桑忽然想到今早的"惊喜"，嘱咐道，"明天周六不用上学，你老实待在这里，我有空来教你认字。"

裴西林有些犹疑地说道："我可以不住这里吗？"

又来了。林陌桑有点儿头大，将裴西林拉到一边："赖老师人很好的，有他照顾你，你就不要计较那么多了。"

"是吗？"裴西林冷哼了一声，添油加醋地说道，"刚才他还警告我，说要把我送走呢。"他不可能像赖远辰说的那样"保持距离"，于是默认对方就是想把他赶走。

林陌桑愣了愣，赖远辰在她心里一直磊落温和，实在不像是会说这种话的人。

"你别为了不住这里就乱说骗我。"

裴西林一听，气哼哼地说道："你要是觉得我骗人，给我下一道'不许说谎'的命令，再问一次看看我的答案！"

见裴西林底气十足，林陌桑反而心虚了。其实她心里清楚，赖远辰毕竟是龙九子，无论是预言忌讳，还是家族立场，他与裴西林始终是对立的。

原本照顾裴西林的命令是给钱毋庸的，最终却由赖远辰受理，无非是因为他待人有礼个性温和。可以说，龙九子对裴西林接纳的底线就在赖远辰这里。倘若没有他，势必会如卓景然那般针锋相对。恐怕不是这般光明磊落，而是暗箭难防了。

可是这才不过一天，赖远辰已然说出了警告的话。林陌桑觉得这样下去，也许裴西林还不到成年，双方的矛盾就会再一次引爆。

然而除了借助龙九子的力量，她又能怎么办呢？这世上，陌生人之间的扶持少有大善，大多是利益权衡，能够无怨无悔真心以待的唯有至亲。

"你能告诉我，你为什么不愿意回到父母身边吗？"

林陌桑莫名冒出的问题，敲得裴西林神经一震。他拧紧眉头，像是胃里有块难以消化的石头。林陌桑见他沉默不语，似乎有难言之隐，于是也不再强人所难。

"算了，去吃饭吧。"

第二天，林陌桑履行承诺来教裴西林认字。她这才发现，裴西林认识汉语拼音，而且简单的字都认识。但是带了部首偏旁的字，就只能认半边了。总的来说，就是小学一二年级的水平。

如果说他有小学一二年级的知识，为什么不会写自己的名字呢？

"我不记得我的名字。"裴西林解释道，"你叫的这个名字是以前一个给我包子的老头起的，我也不知道是哪三个字。"

"你是不是很小就和父母失散了？"林陌桑猜测道，毕竟只有年纪太小与父母离散，没有人反复叫他的名字，才会导致他忘记。

裴西林摇了摇头。

没有失散，还是说失散的时候年纪不小？林陌桑不明意味，接着问道："你最早的记忆，能记得几岁的事情？"

裴西林沉默许久，才回答道："应该是第一次下雨变化，那之前的事情都不太记得。"

"十二岁？"林陌桑依据龙九子那边变化的年纪推测道。

裴西林点了点头。

可是赖远辰他们发生了变化，依旧记忆如常。为什么裴西林会失去记忆？

"你是磕着碰着了，还是什么原因失忆，你知道吗？"

裴西林别过了脸，似乎是不记得了，又或者不想再说。

会不会是因为失忆，不记得父母的事情，所以不愿意回到父母身边？林陌桑心里冒出这个想法，刚想追问，就听到大门响动，抬眼就看到萧甯走了进来。

"你也在，正好。"萧甯将一叠纸放在林陌桑与裴西林面前，"这是怎么回事，也没人跟我说？"

林陌桑粗略翻看了一下，发现是网页和微博的截图。

无一例外都是"高中名校惊现'蜘蛛人'""惊人少年攀岩走壁"等危言耸听博人眼球的猎奇标题，还配有裴西林跳窗、沿着楼外阳台飞跃的照片。微博截图大多带有视频网站水印，拍摄角度刚好是三班窗口的位置。

林陌桑心下一凉，没想到昨天裴西林跳窗的事情竟被传了出去。

"我已经联系网站删帖了。"萧甯带几分怒气，"这种事要提前跟我说，别都闹上新闻头条了，再让我做危机公关。"

过去龙九子暴露能力与变化，家族一直全权负责善后，有一套严谨的危机公关机制。毕竟他们不同于常人，暴露在人前会引来许多不必要的麻烦。比如裴西林这件事，倘若不是萧甯发现得早，怕是今天就有记者或者科学家找上门调查了。

"虽然照片和视频都删了，但是学校那边瞒不住，等周一的时候跟我去学校解释。"萧甯抬起食指点了点林陌桑和裴西林，"听到没有？"

林陌桑自知理亏，按着裴西林的脑袋，一起应声答应。

当三人周一前往教导主任的办公室时，有人比他们更早到了。只是连萧甯都没意料到，对方既不是记者也不是学者，而是一对普通的夫妇。

夫妇向萧甯递上名片，男方名叫齐瑞德，女方名叫李媛。夫妇俩来自Y省琼州市，从事进出口贸易工作，看穿着就能感觉到对方家境丰裕。

"我们是齐墨的父母。"

夫妇俩从裴西林进门起，目光就再也没从他身上移开。林陌桑那一瞬间就明白了，他们口中的"齐墨"是指裴西林。

"我们已经找了他四年。"

李媛的声音有些哽咽，想去上前抱抱裴西林，后者却警惕地躲到了林陌桑身后。

"如果不是前天的新闻，我们恐怕就要跟警方撤案，默认他死亡了。"

两个人的行李就放在办公室的角落，显然是一赶到当地就来了学校寻人。

"墨墨，跟爸爸妈妈回家吧。"

齐瑞德向裴西林伸出手，却没有得到回应，他刚想上前就被萧甯挡在了两个人中间。

"您好，我现在是他的监护人。感情上可以理解您寻子心切，但是我们还是要按法律程序来，对不对？"

教导主任在一旁连连称是，表示学校愿意积极配合。

萧甯白了她一眼——关她什么事儿啊？

"您不如说说，您有什么证据证明他是您儿子，比如他身上的胎记等。"萧甯不等对方答话，"您先别着急说，多想一些列个单子。我这就联系人帮三位做亲子鉴定，如何？"

齐瑞德被萧甯连珠炮般的话说得有些蒙，但对方句句在理，于是点头答应："那就麻烦您了。"

"证据？"

一旁的妇人忽然扯下脖子上的丝巾，露出三道明显的疤痕。林陌桑一眼就看出，那是麒麟兽爪抓出的伤痕，与当初秦连臻的伤口几乎一模一样。

"他就是因为这件事离开我们的。"李媛情绪激动地说道，"这还不能证明吗？"

林陌桑感觉裴西林抓着她的手紧了三分。

所以，这对夫妇真的就是裴西林的父母吗？

第十三章

最后一道命令是分别

两天后，萧甯收到了亲子鉴定的结果。

林陌桑看到茶几上的鉴定报告时，还是忍不住问了一句："真的？"

"从齐瑞德提供的血液以及口腔样本来看，他们的确是裴西林的亲生父母。"一旁的赖远辰替萧甯回答道。

萧甯已经懒得回答，他一上午光是接家族那边的电话，就已经接得头昏脑涨。是真是假，鉴定结果白纸黑字写得清清楚楚。人家亲爹要找亲儿子，他能有什么办法？

"那他要跟父母走吗？"林陌桑问道。

"这不是他可以选择的。"萧甯揉了揉眉心解释道，"根据齐瑞德那边提供的信息，齐墨才十四岁，未满十六岁就不具备自主民事能力。"

倘若萧甯是裴西林的现有监护人，裴西林还有选择的空间。但是他也是最近才着手裴西林的身份与户口问题，手续都没办全，根本不具备法律效应。所以只要确认是具备抚养能力且没有重大过失的亲生父母，裴西林必定要跟父母一起生活。

"其实能回到亲生父母身边是最好的。"林陌桑说道。毕竟龙九子始终无法接纳裴西林，倒不如让他回到至亲身旁。

"大家长那边的意思是？"赖远辰看向萧甯，"他也同意让裴西林由他父母接管？"

"'家族'只为龙九子提供援助。"萧甯笑了笑，"这是今天大家长给我的原话，你觉得他是什么意思？"

不言而喻，裴西林是生是死何去何从，家族不会干涉。

林陌桑疑惑道："可是之前他不是还让你们将人囚禁在这里……"

"那是因为当时没有你。"萧甯瞥了一眼坐在窗边的少年，"现在你就是家族抵御那家伙的最好盾牌。"

一直坐在窗台上的少年始终不置一词，即便被讨论的对象是自己。直到林陌桑的目光投来，他才跳下阳台，直截了当地说道："他们不是我父母，我父母早死了，我不会跟他们走的。"

"你不是失忆了吗？怎么还记得父母'早死'？"

林陌桑戳穿裴西林，却没有引起对方的恼羞成怒，反而见他低下了头。

"我是真的……不记得了。"

"如果他们死了，现在来找你的人是谁？"

"我怎么知道？反正他们就是死了。"

倘若前几天听到这样的话，林陌桑还会感到惊讶。自从那日在学校见过李媛，看到她身上那几道麒麟的抓痕，知道裴西林的过往之后，裴西林的话就变成了另外一个意思。

李媛说，裴西林十二岁的时候兽化，他们惊吓过度不知如何处理，于是就将他关在家里。夫妻俩用了各种驱邪除魔的"偏方"，却不管裴西林的恐惧，让他度过了一段非常痛苦的日子。直到第二次兽化，裴西林伤了李媛逃走，他们才意识到自己做错了。大概正是因此，裴西林才一直怨恨他们，不愿意回家。

如果裴西林还在记恨当初，那么说"父母死了"抗拒回家也不难理解。

事到如今，已经不是由林陌桑去选择，支持或者反对裴西林与父母重归于好，而是，由她决定是否要对裴西林下命令，强迫他跟父母回家。倘若不下命令，裴西林很可能回家后再次逃跑。

"如果你只是不记得，所以感到陌生，那么这段时间试着适应如何？"林陌桑承诺道，"我陪你一起，直到你接纳他们。"

裴西林鼓着腮帮子，一口气闷在胸口。为什么她就是不信他的话？裴西林也懒得再解释，埋怨地看了林陌桑一眼，转身躲进了房间。

林陌桑不禁叹气，看来自己任重而道远啊。

虽然齐氏夫妇急于带裴西林回家，但也能理解这三年的情感鸿沟，于是接纳了林陌桑的建议，一旦有空就会来F市待几天，争取让裴西林早日适应。

于是周一到周五，林陌桑带着裴西林在学校上课，倘若齐氏夫妇来了，她有时也会陪着他一起吃饭、游玩。原本就为期末考焦头烂额的林陌桑，顿觉身心疲惫。好不容易周五裴西林被父母接去买东西，林陌桑才终得一口喘息的余地，结果抬头就看到了卓景然。

这一茬接一茬，还能不能让她好好学习了啊。

林陌桑本想装作没看到开溜，可惜卓景然眼尖，当两个人沉默着错身而过的时候，他直接拎着林陌桑的后领，将她拽了回来。

"我几天没来，你就把我当空气了啊？"卓景然凉飕飕地说道。

林陌桑这才发现，自上周五卓景然被打了，到这周五，她的确好像一次都没在学校见过他。

卓景然一看林陌桑的表情，就猜出了她的心思："你都没发现我没来啊。"

"你上次伤得很重吗？"林陌桑试探地问道，想必是伤得重，才会在期末考的节骨眼上请这么多天假。

"哼，现在关心是不是太晚了？"卓景然双手环胸瞥着林陌桑。

林陌桑无奈，认真问道："现在怎么样？还疼吗？"

"疼，你管赔吗？"卓景然一脸不屑地摇头，"虚伪。"

林陌桑被他说得火气也涌了上来，一改刚刚的柔声细语："卓景然，你是不是有病，听不得好话啊？"

卓景然一反常态，不仅没有生气，反而一脸委屈。

"是啊。"卓景然瘪着嘴看着林陌桑，"你又不是什么宝，我每天像个傻子一样跟他们争什么啊。可不是有病吗。"

"……这都什么跟什么啊？"林陌桑听得一头雾水，这话题跳跃得也太快了。

"我说你是傻瓜。"卓景然说着又不禁陷入自怨自艾，"我也是。"

"大人，您自嘲，能别拉我下水吗？"

"要脸没脸，要身材没身材，个性又强硬。"卓景然掰着手指数落，看着林陌桑蹙眉，"你究竟有什么好的？"

这就有点儿过分了啊，打招呼不带这样戳软肋的好吧。林陌桑觉得卓景然今天有点儿不对劲儿，意外显得有点儿……娇嗔？

林陌桑日理万机实在没空奉陪，转身就要走，却被卓景然拉住了手。

"性格这么硬，手却这么软。"

卓景然捏着林陌桑的手，捏得林陌桑起了一身鸡皮疙瘩。

"卓三岁，"林陌桑抬起被卓景然抓着的手，无奈失笑，"你是准备让我把你牵回教室吗？"

卓景然犹豫了一下，点了点头："唔。"

林陌桑白了一眼脑子抽风的少年，一把甩开他的手，逃也似的跑了。跑到一半还不忘回头嘱咐一句："少年，有病要治啊！"

被丢在原地的卓景然，不禁抬手捂住微红的脸。可惜他的病好像治不好了啊。

周六，齐氏夫妇邀请林陌桑一起吃饭。四人来到了一家风味菜馆，主打都是Y省的特色菜。Y省位于我国边境，与东南亚国家接壤，于是许多菜式都带着异域风情。酸甜鲜辣，有的菜还以薄荷佐味，林陌桑吃不太惯，裴西林却很喜欢。

曾有人说，乡音能改，但家乡的口味却很难改变。如此看来，齐氏父母当真是裴西林的亲生父母无疑了。不过Y省与F省距离上千公里，裴西林是经历了什么才会流落到这里的呢？

林陌桑想得出神，直到李媛重复了一遍问话，她才回过神来。

"你去过Y省吗？"

林陌桑摇了摇头，她虽然没去过，父亲林雨声却常去，甚至最后长眠于那里。

"等墨墨跟我们回家后，你可以常来玩。"

面对齐氏夫妇的邀请，林陌桑只是笑着点了点头。其实暑假她也本打算去那里找夏淑芳的。只是那毕竟是她的家事，于是并没多说，只是应和了下。

裴西林一直闷头吃饭，仿佛餐桌上的谈话事不关己。李媛帮他夹菜，他却视若无睹。一旁的齐瑞德看着略显焦虑，问道："之前给你买的衣服不合适吗，怎么还是原来那身衣服？"

裴西林不答，问题就落到了林陌桑身上。

"我们给他买了几件新衣服，毕竟换季了，他长袖长裤穿着也热。只是买衣服他也不愿意试，只能比着大小合适就让他带回去。衣服的事情还要麻烦你……"

林陌桑会意，说道："我会督促他换的。"

"我们后天就又要回去工作了，所以想趁明天还有空，带墨墨去近郊的游乐园玩一玩。不知道你有没有空，就当是作为你一直以来照顾墨墨的谢礼。"

明天是周日，林陌桑也不好推辞。毕竟他们亲子之间，还是需要她去润滑。嘴上说着"没问题"，林陌桑心里却在流泪，又要熬夜写作业了啊。

听到林陌桑会去，裴西林也就没吭声。

饭后，夫妇将林陌桑和裴西林送回了别墅。原本该回宿舍的林陌桑，心里还惦记着衣服的事情，不能让裴西林明天见父母还穿着一样的衣服。然而新衣服放在了哪里，无论林陌桑怎么质问，裴西林都不答。她翻遍了裴西林的房间，也没能找到齐氏夫妇买的新衣，最后还是在赖远辰的提示下，从垃圾桶里翻出了几件商标都没剪的衣服。

裴西林竟然看都没看就把衣服扔了。

林陌桑一直以为裴西林虽然不积极，但至少不反抗。每一次父母要带他去哪儿，只要林陌桑首肯，他都不拒绝。那时候她还天真地以为，过不了多久，裴西林一定可以打开心扉，重新接受父母。但是如今看来，裴西林根本是阳奉阴违，心里早有一套打算。

林陌桑拿着衣服，并没有问他丢掉的原因，而是说道："你还需要适应多久，能给我一个期限吗？"

林陌桑一句话就戳破了裴西林的心思。他原本想不反抗也不妥协，反正一周也见不了几面，对方忙起来就更没有闲情管他。既然这样，不如将适应期无限延长，长到最后有一方妥协。当然，裴西林相信，妥协的绝对不是自己。

"你或许真的不记得，所以很难短时间接受他们。"林陌桑语重心长地说道，"就像你当初也不接受我一样……可是信任是可以慢慢加深的，前提是，你要给他们一个机会。"

"我已经有你了。"言下之意，裴西林不想再接受其他人。

"可我毕竟不是你的家人。"没有血缘维系的感情，今天可以凭一时的善意与道德羁绊，但很难保证他们之间哪一天不出现变数。

"那你怎样才能做我的家人？"裴西林恳切地问道。

林陌桑无力，裴西林的思维根本与她不同。她一直在为他寻找"更好的""更合适"的，而裴西林只关注，怎么能让她一直当这个"保姆"。

"你准备就这么一直赖着我吗？如果我明天就死了，你怎么办？"

林陌桑问得裴西林双瞳颤动，但是很快他就笃定道："我不会让你死的。"

说不通，讲不明白，林陌桑气得想发作。可是发脾气又有什么用？最后林陌桑还是压下情绪耐着性子，帮裴西林把衣服上的商标剪掉，然后搭配好一身放在了床上。

"明天就穿这个去。"林陌桑指着床上的衣服说道，"我回学校了。"

裴西林刚想跟上，就听到林陌桑严令禁止道："不许跟着我！"

林陌桑小的时候，母亲夏淑芳倒是常带她和秦连臻去公园玩，但还没去过F乐园这种大型游乐场。

正逢休息日，许多父母带孩子来玩。爸爸让孩子坐在肩头，妈妈在一旁递水擦汗，抑或夫妇两人分别牵着孩子的左右手，孩子像在月球一般跳跃行走。因为林陌桑从来没有过这样的经历，所以看在眼中十分羡慕。她碰了碰裴西林，示意他朝旁边的一家三口看去："你看，这样才是最幸福的'组合'。"

裴西林知道林陌桑在暗示他与齐氏夫妇，心底不服，扬着下巴指向一对年轻情侣："也有那种的。"

林陌桑看着卿卿我我的男女，无奈拧眉，不知道如何解释："不一样的。"

"哪里不一样？"裴西林理直气壮地质问道。

林陌桑一时也答不上来，一旁的李媛看在眼里，笑眯眯地对裴西林说道："如果你以后能让陌桑嫁给你，你们就能够成为幸福的一家人了。"

裴西林虽然没理李媛，但话听到了心里，转头就向林陌桑问道："那你能嫁……"

林陌桑一把捂住了裴西林的嘴，堵住了他即将出口的话。

"你闭嘴！"

林陌桑只觉一阵冷汗，这家伙真的是没常识到让人抓狂！

"你们要玩这个吗？"齐爸打破林陌桑的尴尬。

裴西林扭头不答，像是没有听到。李媛不禁向林陌桑投去求助的目光。

裴西林今天穿了齐爸买的衣服，于是夫妇两人的目光都温和了很多。虽然裴西林对两人始终抗拒，但毕竟童心未泯，也未曾见识过这些大型游乐设备。即便依旧沉默不语，但从他发亮的眼神中已然能看出兴趣盎然。不过只要齐氏夫妇问他"要不要玩"，他都摇头拒绝。

林陌桑看着他的样子也有些犯愁。海盗船、碰碰车她玩过，但是这种像八爪鱼一般三百六十度旋转的大摆锤，她在下面看着就晕。但是又无法拒绝李媛恳求的目光，林陌桑只好咬了咬牙"舍命陪君子"。

林陌桑看着冲天飞起尖叫的人群，深吸了一口气，然后故作兴奋地指着"八爪鱼"说道："我想玩那个！"说罢用手肘碰了碰裴西林，低声问道："我一个人害怕，你一起去？"

裴西林故作为难，说道："既然你害怕，那我就勉为其难一起吧。"不过他的目光已经出卖了他，林陌桑窃笑，小样儿，还装呢。

齐氏夫妇也跟着两个人一同上了"大摆锤"。

林陌桑坐到座椅上，脚离开了地面，兴奋与恐惧感就瞬间上升。一旁的裴西林满脸好奇，两脚晃动着，已然迫不及待。像裴西林这样动不动就飞檐走壁的奇葩，根本不会理解林陌桑的紧张，她已经在心里把各大神灵念了个遍，只求这"酷刑"快点儿结束。

工作人员为每一名乘客检查好安全带，林陌桑紧闭着眼，仿佛就等刀下头落。

"你这个安全带系得不对呀。"一旁的李媛对林陌桑说道。

林陌桑睁眼，紧张到已然搞不清自己身在何方。只见李媛帮自己重新系了一下安全带，她才愣愣地说了一声"谢谢"。

机器启动的警铃响了三声，林陌桑大气都不敢出一口。一旁的裴西林见状，悄悄握了握她的手："别怕，有我。"

林陌桑感觉到手上一阵温暖。若换作平时，她定会笑话他，"你才几岁就来安慰我啊？"可是如今，林陌桑却感觉到前所未有的平静，平静中还有一丝小小的悸动。那只手虽然不大，却坚强有力，似乎真的安抚了她紧张的情绪。

所以当摆锤将林陌桑抛起，她随众人一起被离心力推远时，她浑然未觉一丝危机。直到其他人随机器下落，唯有她脱离座位飞向天空时，对面的人群慌乱的尖叫才让她惊醒。

林陌桑感觉自己坠落的速度非常快，快到只能听到风声。她几乎不敢想接下来会遭受怎样的撞击，只希望疼痛短暂一些，别让她摔得太难看。

"有人摔下去了！"

"墨墨！"

"快停下！"

恍惚间，林陌桑听到喊声，她只觉得天旋地转，索性闭上了眼睛。不过三秒，她却觉得异常漫长，漫长到当她摔落地面听到骨骼折断的声响时，恍如过了一个世纪。

然而林陌桑是清醒的，一双瘦弱的臂膀紧紧搂着她，几乎用全身包裹着她。她靠在少年的胸口，听到对方激烈的心跳，嗅到浓重的血腥味。剧烈的撞击并没有让她受伤，却让她感到眩晕恶心，还有无尽的恐慌。随即许多人围了上来……

"救命，救人啊，快打120啊！"

"女孩醒着，下面的男孩还活着吗？"

"你们看到了吗？刚才这个男孩从大摆锤上跳下来接住了这个女孩，太惊人了！"

林陌桑在短暂的晕眩中缓解，试图起身，却发现无法挣脱裴西林的臂膀。她听到他气若游丝地呢喃，无数次循环往复，像是承诺又像是预言："我不会让你死的。"

那一刻，林陌桑觉得心里崩塌了。

医院，急诊部，手术室外。

医生走出手术室的时候，齐氏夫妇就第一时间冲了上去。林陌桑坐在走廊的地板上，却只能远远地看着，不敢上前，生怕听到什么沮丧的消息。

"简直是奇迹，骨头和内脏都在自己愈合，速度快得就像是科幻片。"

医生显得有些激动，几乎语无伦次，刚说到要联系医院教授来观察病患时，萧甯就赶到了。

"我已经为他办理了转院手续，麻烦您去签个字吧。"

林陌桑在赶往医院的第一时间就联系了萧甯。她记得萧甯跟她提过，裴西林的体质特殊，重大伤口都可以迅速愈合。虽然这一点为裴西林的生命提供了保障，但也难免引起医院对这种不科学现象的关注。所以将裴西林转移到家族旗下的医院，是最保险的做法。

裴西林转入另一家医院的病房，林陌桑才敢在门口偷偷看他一眼。

齐氏夫妇陪在病床前，裴西林一醒过来，就一把掐住了李媛的脖子："是你动了她的安全带，是你让她摔出去的……"齐瑞德连忙上去阻止，却被裴西林一脚踢到了一边。

"你们究竟为了什么来找我，不说就杀了你们！"

李媛被掐得泪流满面，呼吸困难，这时候医护人员冲了进来，企图为裴西林注射镇静剂。李媛摆了摆手，声嘶力竭地说道："没事，我没事，别给他打针，是我的错……"泪水顺着李媛的脸颊流下，流过脖颈，湿润了裴西林的手掌。

就在裴西林有微微一丝松动时，齐瑞德迅速将李媛拽了过来。李媛大口喘着气，像是溺水重生，却还是止不住地抽泣。

医生最终还是在萧甯的默许下为裴西林打了镇静剂。

"患者家属先回去休息吧，现在还不适合探病。"

齐瑞德搂着李媛走出病房，抬头就看到了林陌桑。林陌桑红着眼睛，张了张口，却不知道该说些什么。

"对不起。"李媛先开口说道，"是我的错，我不该自作主张帮你调整安全带，还差点儿害死了你……"

"不要这么说。"齐瑞德拍着李媛的肩膀安慰道，"这是个意外。"

"叔叔说的是，这是个意外。"林陌桑说着哽咽了一下。毕竟最后她毫发无伤，却让齐氏夫妇最珍视的孩子险些丧命。

"你对他的影响力太大了。"齐瑞德犹豫再三还是对林陌桑说道，"我不敢想，这样下去，他还会做出什么极端的事。"

林陌桑满含愧疚地低下了头。

"我曾想过，等墨墨回了家，可以每个寒暑假接你到我们家里，可是现在……"齐瑞德欲言又止，"我们先回家了。"

林陌桑懂齐爸的担心。倘若自己最珍视的人，将生死大事交到一个陌生人手上……这个陌生人不会是他们的福星，而将成为他们的灾难。那么能做的必然是让他们远离，而非靠近。

"等一下，"林陌桑叫住齐氏夫妇，"你们今天就把他带回家吧。"

夫妇一愣，齐瑞德瞬间眉目舒展，而李媛却有一丝忧虑："可他不会听我们的……"

"我会让他听你们的话的。"

林陌桑看了看病房中睡着的裴西林。她知道，她手上这份权力，是时候转交给更爱他的人了。

裴西林醒来的时候，看到林陌桑正坐在他床边削苹果。

"你有没有受伤？"裴西林去拉林陌桑的手，焦急地检查着。

"你放开，我手上拿着刀呢。"林陌桑赶快起身举起了手，"你要再动，我可就真受伤了。"

裴西林见林陌桑活动正常，这才放了心，但是一想到今天发生的事情就气得咬牙切齿："那两个人一定没安好心，竟然害你！我一定要找他们算账！"

林陌桑默默削着苹果，也不去反驳。

裴西林见林陌桑一直默不作声，去抢她手上的苹果："别削了，我不爱吃那个。"

林陌桑闻言放下刀和苹果，从书包里拿出一袋火腿肠。她知道裴西林不爱吃水果，爱吃肉，但又不爱吃纯肉，最喜欢这种添加了各种香精，味道浓厚的合成食品。

果然裴西林的眼睛瞬间就亮了起来，笑着说道："专门给我的？"

林陌桑点了点头笑道："嗯，都是你的。"

裴西林也不客气，一把抱进怀里，撕开包装就大口吃起来。

"今天你救了我，还有什么想要的吗？就当谢礼。"

裴西林塞了满嘴食物，两腮鼓起，不解地指着怀里的火腿肠说道："这个不就是为了报答我吗？"

"这就够了？"林陌桑说完抿紧了唇，生怕流露出一丝哽咽。

"这么多呢。"裴西林提了提包装袋，"够了。"

"可你为了我摔断了腿，摔伤了内脏，流了很多血……"

林陌桑回想起当时的场景，就一阵后怕。那些血流出，就再也拢不起收不回，如同流逝的生命一样。

裴西林听到林陌桑声音哽咽，立马放下了手中的火腿肠。

"你不要哭，我没事的。"裴西林说罢就撩起衣服，展示已经愈合的伤口，"我好得特别快，过一阵子，疤都不会留下的。"

"嗯。"林陌桑轻轻应了一声。

裴西林以为她不信，拿起桌上的水果刀递给她："你往我身上划一刀试试，马上就能愈合。"裴西林将刀尖对着自己，刀柄递向林陌桑。林陌桑不接，裴西林有点儿急，将刀径直送到了她手中。

林陌桑忽然升起一股怒气，拿过刀一把扔到了地上。

裴西林愣愣地看着她，不明所以。

"你记不记得，我以前刺过你一刀。"

那时候，她听信萧甯的话，以刺伤裴西林的方式测试自己是否被暗示。

"哦，没多深。"

裴西林记得却不介意，毕竟林陌桑后来就道歉了。

"那你还把刀给我？"林陌桑在裴西林头上敲了一下，"你怎么这么不长记性？伤害过你的人，你怎么还能把刀给她？"

裴西林捂着脑袋，越发想不明白了："你怎么了？"

"我以后是会害死你的。"林陌桑握紧拳，故意露出凶相，"我只要命令你不许愈合，你就一定会死，你还不明白吗？"

裴西林看着林陌桑的眼睛，试图探究出她话里真正的含义。

"你不会的。"

"我会！"

"你不会。"

"我会！"

裴西林也不再争执，而是问道："那你现在要杀了我吗？"

林陌桑不置可否。

"我做错了什么？"裴西林只觉得一阵无力，"是因为那两人吗？"

林陌桑反问道："你也知道自己做错了？"

裴西林放软了态度，声音带着湿润的绵软："那你告诉我，我到底要做到什么程度，你才能满意？"

"没办法，你做不到的。"林陌桑故作强硬地说道，"你只会给我惹麻烦，让我焦头烂额。我们非亲非故，我却总要去给你收拾烂摊子，我也很累。"

裴西林仰头望着林陌桑，不置一词。林陌桑看到他瞳仁中的自己，强硬、冰冷、拒人千里之外，如刀锋如利剑，让人流血让人痛。

"正好，你父母找来了。他们爱你，还愿意接管你这个'麻烦'。"

裴西林摇了摇头，颤抖着嘴唇说道："我不要爱，要你就够了。"

"当初救你，只不过是一时心软，我现在后悔了。"林陌桑握紧的手也在发抖，"别再缠着我了，我现在很讨厌你。"

林陌桑说完，就觉得天地崩裂了一般。她看到裴西林哭了，那双倔强到对任何事都不会妥协的眼，竟然因为她的话流泪了。她可恶到什么程度，才会让他哭啊。

可是还没结束，还差最后一点儿，不能心软。

"所以从此以后我们再无关系，跟你父母走吧。"林陌桑向门外看了一眼，就看到已经等候多时的齐氏夫妇，"不要再回来找我。"

齐氏夫妇走了进来，李媛柔声对裴西林说道："墨墨，跟我们回家吧。"

"跟你父母回家。"林陌桑用尽全身力气，克制着即将崩溃的情绪，"听你父母的话。"

林陌桑看到裴西林看着她的瞳孔不断放大，眼泪顺着脸颊不停流淌而下，似乎在经历一件前所未有的，让他恐惧到发抖的事情。

裴西林脑中一片空白，只听到林陌桑最后一字一句说道："这、是、命、令。"

林陌桑已经不记得自己怎么转身离开的，她只记得裴西林在身后大叫，没有任何词汇，只是如同野兽一般嘶吼。她感觉到有东西砸在自己背上，但没有回头。砸在她背上的东西，滚落到地上，林陌桑落脚时踩到才在失神中停下步子。

林陌桑低头看了一眼，红色包装的火腿肠被她踩出一片灰迹。

一如踩在她的心上，疼得让她落下泪来。

当天晚上，裴西林与齐氏夫妇搭乘飞机前往了Y省。裴西林什么也没有带，原本那栋别墅里就没有什么属于他的东西。甚至在过去的三年里，他唯一拥有的自由，都被这个房子的主人生生剥夺。

家族对裴西林离开一事，没有发表任何意见，犹如风来，风走，不惹一处尘埃。

自那天三人离开之后，齐氏夫妇也再也没有与林陌桑联系。她可以理解齐家父母心中的恐惧，也就没再计较。

之后的一周是安静的一周。

林陌桑也总算可以安静下来准备期末考。可是周身安静了下来，心却安静不下来。裴西林流泪的脸，总是在她脑海中挥之不去。每一天，她都要默念无数次"这是为了他好"，才能稍微缓解内心的愧疚感。

可是，倘若将裴西林交给爱他的人是对的，那么为什么不能让自己变成比父母更爱他的人呢？

因为她没有自信，没有自信付出更多的爱，没有自信许下一生的承诺。说到底，她还是一个自私卑鄙的人。

王湾湾见林陌桑常常出神，不禁也为她担忧起来。有时她凌晨醒来，发现林陌桑还在灯下苦读。她没办法分担林陌桑的痛苦，只能每天放一些零食在林陌桑的桌子上。毕竟对她来说，好吃的食物是一种可以化解愁闷的东西。

可惜在王湾湾的悉心"喂养"下，林陌桑还是在期末考试中考砸了。她从之前的第一名，跌落到了全年级第六名，竟然连前五都没进。

林陌桑看着排行榜上的白纸黑字，不禁自嘲一笑。其实她走出考场的一刻，已然预料到了结果。因为她竟然完全不记得刚刚两个小时中究竟写了什么东西。

第六名的林陌桑心态坦然，第一名的卓景然却急得跳脚。

"林陌桑，你怎么回事？"

卓景然拦住林陌桑，一副她不解释清楚他就不放她回宿舍的架势。

"我怎么了？"林陌桑笑了笑，"你实至名归，恭喜啊。你的粉丝们早就盼望着这一天了。"

"我问老师要了你的卷子来看，简直气死人。"卓景然翻出一个笔记本，上面写满了林陌桑的错题和丢分点，"你考试带脑子了吗，送分题你都能错？"

"可能没看清题目。"林陌桑敷衍道。

"这次数学卷子，全年级就你做出来了最后一道题，结果你竟然把答案的小数点点错了一位！"

"可能天气太热了吧。"林陌桑继续敷衍。

卓景然看着林陌桑一副兴致缺缺满不在乎的样子，觉得自己气得头发都要烧着了。

"林陌桑，那个狗子走了，你的魂儿也跟着走了吗？"

林陌桑这才抬眼，正视卓景然。卓景然见她一下来了精神，不仅不高兴，反而更生气了。

他巴巴地守在办公室，主动帮老师统计分数，就是想第一时间知道他能不能扬眉吐气，反超林陌桑。结果，林陌桑不仅没能成为他的竞争对手，还让他大失所望。

到最后，他甚至求着老师，让他再帮林陌桑重核一次分，看看是不是哪里错判了。他拿着林陌桑八门课的卷子，一门一门给她算分，每一门都算了六七次。可是最终只帮她捡回一分同情分。

年级前一百的排行榜贴出来的时候，他已经知道自己是第一名。换作以前，他一定会到榜前自拍一张，一雪前耻。如今他却一眼都不想看。

不久之前，卓景然还觉得自己屈居第二，头顶上的人是眼中钉肉中刺。可是现在却觉得，那位置刚刚好——那张榜单上，他在距离林陌桑最近的位置。没人能靠近她，那是独一无二的，独属于卓景然的位置。

可是现在，林陌桑却主动远离了他。

"你心里有那家伙，有辰哥。"卓景然吞咽了一下口水，"谁都有，就是没我。"

"凡是我的朋友，我都放在心里。"林陌桑纠正道，"你也是我的朋友。"

"你心里装了太多人，我觉得地方有点儿小。"卓景然忽然弯腰欺近林陌桑，眼对着眼，鼻对着鼻，"有没有什么其他特殊的位置，专门给我？"

"你在说什么？我怎么听不懂？"

林陌桑觉得眼前的人靠得太近，于是推了一把卓景然，却没推动。卓景然牵着嘴角笑了一下，又往前靠近了半分，林陌桑不禁后退了一步。

"你不是说换个人吗？"卓景然步步紧逼，"换我吧。"

林陌桑眼神晃动了一下，不知卓景然是在说笑还是认真。

"我说，辰哥的位置给我吧。"卓景然贴近林陌桑的耳郭，"喜欢我吧。"

卓景然说出口的那一刻，觉得自己的心都跟着飞了起来。

耳边温热的气息吹得林陌桑又痒又燥，只觉初夏的日头让她眩晕，出了一头的汗。眼看卓景然又要向前靠近，林陌桑当机立断狠狠踩了他一脚。

只听卓景然哀号一声，抬起受伤的脚，狼狈地单脚跳了几下。

"不。"

卓景然一蒙，眼中闪着疼出的泪花，不可思议道："你说啥？"

"我说不换你！"

卓景然第二次蒙，抹掉眼角的泪花，不可思议道："你确定？"

"确定。"

林陌桑说罢转身走了，干脆利落。卓景然愣在原地，反应了足足半分钟。所以，他现在是被林陌桑拒绝了？

等等，他看上的姑娘是不是瞎？

林陌桑被卓景然这一出搅得有点儿慌乱。不理想的期末考有一瞬间竟被她抛诸脑后，她不知是该谢还是该骂那个罪魁祸首。

林陌桑拿着试卷，想回宿舍把错题重做一遍，没想到，还没走到宿舍门口，就接到了萧甯的电话。

萧甯只问了三个问题。

"齐瑞德夫妇后来有联系你吗？"

"没有。"

"裴西林跟那对夫妇离开，是他自愿，还是你下的命令？"

"命令。"

"命令内容是什么？"

"听父母的话。"

萧甯得到答案后，在电话那端沉默了三秒，然后对林陌桑说道："你来龙湖别墅这边一趟吧，我有事情要告诉你。"

第十四章 衔尾龙的谜局

林陌桑来到别墅，还没进门，就听到萧甯在里面发脾气。萧甯大小抱怨常有，但鲜少像这样破口大骂。林陌桑听到碗盘哐当落地的声音，赶快敲门走了进去。

赖远辰正半跪在地上收拾摔落在地上的餐食，见林陌桑来了，不禁对萧甯多了几分厉色："你好好说，不要把脾气发在别人身上。"

"好好说什么？"萧甯往沙发上一靠，胡乱抓了一把头发，"说我精明一生，结果被一对夫妇骗了？"

萧甯也不愿意多作解释，丢给林陌桑一个档案袋。

屋子里空调温度刚好，林陌桑却拿着档案袋出了一身冷汗。袋子里是一份剪报整理，一份亲子鉴定结论书，还有一份裴西林的血液检测报告。

剪报是几则Y省普通居民受到不明野兽袭击致伤致死的新闻。新闻时间分别是三年前与四年前，一对夫妇失血过多抢救无效丧生，十二岁的儿子失踪，另一对夫妇中妻子重伤，儿子也失踪了。报道中都用的化名，林陌桑一时没能明白这其中的关联。

亲子鉴定是林陌桑那天见过的，也正是这一份证明让所有人相信，齐氏夫妇是裴西林的亲生父母。而裴西林的血液报告不过是一些血常规数据，林陌桑也看不出所以然。

"所以到底是怎么回事？"林陌桑急切地问道。

萧甯跟自己生气并不作声，赖远辰没了办法，拿过剪报，将它们分成两份。

"这些报道说的是裴西林家的事。"赖远辰指着左边的材料说道，"剩下的，是齐瑞德夫妇家的事。"

在赖远辰分门别类的时候，林陌桑就已经有了预料，但是显然结果比她想象中更残酷："所以，裴西林的父母早就死了？"

赖远辰点了点头："四哥去查了当年警方的案底，死因是被野兽袭击……"

林陌桑只觉脑中"嗡"的一阵闷响，愣在原地。

野兽是什么，大家都心照不宣。也就是说，裴西林第一次兽化时，丧失了人性意识，失手杀了自己的父母。

"所以裴西林或许真的是失忆了。"赖远辰推测道，"在生物学的角度来说，这是应激反应。就是在人遭受巨大打击时，会选择遗忘来自我保护。但是这种失忆大多是一时的，未来会渐渐想起来。"

"所以裴西林根本没忘记父母双亡的事情。"萧甯接着赖远辰的话说下去，"但是他说不出口，是他兽化时杀了自己的父母。"

萧甯的失误也正在于此，他一直在窥探齐氏夫妇的真心，却忽略了裴西林的想法。齐氏夫妇的确受到过麒麟袭击，儿子也确实在那之后失踪了。所以即便萧甯可以读心，也读不出对方的破绽。碍于"兄弟阋墙必受惩罚"的警告，萧甯不能对裴西林使用读心术，因此对他挂在口头的"父母死亡"，也就不再深究。毕竟只要确认一方属实，矛盾的另一方就必然是谎言。

所以他万万没想到，两方都没有说谎。

"至于这两份报告，你可能会看不懂。"赖远辰将血液报告与亲子报告的数据对比给林陌桑看，"直白地说，亲子鉴定用的并不是裴西林的血液。具体是谁，我们也不得而知。"

"家族内部出了奸细。"萧甯咬着牙说道，"竟然在我眼皮子底下偷天换日。"

亲子鉴定是在家族旗下的医院做的，萧甯本以为万无一失。直到不久之前，F市第二医院联系了萧甯。这家医院是裴西林在游乐园重伤后被送入抢救的医院。主治医师一直对裴西林的自愈奇迹念念不忘，于是希望萧甯能允许他对裴西林的血液样本进行研究。萧甯为了不生事端，于是拒绝了对方，同时，将裴西林所有样本信息及体检报告都收了回来。也正是这份血液报告，让他发现自己被骗了。他发现血液检测数据与亲子鉴定上的不符，等他去找鉴定负责人时，发现对方已经跑路了。

亲子鉴定的时候，萧甯紧盯着齐瑞德以防他作假，却没想到裴西林的检测样本被偷天换日。对方算准了萧甯多疑的个性，却也堪透了他盲目的自负。

"敢骗我。"萧甯一阵冷笑，将手中的亲子鉴定揉成一团。

"我只想知道一件事情，"林陌桑冷静地问道，"齐氏夫妇带走裴西林的目的是什么？"

"家族在四处抓捕裴西林时候，发现有三股势力也在找他。"赖远辰一一说明道，"一是寻找失踪者的警察，二是见过黑麒麟真身的民间研究组织，具体不明，三是至今没查出身份的人马。"

赖远辰说的三股力量，一友一敌，还有一个不明敌我。

林陌桑不希望想得如此复杂："也许是齐氏夫妇搞错了人？"

如果对方是将裴西林当成了当年失踪的儿子，那么裴西林这一去，未尝不是一个好结果。毕竟两人是出于爱的目的才将他带回家的。

萧甯听罢，在一旁冷笑了一声。

"好闺女，我忘记告诉你一件事。"萧甯敲着桌上四年前关于齐家的报道，"这上面虽然写着儿子失踪，但其实一周后就找到了。"

不等林陌桑追问，萧甯就冷下脸说道："残尸。"

这就意味着齐氏夫妇早就知道他们的儿子已经死了，而且是被麒麟害死的。林陌桑一想起那日，李媛露出抓痕的情景，她就觉得天昏地暗。齐氏夫妇知道裴西林就是麒麟，并且清楚他雨天兽化伤人的事情。

"他们不是把裴西林当作已逝儿子的代替品，而是杀人凶手。"林陌桑绝望地说出分析后的结果，"他们是来找裴西林复仇的。"

而林陌桑，亲手将裴西林送到了两人手中。不是爱着他，而是对他恨之入骨的两个人。

——她亲手将裴西林送给了刽子手。

林陌桑感觉全身血液凝滞，腿上瞬间没了力气，一头栽倒在地上。

"你怎么了？"

赖远辰迅速上前扶住林陌桑。女孩苍白着脸，全身颤抖如坠入冰湖当中。

林陌桑的头上撞了个包，她却感觉不到疼痛，只觉得有些晕眩，仿佛眼前看到、刚才听到的不过是一场梦境。

赖远辰抱住林陌桑，轻轻安抚着她。

"也许没你想的那么糟糕。"

林陌桑强迫自己缓过神来，推开赖远辰，一步步走向萧甯。

"他们骗了你，你就这么算了吗？"

萧甯愣了一下，说道："当然不能这么算了。"

"好，那你找到他们之后给我消息。"

林陌桑的反应超出了赖远辰与萧甯的预料。

毕竟是林陌桑下了命令，封死了裴西林逃生的可能。按林陌桑过去的性格，即便她现在给自己一刀，他们也丝毫不会意外。可是她不仅没有冲动地大哭大闹，还冷静地分析了萧甯的心理，知道借助他的力量去找齐氏夫妇的消息。

赖远辰与萧甯刚交换了一个眼神，就听到林陌桑问他话。

"赖老师，你说的那个民间科研机构，找裴西林是要做什么？"

"大概是想做生物学上的研究。"赖远辰对这个组织知之甚少，只道，"他们一直在寻找传说中的兽类，龙也是他们的研究对象之一。"

"死体研究还是活体研究？"林陌桑问道。

"当然活体更好。"

赖远辰说完，忽然明白了林陌桑问这话的意思。她在确认，倘若齐氏夫妇跟这个组织有关系，裴西林生存的可能性。

林陌桑在心里细细盘算着，又问道："第三股力量没有留下什么蛛丝马迹吗？"

赖远辰摇了摇头。其实说是第三股势力，但家族其实只是发现有人在阻碍他们对裴西林的追捕，并不清楚对方的身份与真正目的。

"有。"

萧甯忽然起身走到林陌桑身边，拿起她的手，在她手心画了一个"∞"。林陌桑看着萧甯的眼睛，许久才问道："衔尾龙？"

"我从家族偷听到的信息只有这么多。"萧甯笑了一下，耸了耸肩坐回了沙发中，"其他爱莫能助。"

林陌桑攥紧手指，将萧甯画下的符号藏进手心。

"我那天之所以去父亲的研究室，是因为我收到了一个以我妈名义寄来的包裹。"林陌桑忽然说道。

"我知道。"萧甯在向警方报案时，已经查清了来龙去脉。

"但是我没有告诉你们我收到的是什么。"林陌桑继而说道，"是一块有衔尾龙纹饰的青砖。"

萧甯扬起下巴，露出一丝惊异，等着林陌桑的后话。

"那天游乐园的事故，裴西林之所以会重伤，也是为了救我。而我之所以会摔出去，是因为李媛动了我的安全带。"

"所以你的猜测是什么？"萧甯直接问道。

"假如齐家人的目的是带走裴西林，为什么要让我死？"林陌桑冷静地分析道，"而且，他们怎么知道裴西林能兽化，怎么知道他十二岁第一次兽化这个细节的？更重要的是，他们为什么敢动杀死他们儿子的'怪物'，不怕对方反击吗？"

林陌桑说到这里，赖远辰与萧甯已经顺着她的思路分析出了结果。

"唯一的可能就是，他们知道你能控制他。"

是的，林陌桑正是想清楚了这一点，才将研究室火灾与游乐园意外放在一起比对。齐家夫妇显然没她想象的那么单纯。单是他们如何获知裴西林雨天变化的秘密，就值得深究。而现在，他们甚至还知道林陌桑能够控制裴西林这件事。

"知道我能控制裴西林的人，只有家族还有那个想要让我死的人。"

且不说后者是否包含在前者当中，亲子鉴定一事，已经昭示两者必然有密不可分

的关系。如今只要判断出这一点，就可以无限缩小调查的范围。

"齐家人与第三方势力有关，而第三方势力想让你死。"赖远辰总结道，"那么他们对裴西林是什么态度？"

"至少不是死。"萧甯揣测道。

林陌桑点了点头，她也是这样想的。如果他们想让裴西林死，就不会等到将人骗离林陌桑身边再执行。毕竟对于他们来说，林陌桑是随时可以碾死的蚂蚁。

至于真正的目的，林陌桑也不得而知。但是分析到这一步，也就可以证明裴西林短期内不会有生命危险。只要坚信这一点，至少可以将她从崩溃的边缘拉回来，理智冷静地去面对、解决这个难题。

"齐家人的事就拜托干妈了。"林陌桑恳请道。

"你不用拜托我，我本来也要找他们算账。"萧甯冷哼了一声，说罢发了一条信息，又对林陌桑说道，"明天就给你消息。"

"我已经联系了海关的朋友，确定裴西林没有出境。"赖远辰拿起车钥匙，拍了拍林陌桑的肩膀，"今天太晚了，我先送你回宿舍休息。不要胡思乱想，我和萧甯会帮你一起想办法的。"

林陌桑点了点头，在心底说了一声谢谢。

这天晚上，林陌桑回到宿舍已经是晚上十点。一进门，王湾湾就凑了过来，上上下下地检查林陌桑的状况。

"没考好就没考好，以后还有机会。"王湾湾焦急地说道，"电话也不接，还以为你想不开，出什么大事了呢。"

林陌桑一把捞过王湾湾，抱住她，将头埋在她颈间。

"我做错了一件事。"

王湾湾有点儿蒙，她是不是想说她做错了一道题？

"错了就错了，改正过来就好了。"王湾湾拍拍她的肩膀，安慰道。

"改正了，他会原谅我吗？"林陌桑问道。

王湾湾依旧很蒙，她是不是想说老师会不会原谅她没考好？

"会的会的，他清楚你不是故意的。"

林陌桑轻轻蹭着王湾湾，感受着她身上稚嫩的乳香气，缓解内心上涌的酸楚："你说我怎么这么蠢？"

第一次被萧甯利用，捅了裴西林一刀。第二次竟然又被骗，将他送进了虎口。

"大家都有犯傻的时候，我也是呀。可是你大部分时间比我聪明多了啊。"王湾湾想了想，又觉得哪里不对，"你是在说考试的事情吗，要是有其他事想不开也可以跟我讲一讲啊。"

林陌桑直起身，看着王湾湾，忽然问道："你这次考了多少？"她没在前一百的榜单上看到王湾湾的名字。

王湾湾愣了一下，忽然发出一阵夸张的傻笑，顾左右而言他，最后提着一桶衣服逃也似的去了洗衣房。

"哎，早点儿回来，别太晚了。"

林陌桑在她出门前嘱咐道。

她已经伤害了裴西林，不能再让王湾湾出事。所以很多事情她不能讲，讲多了只会让王湾湾置身危险当中。

林陌桑暗暗发誓，要赶快变得强大起来，这样才能保护她珍惜的人。

大概半个小时之后，王湾湾才提着一桶衣服回了宿舍。见林陌桑没再问起考试成绩的事情，不禁松了一口气，安心去阳台上晾衣服。

"我把你和我的校服混在一起洗了，可是我们好像号码是一样的，你分得出哪件是你的吗？"

林陌桑无精打采地看了一眼，心想王湾湾还不知道她早就调换了两人的衣服。

"都可以，你选一件，我穿另一件就好。"

王湾湾不甘心，拿着两件洗好的校服来回翻看，试图辨认出来。

"啊，这件是你的！"

王湾湾拿着校服，摊开校服的内衬给林陌桑看。

"这里有个'林'字，是你的吧？"王湾湾皱着眉打量着那个歪歪扭扭的字，"不过，你怎么能把自己的姓写得这么难看，哈哈哈！"

林陌桑一头雾水，凑到王湾湾身边，没想到校服胸口的内衬上还真有个"林"。

"这不是我写的。"林陌桑看着那长短相近的一横一竖，心中忽然"咯噔"一下。她记得她教裴西林写自己的名字时，他就喜欢将"林"字的横竖写得一样长。

"那是谁写的？"王湾湾开玩笑地说道，"难不成是'雷锋'？"

那一瞬间，林陌桑忽然感觉一阵温热的风吹过心口。一如那日，她在教职工宿舍的洗衣间，看到那件在微风中晃动、洁净如新的校服时的感觉。

"这不是我的名字……"

林陌桑拿起那件校服，反复摩挲着"林"字。一横一竖，一撇一捺，一横一竖，一撇一捺……你的名字里有我的姓氏。

这是裴西林在向她邀功，他替她洗了衣服。他再也不是那个只需要她来照顾的小孩，他也可以反过来照顾她的。

可是林陌桑却没发现，直到最后那一刻，她还是把这个极力想要靠近自己的人推了出去。她究竟做了什么混账事啊？

"陌桑，陌桑，你怎么了？"王湾湾慌张地抹着林陌桑的脸，"为什么哭了？"

林陌桑抱紧校服，将它捂在胸口无声地哭泣。压抑了一天的情绪被这一笔一画划开了口子，瞬间涌泄而出。

王湾湾吓坏了，不知道如何安慰林陌桑，只能抱着她一起流泪。该是遇到了多痛苦多难过的事，才会让这个聪明坚强的女孩哭成这样啊。

"我要把他找回来！"林陌桑一边哭一边重复道，"我一定要把他找回来！"

只要这一次她能把裴西林找回来，她发誓，她再也不会把他推给别人。哪怕有真正爱他的人要带走他，她也绝不放手。

如果有人爱他，那她就变得比对方更爱。

一定要把他找回来！

第二天，萧甯不光带来了齐氏夫妇的消息，还有两张前往Y省的机票，其中一张写着林陌桑的名字。

萧甯将机票递给林陌桑，林陌桑一愣："这是？"

"你不是暑假要去找你亲妈吗？"萧甯一笑，"干妈赞助你往返路费，顺便跟我去Y省抓那两个骗子。"

"找到了？"林陌桑激动得几乎哽咽，"他怎么样？"

"只是暂时想办法将齐瑞德和李媛滞留在了Y省，那小子的情况还不知道。"

林陌桑握紧机票，也不再多问，说道："那我现在就回去收拾东西。"

父亲林雨声在Y省境内遭遇意外，而且之前的青砖也来自Y省境内的古墓，似乎所有线索都在将林陌桑指引向那里。那里是我国境内纵贯东西的高原，有着最凶险的无人区，也有着上古传说《山海经》中描绘的昆仑山脉。那里是中国神话中珍禽异兽的起源地，也是人类至今无法完全探寻揭秘的神秘之境。

不久之前，林陌桑已经与夏淑芳约好暑假去Y省找她。原本林陌桑要打工挣路费，八月才会出发，没想到裴西林的事情让她提前踏上了行程。这一提前搞得卓景然措手不及，他想着八月也去Y省，装作与林陌桑"不谋而合"，现在计划全被打乱了。

"你就不能再等等，一定要明天就去？"卓景然在林陌桑宿舍门口软磨硬泡，"我爸妈这边给我请了个英语外教，必须上完一个月的口语课我才能出去玩。"

"我不是去玩的。"林陌桑纠正道，"而且你要去玩就按你的时间安排，管我干什么？"

"林陌桑，你以为我想去Y省啊，我还不是因为你才……"

卓景然说不下去了，这么说实在太掉价了，怎么感觉像是自己在倒贴她呢？

林陌桑瞥了一眼赌气的卓景然，心里有些犹豫。其实上次卓景然提出"喜欢他"的时候，她因为裴西林的事情没有细想，只当是卓景然在开玩笑。毕竟卓景然一直自我感觉良好，习惯了众星捧月的感觉，所以想积极吸纳林陌桑到自己的粉丝阵营，她也可以理解。

无论玩笑与否，林陌桑都不喜欢含糊不清，索性表明态度："你很好也很优秀，喜欢你的女生，你招一招手就能排一条长队。所以，我觉得你不要在我身上费心思了。"

"谁……谁在你身上费心思了？"卓景然嘴硬道，"我是看你挺真诚，所以允许你喜欢我，这是特赦，懂不懂？"

"那真要谢主隆恩了。"林陌桑笑了笑，不以为意，"如果你是为胜负心，那我认输。我愿意做你粉丝，以后给足你面子。"

"粉丝？"卓景然有些蒙，"我什么时候让你做我粉丝了？"

"不是粉丝，是什么？"林陌桑想了想，"后援团？"

"我给你特赦，你就只想做个'后援团'？"卓景然算是明白了林陌桑的想法，"究竟是你太自卑，还是根本对这种事少根筋？"

林陌桑耸了耸肩没有回应，随便他怎么想吧。

"这些零食你拿回去吧，太多了。"林陌桑将卓景然带来的两大包零食递还给他，"我吃不完，登机安检什么的也不太方便。"

卓景然不接，反复审视着林陌桑，搞不清她到底是什么意思。他话都说到这个份儿上了，她怎么就不顺着台阶上来，顺理成章跟他告白呢？

"反正我送出去的东西没有退回来的先例，你不要就喂狗吧。"

卓景然说罢转身走了，走到一半忽然回头说道："我们的事没完，我这就回去让我爸妈把外教辞了，你在Y省等着我。"

林陌桑没办法，只好把零食提进了宿舍。王湾湾刚才在屋里听到两人的对话，一时有些尴尬，装作收拾回家的行李。

"我明天要赶飞机，这些零食你留着吃吧。"

林陌桑将两大包零食递给王湾湾，王湾湾故作惊喜地接了过来。她翻了翻袋子，发现里面都是价格昂贵的进口零食，想必买这些零食的人也用了心。

"那个……"王湾湾一闭眼，终于问出了口，"你喜欢的人是卓景然吗？"

林陌桑一愣，说道："当然不是。"

王湾湾看了看林陌桑，又看了看零食，又回头看了一眼卓景然刚才站的地方。如果林陌桑说的是真的，卓景然这算啥？

"卓景然在追你？"王湾湾不可思议道。

"啊？"林陌桑同样一脸蒙，"他追着我打还有可能。"

王湾湾嘴上"哦"了一声，心里却似乎想明白了。敢情，敢情她的卓大神这是"暗恋"？王湾湾忧愁地看了林陌桑一样。哎，一个是她最喜欢的女生，一个是她最喜欢的男生……

"你怎么了？"林陌桑见王湾湾唉声叹气，不禁问道。

"没事。"王湾湾摇头，转移了话题，"你东西都收拾好了吗？"

其实除了换洗的衣物，林陌桑也没有什么东西要带。只有一样东西她犹豫再三，还是决定交给王湾湾保管。

"这个。"林陌桑拉过王湾湾的手，将龙神骰子放在她手心，"你暂时帮我收着可以吗？"

"这是？"

王湾湾拿着骰子反复打量，看到上面的龙纹图案时，不禁张大了嘴。

"这个该不会就是你说的那个骰子吧？"

林陌桑点了点头："不过，三次愿望已经用尽了，它现在就是个没用的木块。"

"真的啊？你没试过再扔一次吗？"王湾湾虽然这么说，手上却不敢尝试，"也许龙神是骗你的，它可以无限次使用呢？"

林陌桑握住王湾湾的手："无论它是否还能生效，我都不会再用它了。骰子落地生契，契就是约定，如果破坏约定，必然会付出代价。"

王湾湾点了点头："你说得对，能靠自己也没必要靠它。"

"所以为防万一，我不能将它带在身边。"

第二次阴差阳错召唤出黑麒麟，就是因为她和卓景然争执时发生的意外。林陌桑不能让这种事发生第二次。

"你放心，我会帮你好好保管的。"王湾湾拍了拍胸脯，"它在我在，它亡我亡。"

林陌桑被她大义凛然的模样逗笑了："不，你比它重要。"

"呜呜呜，"王湾湾一听这话就心软了，一下抱住林陌桑，"陌桑你把我装进你行李箱带走吧，一个暑假见不到你，我会想死你的。"

林陌桑回抱她的肩膀，笑着说道："我也会想你的。"

第二天一早，林陌桑就打车前往机场与萧甯会合。然而两个人到了安检口，萧甯却拿着手机在门口徘徊。

"干妈，时间快到了，我们赶快进去吧。"林陌桑催促道。

"你赖老师担心我照顾不好你，昨天说也要来，结果现在还不见影子。"萧甯说罢又给赖远辰打了个电话，"电话也没人接。"

欣喜与感激过后，林陌桑也不禁有些担心。赖远辰向来守时守约，不会做给别人添麻烦的事。

"哎，接了！"萧甯听到赖远辰的声音，就不禁抱怨，"你怎么回事？都几点了？"

萧甯说了没两句，就收了声，眉头却越锁越紧。

"人为还是意外？"萧甯面色凝重，"好，那你先回去吧，这边的事情我来处理。"

萧甯挂了电话，林陌桑才敢开口："怎么了？"

"你赖老师家里出了一些事情，必须回英国去处理，今天他就不过来了。"

萧甯说得轻描淡写，林陌桑却不觉得这么简单。

"很严重？"

萧甯沉下了脸，没有回答。赖家的事，恐怕这一次连他都帮不上忙。

"你不用管了，不关你的事。"

裴西林的事已足够棘手，林陌桑也分身乏术，于是不再多问。

林陌桑与萧甯一下飞机，就乘坐萧甯安排的专车前往齐家。

齐瑞德与李媛这几日一直被迫留在家里。

萧甯为了不让他们逃跑，用了一些手段，诬陷两人在进出口贸易当中偷税漏税并夹带违禁货品。于是在警方的严密监控下，两人不仅无法出Y省，连出家门都困难。

林陌桑再一次见到齐氏夫妇，心情非常复杂。她恨不得将骗子千刀万剐，又能够理解丧子之情情有可原。

齐瑞德与李媛坐在沙发上，对登门造访的两人，齐瑞德一脸有恃无恐，李媛坐在角落沉默不语。林陌桑没说话，先进屋子找了一圈，没有看到第三个人，才问道："裴西林呢？"

"死了。"齐瑞德冷冷回应道。

林陌桑倒吸一口气，身后的萧甯按住了她的肩膀。她回头看了他一眼，萧甯对她摇了摇头。林陌桑知道，萧甯看出了齐瑞德在说谎。

"好好合作，说出人在哪里，我可以让你们被少判几年。"萧甯威胁道，"否则，我也可以让你们把牢底坐穿。"

"当年它带走我儿子，我恨不得跟它同归于尽。"齐瑞德笑了笑说道，"我连死都不怕，还怕坐牢？"

萧甯咬牙，他做律师，向来最恨对手是疯子，无欲无求就抓不住软肋。

"我再问你一次，人在哪里？"萧甯恶声质问道。

齐瑞德耸了耸肩，拒不回答。这人也在商场混迹多年，精明狡诈，萧甯的读心术很难对他生效，于是只好将目标转向李媛："齐夫人，裴西林在哪儿？"

李媛捂住脸摇了摇头，嘴上念着："我不知道，我不知道。"

萧甯一挑眉，看出了李媛的恐惧："你们虐待了他？"

林陌桑握紧了拳头，不敢想象裴西林这段日子受了多少苦。

李媛一惊，连忙摆手："没有，没有！是他总是死不了，不是……不是虐待。"

"因为你们杀不了他，所以让那个帮你们的人，把他接走了？"萧甯看不太清李媛的心思，只能根据零星的信息去推测试探。

说到这里，齐瑞德的神情忽然松动了一下。

"那个人是谁？"萧甯只要追到一点儿线索就抓紧不放，"是他告诉你们裴西林的事的？"

齐瑞德和李媛咬紧牙关死不松口。萧甯最后急了，上前拽住了齐瑞德的领子："你以为你是谁，不怕死怎么了，我可以让你们生不如死！"

一旁的林陌桑拉住萧甯，说道："我跟他们说说看。"萧甯也有些疲惫，于是松了手，沉默着双手环胸站到了一旁，观察齐氏夫妇的神色，看能不能读出些有用信息。

"你们是想为死去的儿子报仇，是吧？"

齐瑞德不回应，算是默认。林陌桑看了一眼李媛，见她红了双眼，下意识地摸着脖颈上的伤疤。

"你们确定裴西林是杀害你们孩子的真凶吗？"林陌桑问道，"除了那个人告诉你们的信息，你们怎么确定裴西林一定就是凶手？"

齐瑞德抬头看了她一眼，说道："我亲眼见过他变成麒麟的视频。我当时虽然不在场，但是我夫人可以确认孩子是被麒麟带走的。"李媛在一旁瑟缩着点了点头。

视频？林陌桑心里一顿，对方竟然拍摄了裴西林兽化的过程。林陌桑默默记下，又问道："你们遇害是在四年前吗？"

齐瑞德点了点头。

"但是裴西林四年前才十一岁。"林陌桑将萧甯那天给她的剪报拿出来，"十一岁他还不会在雨天兽化。"

那份三年前的报道刚好证明了裴西林十二岁时第一次兽化离家的时间。

齐瑞德看着两份报道愣了愣，犹豫着反驳道："一个吃人的怪物，十一岁十二岁又有什么区别，除了他，还能有谁？"

"他不是怪物，他也不吃人。"林陌桑强调道，"他和你们一样是受害者。"

齐瑞德冷笑一声，不再回应。

一年的时间差，足以证明裴西林不是凶手。可是齐氏夫妇根本不懂"十二岁"的关键所在。林陌桑也不能用龙九子的例子作为证据，只能默默咽下不甘，说道："我再问一遍，你们确定凶手是一只黑麒麟吗？"

"是的，就是他！"齐瑞德愤然起身，对着林陌桑大吼道，"你还要我说几遍！"

一旁的李媛忽然抬起了脸，小声地问了一句："黑……麒麟？"

此时，萧甯将注意力集中在李媛身上，心里一惊，脱口说道："你看到的是一只红色的麒麟？"

李媛惊慌失措，躲开萧甯的审视，啜泣着说道："我不知道，不知道……"

林陌桑上前，一把按住李媛的肩膀，质问道："到底是黑麒麟还是红麒麟？"

"当时在下雨，夜里太暗看不清，可能是血，血是红的……"李媛摇着头流泪说道。

"血在夜里看起来是黑的！"林陌桑厉声问道，"你看到的'红'到底是什么！"

"火一样的红色，是火……"李媛抓着头崩溃大哭，"那个怪物身上都是火红色的鳞片，是它把墨墨带走了……"

齐瑞德在一旁愣在原地。

"难道不止这一只麒麟？"

他看到的视频，是一只黑色的麒麟，而不是李媛口中的火麒麟。

"你当初怎么不说？"齐瑞德震惊地跌坐在沙发上，"我们真的搞错了人？"

"我以为它会变成红色的，我……我不知道。"李媛捂着脸浑身颤抖，"都是这些怪物的错，墨墨才会死的，都是怪物的错！"

"我竟然还打了那孩子，打得他遍体鳞伤……"齐瑞德懊恼地扶着额头，"我都做了些什么蠢事啊？"

林陌桑耷拉下双肩，百感交集。

"我的西林到底犯了什么错，却要替人受过。"林陌桑强忍着自心底往上涌的酸涩，重振精神问道："求你们告诉我，他在哪里。"

"对不起，我是真的不知道他在哪里。"齐瑞德颔首向林陌桑致歉，恳切地说道，"带走那孩子的是一男一女。他们当初直接找到我，给我看了视频和他在连城的报道，并没有透露姓名。你们来之前的一周，他就被那对男女接走了。"

齐瑞德将一串电话写给林陌桑："这是他们之前联系我的电话。"

萧甯随即拨打了电话，然后对林陌桑摇了摇头："空号。"

"那对男女的样貌和穿着有什么特征？"萧甯一边询问一边做记录，"凡是能记起来的细节，都说一下吧。"

"男的看起来不过二十岁的样子，女的看起来更小。"齐瑞德努力回忆道，"看不出职业，打扮也比较寻常。只是两个人长相都非常出众，特别是那个男的，皮肤很白，在锁骨这里有一个龙文身。"

萧甯听着忽然眯起眼，看了林陌桑一眼，又对齐瑞德说道："你可以把那个文身画一下吗？"

齐瑞德描画了很久，才堪堪有了大概的轮廓，不好意思地解释道："就是一个一半是红色，一半是黑色的龙文身。"

当两个人依稀辨别出那熟悉的图形时，不禁心下一沉，异口同声道：

"衔尾龙。"

第十五章

代位新龙女

Y省位于我国高原，即便是盛夏酷暑的7月，只要太阳落山，就会气温骤降。林陌桑搓着裸露在外的双臂，在酒店门口与萧甯告别。

夜风袭过，将林陌桑身上最后的热气吹散，她心中骤然升起一阵凉意，犹如这突如其来的变故一般，令人措手不及。

原本萧甯答应要将林陌桑送到夏淑芳的所在地再离开，但是下午接到电话，说他的事务所被检举告发，接到了法院的传票。萧甯作为法人，不得不回去处理这件事。

"我和赖远辰同时出事，未免过于巧合。倘若这次的事，与你有所关联，那么你一定要多加小心。如今敌在暗我们在明，他们用尽手段将帮你的人支开，如果只是为了阻止你找裴西林还好说，就怕他们想要的是你的命。所以尽量低调，我处理完手头的事情之前，你先不要自作主张找人，老实待在你母亲身边，明白吗？"

萧甯分析得在理，只是林陌桑来这里最重要的目的就是找回裴西林，她担心自己多耽误一分钟，裴西林就要多受一分苦。

"至于这个人……"萧甯写下一串电话号码，犹豫再三还是交给了林陌桑，"总之不到逼不得已，不要求助于他。"

"他是？"林陌桑看着连姓名都没留的号码，充满疑惑。

"龙九子之饕餮，排行老七。因为职业特殊，没有名字。"萧甯强调道，"如果你要找他，什么都别谈，就跟他谈钱。他要多少你给多少，付不起就先记我账上。尤其记住，这人贪利、贪色、贪食，别跟他讲正义、道德、三观，否则他一定倒打一耙坑你一把。"

林陌桑点了点头，默默收起了电话。单是听萧甯的形容，她就对这人充满反感。如果真遇到什么事情，她宁愿打110。

萧甯离开之后，林陌桑独自回到了酒店。萧甯为她安排了明早前往Y省盐湖区的车，去那里找她的母亲夏淑芳。然而，林陌桑晚上给母亲打电话却没有打通。夏淑芳说那里信号一直不太好，林陌桑也就没放在心上。

第二天，汽车在荒郊野岭抛了锚。林陌桑去公路上拦车求助，然而等她再回到停车的地方，发现人车都没了踪影，她这才意识到自己已经被算计了。

林陌桑的手机、行李全都在车上，荒无人烟的公路上，求助110的最后退路也被截断了。林陌桑全身上下只剩下萧甯写给她的一个号码和一百块零钱。她只能沿着公路一直走，根据指示牌寻找最近的城镇求助。

夏淑芳在盐湖区一个人口不足五万人的小镇，直达公路不在主干道上，过去一个小时中林陌桑只看到一辆路过的汽车。然而无论她怎么呼救，对方还是在她眼前呼啸而过。

Y省人口分布松散，可以说这里是动物的地盘，人类才是入侵的异族。几只长得像鹿一样的羚羊跳跃着横穿公路，林陌桑起初感到新奇，但是越想越胆战心惊。有羊就会有狼，食草动物在白天活动，但是待夜幕降临，就是肉食动物的世界。

太阳开始西斜，旷野的风吹干林陌桑的冷汗，让她不禁打了个寒战。她加快了脚程，试图跟太阳赛跑，可是距离下一个休息站还有三十公里。

林陌桑又渴又累，看着天边浮现的星光，感到一阵难堪的失落。她害惨了裴西林，还没来得及弥补，就要在这里丧命了吗？

林陌桑不甘心，奋力狂奔，然而还跑不到五百米，她就已然被干渴折磨得体力不支。林陌桑两手撑在膝盖上，太阳穴在血液的涌动下狂跳，耳边发出如梦似幻的轰鸣。

轰鸣由远及近，当她确定这轰鸣不是幻觉时，回头就看到了一辆驶来的卡车。

这是她最后的生机了！林陌桑不管不顾，张开双臂堵在了路中央。卡车迎面向她驶来，却丝毫没有减速的意思。

"停车！"林陌桑大喊道，也毫不怯懦。

像是背水一战的焦灼，林陌桑盯着前来的车，张开的手掌不禁攥紧。这是日已沉月未起的逢魔时刻，疾风涌来，旷野发出兽类的低鸣。

一声急刹车打破了黄昏的躁动。

车窗里先是探出一只手，指间夹着一根烟。那人抖了抖烟灰，才探出半个头看了路中央的林陌桑一眼。一头浅亚麻色的头发背在脑后，前额的头发被发箍压出纹路，露出光洁的额头。一个看起来不过二十岁的年轻男人。眉骨挺拔，眼角微垂，嘴角叼着烟头，明明是一张好看的脸，却摆出一副吊儿郎当的气质。

"有钱吗？"黄毛问道。

林陌桑愣了愣，摸着口袋答道："有。"

"那上车吧。"黄毛说完就把头收了回去，见林陌桑迟迟不动，又嚷了一句，"快点儿，别耽误我时间！"

林陌桑刚爬上副驾驶座，黄毛就向她伸出一只手："钱。"

林陌桑打量了他一眼，脏兮兮的T恤上有着明显的破洞，满是污渍的迷彩裤下竟然穿着一双拖鞋。这人浑身上下流露着一股绝非善类的气息，林陌桑多了个心，说

道："先借我手机打个电话可以吗？"

黄毛瞥了她一眼，从车门兜里拿出手机扔给她："一次五十。"

林陌桑也懒得跟他争执，滑开屏保就看到桌面背景上穿着暴露的美女，不禁一阵恶寒。林陌桑刚按下两个"1"，黄毛就用手背敲了一下她的肩膀："什么号码都能拨，除了110，小爷不擅长跟警察打交道。"

林陌桑撇了撇嘴，于是拨了夏淑芳的电话，依旧不在服务区。

"五十。"黄毛提醒道。

林陌桑悄悄翻了个白眼，没拨通也收钱啊。她口袋里总共一百块，如果欠账八成会被这人扔在半路，于是犹豫再三并没有给萧甯打电话，而是拨了萧甯留给她的那个号码。

"您拨打的用户正忙。"

林陌桑觉得自己的运气真的背到家了，竟然连逼不得已的救命稻草都抓不到。

林陌桑将手机还给了黄毛。黄毛拿着手机，看了一眼通话记录，又略带疑惑地看了林陌桑一眼，才收回手机目视前方说道："一百。"

林陌桑将一百块给了黄毛，对方透光验了半天真假才收进腰包。

"你这是要去哪里？"林陌桑小心翼翼地问道。

"永安。"黄毛补充道，"第一个问题免费，后面一个问题收费十元。"

林陌桑听罢，将几欲脱口的问题又咽了回去。她没听过永安这个地方，也不知道那里距离盐湖区远不远。

黄毛哼着不成调的歌，走了大概二十分钟，忽然看着远方阴沉沉的天色问了一句："你会开车吗？"

"不会。"林陌桑诚实答道。

"你看着，左脚油门，右脚刹车和离合器。"黄毛给林陌桑把手动挡也细致讲解了一番，"听明白了吗？"

林陌桑点了点头。她记忆力和学习能力都很强，黄毛说一遍她已经明白了原理。

黄毛将一直关闭的导航开启，输入目的地"永安"，然后停下了车，从驾驶座爬到了后座。

"发什么呆，还不坐过去？"黄毛指使着林陌桑，"接下来你按着导航开，我休息一会儿。"

林陌桑以为黄毛刚才听错了，于是重复道："我刚才说我不会开车。"

"我刚才不是教你了吗?"黄毛一脸不耐烦。

"……我是听明白了,但是没实践过,你就敢让我开?"

"你烦不烦,让你开你就开。"黄毛指着窗外的旷野,"这地方方圆百里没个人,你要搞事情,最多撞死个动物。那正好,今晚加餐。"

林陌桑算是服了这人,不禁问道:"你不怕死啊?"

"怕。"黄毛诚实答道,"我要出事,拿你垫背。"

林陌桑被赶鸭子上架,没了办法,只好坐上驾驶位。她也毫不扭捏,说开就开。黄毛原本还担心她开到沟里去,没想到试驾了五分钟,挂挡都没问题。

"行啊,挺聪明的啊。"

林陌桑虽然看起来游刃有余,实际上心里还是紧张,没空跟黄毛搭话。黄毛也不介意,将后座隔断上的帘子一拉,林陌桑就什么也看不见了。

"除非我睡醒,否则别叫我,听见了没?"

"知道了。"

林陌桑开了没多久,外面就下起了雨。林陌桑找了半天雨刷开关,最后绝望地发现,这破车竟然没雨刷。雨水弄花了玻璃,林陌桑根本看不清眼前的路,这是让她盲开吗?

"喂,要不要等雨过去再走,我看不清路。"

林陌桑对着后座喊了一声,结果黄毛却不答应。

"我真的没办法开了,你醒了没有?"

后座依旧毫无动静,林陌桑心里一阵惊慌。不久之前,她刚刚经历了人去车空的绝望一刻,已经经不起第二次这样的考验。林陌桑停了车,伸手去拉帘子,然而刚刚撩开一角,对面的人就将两块布拉了回去,死死拽着。

"你醒了为什么不回话?"

林陌桑质问,对方却依旧没响动。

这是搞什么啊?林陌桑脾气上来,硬是要把帘子拉开一探究竟。窗外是"哗哗"的雨声,车内是沉默的较量。四只手在两块布上角力,帘子被拉扯得几近脱线。

"你放手!"

林陌桑一边喊着一边用力拉扯。当对面传出一声"你有病"的同时,帘子也被林陌桑拽得掉了下来。

林陌桑看着眼前的金发小男孩,足足愣了十秒,才结巴着问道:"那,那个……

人呢？"

　　林陌桑确定后座除了这个六七岁的男孩再无他人。金发男孩死死盯着林陌桑，一脸怒气。林陌桑看着他身上松垮垮的T恤和牛仔裤，以及熟悉的眉眼，不禁产生了一个不切实际的猜想。

　　"难道你是……"

　　林陌桑抓着头发，回头看了一眼窗外的雨，又看了一眼男孩。

　　"难道你……"

　　金发男孩眼看就要发作，林陌桑眼疾手快，迅速蹿到后座将他按倒在座椅上。男孩骂了句脏话，用稚嫩的声音怒吼道："你要干什么？"

　　毕竟是个六七岁的孩子，力气不敌林陌桑。林陌桑上下其手，撩起他的T恤，一翻身就在他的后腰上看到了龙纹印记。

　　果然是龙九子。

　　林陌桑心中一叹，看来她猜测得没错，眼前这个孩子就是那个黄毛。林陌桑仔细辨认着龙纹的细节，羊身虎齿的话……是饕餮？林陌桑一惊，霍然放开了身下的男孩。

　　男孩气呼呼地坐起身子，林陌桑饱含歉意地为他整理好被她拽乱的T恤。萧甯临走前特别跟她打过招呼，这家伙能别惹就别惹，她偏偏还踩了狗屎运。

　　"难道你……"林陌桑装作不知情，接着刚才的话说道，"你是那个人的儿子？"

　　金发男孩看起来快要气炸了，强忍着情绪冷笑了一声："你还跟我装啊？"

　　林陌桑一愣，慢慢抽身退回了前座，沉默装傻。

　　"你有我的电话，还跟我装不知情？"

　　林陌桑心想，大概是刚才用他手机的时候露了馅。

　　小黄毛也不再躲藏，坐到驾驶座上，再次发动车子。可惜他人矮腿短够不着油门，林陌桑看着他窘迫的模样，暗自偷笑。

　　"还有心情笑？"小黄毛拽了林陌桑一把，"过来开车！"

　　林陌桑寄人篱下，不得不从。雨还在下，小黄毛烦躁地点烟。林陌桑觉得孩子抽烟实在违和，于是拦了一下："抽烟对身体不好。"

　　小黄毛没理她，而是问道："你跟萧甯什么关系？"

　　"他是我干妈。"林陌桑从容答道。

小黄毛一听"干妈"这称呼，就猜到林陌桑已经知道了萧甯雨天变女人的事。

"你对我们的事知道多少？"

林陌桑不答反问："如果让你带我去找我妈，你要多少钱？"

小黄毛眯眼打量着林陌桑，许久才竖起五根手指。

"五百？"林陌桑试探着问道。

"五万。"小黄毛纠正道。

林陌桑腹诽，这人简直是打劫。

"我干妈说钱问他要，你可以现在就把我送到盐湖区吗？"

小黄毛翻出手机看了看时间，说道："现在不行，我要先去一个地方'复命'。"

复命？林陌桑觉得这词十分微妙，却没有深思。毕竟已经抓到了救命浮木，她也不急于一时。

雨水渐渐停歇，林陌桑不得不承认，小黄毛逐渐长大为大黄毛的情境，简直像是科幻电影一般又梦幻又惊悚。

"怎么？你没见过其他人'变身'？"

"没有。"林陌桑又好奇地问了一句，"你会不会疼？"她以前长个子，骨头都会痛，像这样突然猛缩猛长，滋味也不会好受吧。

黄毛愣了一下，林陌桑忽然想起他刚才的话，连忙摆手说道："你不用回答了，我没钱了。"

"会疼。"黄毛笑了一下，"十块。"

"你这是强买强卖……"

黄毛不理她，将车驶入一条土路，走了不过十分钟，林陌桑就看到一座灯火通明的小镇。

"你饿吗？"黄毛问道。

林陌桑点了点头，她的确又渴又饿。黄毛跳下了车向镇上走，转身对还在车上发呆的林陌桑竖起一根手指："一百块一顿，要吃就来。"

林陌桑想到还有一天的路要走，就不再跟钱过不去，决定先记在萧甯账上。

此时已经是晚上八点，却还能看到天边淡淡紫色的云霞。远山如黛，空旷的田野上，错落的房屋仿佛与自然融为一体。小镇的建筑有着浓郁的民族特色，林陌桑亦步亦趋地跟在黄毛后面，看着古香古色的木质楼阁，只觉目不暇接。

黄毛将林陌桑带到了一个二层楼的客栈。虽说是客栈，但看起来没什么客人。

屋外夜幕笼罩，屋内灯火辉煌。黄毛敲了敲门，门开启的那一刻，林陌桑被屋中透出的光晃了眼，不禁抬手去遮。

"你终于到了。"开门的男人对着屋内喊了一声，"主人，饕餮到了。"

林陌桑听到对方直接称黄毛为"饕餮"，不禁愣了一下，看向开门的人。那人穿着一件大领口的针织衫。即便夜色昏暗，也能看出他皮肤很白，有着一双漂亮的桃花眼，眼角有一颗红色的泪痣。

黄毛先进了屋子，林陌桑却迟迟没能迈动步子。开门人弯下身子，笑眯眯地看着林陌桑："怎么了？"

林陌桑紧紧盯着他领口露出的衔尾龙文身，整个人像是炸了一般，一把拽住了那人的领子。

"裴西林在哪儿？"

那人反握住了林陌桑的手，轻轻柔柔的，丝毫不把她的暴戾放在眼中。林陌桑嫌恶地甩开他的手，不等他回答就冲进了屋子。

屋子正中央的沙发上坐着一个女孩，黄毛正半跪在她面前。女孩看起来和林陌桑差不多大，一身重工刺绣的民族风裙装，打扮得极为精致。利落的短发衬托出俏丽的五官，瓷肤红唇，犹如从中国工笔画中走出的妙人。

"我只召唤了你，你怎么还带个拖油瓶过来？"女孩把玩着手中一个红色的木块，瞥了林陌桑一眼，"没想到，还是个熟人。"

林陌桑看着女孩手中的骰子，感觉后背生出一片冷汗。为什么龙神骰子会在她手中？

"为什么这个会在你这里？"林陌桑一步步向女孩走去，"你们把王湾湾怎么了？"

女孩勾着红唇笑而不语，林陌桑急红了眼，刚准备去抢她手中的骰子，就被忽然闪过的人影推倒在地上。

林陌桑跌坐在地上，看着她牵挂数日的少年，蓦地红了眼睛。

"你不许动她。"裴西林漠然对林陌桑说道，"否则我就掰断你的手。"

林陌桑难以置信地看着裴西林，忽然觉得眼前的少年异常陌生。女孩起身走到林陌桑身前，居高临下地看着她："三契缘尽，现在轮到我了，你还不明白吗？"

林陌桑不理会女孩的话，而是越过她，直接对裴西林说道："你在怨我吗？"

裴西林的眼神没有丝毫波动，仿佛没有听到林陌桑的话。

"过来。"林陌桑对裴西林伸出一只手，"这是命令。"

裴西林不解地看了那只手一眼，依旧站在原地无动于衷。

"我让你过来。"林陌桑重复道，"裴西林！"

裴西林露出一丝不悦，转身上了楼。

"裴西林！"

林陌桑不甘心地叫着他的名字，却再也没换回少年的回眸。

为什么会变成这样?

"现在的你对他来说已经没用了。"女孩露出一副同情的表情，"快去找妈妈哭鼻子吧，可怜虫。"

黄毛听命扶起林陌桑，将她向门外带去。林陌桑在崩溃的情绪中无法回神，犹如行尸走肉一般，被黄毛挪动着步子。

天地晦暗，夜路无星无光，身后唯一的光亮渐行渐远。林陌桑听到旷野的风吹进她心底，吹熄了她心里最后的烛光。

三契缘尽，一切真的就这样结束了吗?

——本季完——